LE MATIN DE NEVER WORLD

MARISHA PESSL

LE MATIN DE NEVER WORLD

Traduit de l'anglais (États-Unis)
par Laetitia Devaux

GALLIMARD JEUNESSE

Titre original : *Neverworld Wake*

Édition originale publiée aux États-Unis en 2018 par Delacorte Press,
une marque de Random House Children's Book

Pour David

Parfois il n'y a pas de réponse,
Parfois il y a de l'amour,
Parfois les ténèbres montrent les crocs,
Parfois elles abritent des colombes.
Mais dans la vie, une chose est sûre,
À parcourir sa route tortueuse,
Un jour on reste sans voix.
Dans ce cas ? Il suffit de s'adresser à quelqu'un qui sait.

J.-C. Gossamer Madwick
La Maison des ténèbres, au virage d'ailleurs

PARTIE 1

Chapitre 1

Je n'avais pas eu le moindre contact avec Whitley Lansing ni avec les autres depuis plus d'un an.

Alors quand je reçus son sms juste après mon dernier examen, il avait un goût d'inévitable, un peu comme une comète qui fend le ciel en pleine nuit : un aperçu du destin qui m'attendait.

> No news. WTF. Putain. Désolée. #SyndromeTourette.
> Alors la fac? Cette première année?
> Sérieux. Tu nous manques.
> Rupture du vœu de silence BC mon anniv à Wincroft.
> Linda à Majorque et 3e mariage d'ESS Burt à St-Barth
> (avec une yogi vegan). On a la baraque pour le week-end.
> Comme dans le bon vieux temps.
> Bumblebee, viens!
> Carpe noctem.

«Jouir de la nuit.»

C'était la seule fille de ma connaissance vêtue de cuir version mannequin Dior qui balançait du latin comme si c'était sa langue maternelle.

– Alors, ce dernier examen ? me demanda ma mère en venant me chercher en voiture.

– J'ai confondu Socrate avec Platon et je n'ai pas eu le temps de finir ma dissert, répondis-je en bouclant ma ceinture de sécurité.

– Je suis sûre que tu t'en es très bien sortie, dit-elle en souriant. Qu'est-ce qu'il te reste à faire ?

– Rien.

Mon père et moi avions déjà vidé ma chambre, et j'avais même réussi à rapporter mes manuels à l'association étudiante de façon à récupérer trente pour cent de réduction à la rentrée. Casey, ma colocataire originaire de New Haven, était partie voir son petit ami tous les week-ends, si bien que je l'avais à peine croisée tout le temps de notre cohabitation.

Ma première année à Emerson College avait été aussi peu remarquée qu'une boutique close dans un centre commercial désert.

Jim aurait dit : « Il se trame quelque chose. »

—

Je n'avais pas le moindre projet pour l'été, mis à part aider mes parents au Captain Crow.

Le Captain Crow – le Crow, pour les locaux – était notre snack-glacier familial à Watch Hill, Rhode Island, le village côtier où j'avais grandi.

Watch Hill, Rhode Island. Population : tout le monde connaît tout le monde.

Lorsque mon arrière-grand-père, Burn Hartley, avait ouvert l'endroit en 1885, Watch Hill n'était encore qu'un hameau austère où les capitaines de baleinier rentraient se dégourdir les jambes et prendre pour la première fois leur bébé dans les bras avant de repartir vers le Grand Inconnu, à savoir l'Atlantique. Le portrait au fusain de Burn trônait au-dessus de l'entrée. Il ressemblait aussi bien à un écrivain fou et génial qu'à un explorateur qui se serait perdu en Arctique. En vérité, il savait à peine lire, il préférait les visages familiers à ceux des étrangers, et la terre ferme à la mer. Il avait passé sa vie à tenir son petit restaurant du port, ce qui lui avait permis de peaufiner sa recette de soupe aux palourdes pour en faire la meilleure du monde.

Tout l'été, je servais des glaces à des adolescents bronzés en tongs et pull pastel qui se déplaçaient à la manière des bancs de poissons, je préparais des cheeseburgers et des sandwichs au thon, du coleslaw et des milk-shakes. Je balayais le sable sur le sol en damier noir et blanc. Je jetais les nappes en papier, les sachets de ketchup et de sel éventrés, les bracelets « plus de 21 ans », les gobelets de soda, les brochures de sorties en mer pour la pêche au gros. Je déposais les téléphones oubliés près de la caisse, de façon que les propriétaires lorsqu'ils surgissaient en apnée et balbutiaient : « J'ai perdu mon… » puissent aussitôt s'écrier : « Oh ! Merci, vous êtes formidable ! » Je ramassais les tickets bleus déchirés du manège des mers datant de 1893, qui tournoyait toujours au bord de la plage. Ses personnages n'étaient pas des chevaux de bois mais des sirènes sans visage. Watch Hill avait eu son heure de gloire le jour où Eleanor Roosevelt s'était fait photographier en amazone sur une sirène rousse à queue turquoise. (Dans le village, on se souvenait surtout de son air pincé, tant elle était encombrée par des strates géologiques de jupons.)

Je nettoyais les coulures de sauce barbecue dans les poubelles et celles de glace « trésor de pirate » sur les tables (« trésor de pirate » était le parfum préféré des enfants : pâte à gâteau crue, noisettes et pépites de chocolat). Je Javelisais, Ajaxais et Monsieur Proprais les vitres, les comptoirs et les poignées de porte. Je faisais dégorger les moules et les palourdes, que je vérifiais ensuite comme un joaillier obsessionnel examine ses pierres précieuses. Je me levais presque tous les matins à 5 heures pour assister au retour des bateaux de pêche et ainsi acheter le poisson frais avec mon père. J'inspectais les crabes et les carrelets, les huîtres et les homards, les clams et les ormeaux, passant la main sur leurs pinces ou leur ventre iridescent. J'avais inventé la bande-son d'un film imaginaire intitulé *Lola Anderson, bandit de grand chemin*. Je gribouillais des mots, des rimes, des visages et des mains sur les nappes en papier et les menus jetables, que je mettais à la poubelle avant que quiconque puisse les voir. Je me rendais aux réunions de soutien pour adolescents en deuil au centre social de North Stonington. À part moi, il y avait juste un garçon silencieux du nom de Turks, dont le père était mort de la maladie de Charcot. Mais il avait cessé de venir au bout de deux séances, si bien que je me retrouvais seule avec la conseillère, une femme nerveuse du nom de Deb, vêtue d'un tailleur-pantalon et qui avait toujours avec elle un ouvrage de dix centimètres d'épaisseur intitulé *Gérer le deuil des adolescents*.

– « Le but de cet exercice est de mettre l'accent sur le côté positif de la relation perdue, lut-elle au chapitre sept en me tendant un modèle de lettre. Écris au disparu tous les souvenirs qui te sont chers, tes vœux, et toutes les questions que tu aurais aimé lui poser. »

Elle me tendit un stylo au bout mâchonné qui portait l'inscription TABEEGO ISLAND RESORT et sortit dans le couloir. Je l'entendis se disputer au téléphone avec quelqu'un du nom de Barry. Elle exigeait de savoir pourquoi il n'était pas rentré de la nuit.

Je dessinai un faucon au bec ouvert sur la lettre d'adieu, j'écrivis le générique d'un film d'animation japonais imaginaire intitulé *Perdue dans un esprit*, dont l'héroïne était une pensée oubliée.

Je filai par l'issue de secours et n'y retournai jamais.

J'avais appris à Samy l'Endormi (un jeune Anglais, véritable bâillement géant sur patte, qui passait l'été chez son père américain) à faire les beignets aux palourdes et les sandwichs chauds au fromage. « Le grill sur moyen, beaucoup de beurre, six tranches de cheddar du Vermont, deux de fontine, quatre minutes de chaque côté. » Le soir de la fête nationale, il m'avait invitée à une soirée chez l'ami d'un ami. À sa grande surprise, j'avais accepté de venir, mais j'étais restée plantée près d'un lampadaire avec une bière tiède à écouter leur discussion sur les leçons de guitare et Zach Galafianakis en attendant le moment idéal pour m'éclipser.

– Je te présente Bee, avait dit Samy l'Endormi. Dans la vraie vie, ça lui arrive même de parler.

Le sms de Whitley avait beau me trotter dans la tête, je ne le mentionnai à personne.

—

C'était comme une robe neuve trop extravagante que j'aurais achetée et jamais sortie de son sac, la laissant au fond de mon placard dans son papier de soie avec le ticket et l'étiquette, dans l'intention de la rapporter au magasin.

Et pourtant, je la conservais avec le vague espoir de la porter un jour.

Je connaissais la date de naissance de Whitley aussi bien que la mienne : le 30 août.

C'était un vendredi. Le grand événement de la journée à Watch Hill avait été l'apparition d'un chien errant dans la rue principale. Sans collier, avec le regard hanté d'un prisonnier de guerre. Gris, hirsute, inquiet quand on essayait de le caresser. Un coup de Klaxon l'avait envoyé se réfugier derrière les poubelles du Captain Crow.

– Vous avez vu comment ce chien galeux se dresse sur ses pattes arrière ? On dirait qu'il revient des Enfers, annonça Locke, le policier municipal, ravi d'avoir une affaire sur les bras, la première de l'année.

Le chien avait été l'objet de toutes les conversations : d'où venait-il, que faire de lui ? Ce ne fut que plus tard que je me surpris à songer à cet animal surgi de nulle part et à me demander si c'était là un présage qui me recommandait d'oublier les chemins tortueux et exaltants pour rester sur la grande route bien éclairée, celle que je connaissais.

Trop tard. Le soleil était couché. Samy l'Endormi était rentré chez lui, j'avais retourné les chaises sur les tables et sorti la poubelle. De toute façon, c'est inhérent à l'être humain : on ne tient jamais compte des avertissements.

Mes parents pensaient que, comme chaque vendredi, je les accompagnerais au cinéma Dreamland de Westerly pour le marathon estival de comédies romantiques.

– J'ai quelque chose de prévu ce soir, annonçai-je.

Mon père eut l'air ravi.

– C'est vrai, ma Bee ? Mais c'est formidable.

– Je prends la voiture pour aller à Wincroft.

Ils se turent. Maman venait juste d'accrocher le panneau

FERMÉ à la porte. Elle enfila son cardigan alors qu'il faisait vingt-cinq degrés dehors.

– Tu as décidé ça quand ? demanda-t-elle.

– Récemment. Je vais être prudente. Je serai rentrée pour minuit. Mais ils fêtent l'anniversaire de Whitley et je me suis dit que ça me ferait du bien de les revoir.

– C'est une longue route à faire de nuit, avança papa.

Ma mère avait la même tête que si on venait de lui annoncer qu'il me restait six semaines à vivre. Parfois, quand elle était très contrariée, elle mâchait un chewing-gum imaginaire. Ce qu'elle était précisément en train de faire.

– Affronter son passé fait partie du processus de deuil, dis-je.

– Ce n'est pas la question. Je...

– Ne t'inquiète pas, Victoria, fit papa en posant une main sur son épaule.

– Mais le Dr Quentin a recommandé d'éviter toute situation stressante...

– On était d'accord sur le fait que c'est un crétin, rétorquai-je.

– C'est vrai, le Dr Quentin est un crétin, déclara mon père d'un air de regret. Le fait qu'il porte le même nom que le plus ancien pénitencier de Californie aurait dû tout de suite nous alerter.

– Vous savez que je n'aime pas quand vous faites de l'humour sur mon dos, lança ma mère.

Là, un vacancier rougeaud en short gaufré, le ventre rempli de bière de chez O'Malligan, tenta d'ouvrir la porte.

– C'est fermé, jeta ma mère.

—

C'est ainsi que je me retrouvai au volant du vieux pick-up Dodge RAM vert de mon père avec son pot d'échappement pétaradant pour remonter quatre-vingts kilomètres de côte du Rhode Island.

Jusqu'à Wincroft.

Ce nom semblait sortir tout droit d'un roman battu par les vents et peuplé de fantômes et de personnages fous. En réalité, il s'agissait d'un manoir en briques rouges surmonté de tourelles avec des gargouilles en forme de corbeau. Il avait été construit en 1930 par un grand chasseur blanc ayant sans doute pour amis Hemingway et Lawrence d'Arabie qui avait passé sa vie à parcourir le monde pour abattre de magnifiques créatures, si bien que Wincroft, sa propriété en bord de mer, n'avait jamais été habitée plus de quelques semaines en l'espace de soixante ans. Quand Burt, l'étrange ex-deuxième beau-père de Whitley, connu sous le nom d'E.S.S. Burt, l'avait acheté lors d'une vente aux enchères en 1980, il l'avait rénové dans un style embarrassant que Whitley qualifiait de « Imaginez Madonna qui vomit sur Cyndi Lauper ».

Il n'était pas rare d'ouvrir un placard ou un vieux coffre moisi dans le grenier et d'y trouver des photos d'inconnus qui arboraient des fusils et des peaux de renard, ou encore d'étranges animaux empaillés : un furet, une grenouille rouge, un rongeur inconnu. Une visite à Wincroft s'apparentait presque toujours à une expédition archéologique, comme si les planchers, les murs et les plafonds dissimulaient une civilisation perdue attendant d'être découverte.

« Nous sommes nos propres âneries », avait un jour déclaré Jim en trouvant un lézard empaillé dans une boîte à chaussures.

Après l'autoroute, la route devenait aussi sinueuse qu'un

tire-bouchon, à croire qu'elle cherchait à se débarrasser de vous. La côte du Rhode Island – à l'exception du tristement célèbre et huppé Newport, avec ses falaises et ses manoirs qui surplombaient d'un air suffisant les voiliers dans le port – était sauvage, déchiquetée et cuite par le soleil. On aurait dit un clochard en vieux T-shirt aux couleurs passées qui vit sur la plage, à jamais incapable de se rappeler ce qu'il a fait la veille. L'herbe y était rêche, les routes craquelées, les panneaux effacés et les feux tricolores déréglés. Les ponts s'élevaient péniblement au-dessus des marais avant de plonger, épuisés, vers l'autre rive.

J'avais toujours leurs numéros dans mon téléphone, mais je m'étais bien gardée de les avertir de ma venue, si bien que j'ignorais même s'ils seraient là. En un peu plus de deux mois, ils avaient eu le temps de changer d'avis. Peut-être que ça ne serait pas Whitley qui ouvrirait mais E.S.S. Burt, son ex-deuxième beau-père, avec ses cheveux bouclés gris toujours trop longs. Burt qui, un million d'années plus tôt, avait écrit une chanson nominée aux Oscar™ pour un film d'amour tragique avec Ryan O'Neill. Mais peut-être qu'ils seraient tous là. Peut-être que j'avais envie de voir leur tête quand ils me découvriraient sans avoir eu le temps de se composer une attitude.

Mais comme je ne les avais pas avertis, je pouvais aussi rebrousser chemin et rejoindre mes parents au Dreamland pour voir *La Dame du vendredi*, puis aller au Shakedown déguster des galettes au crabe et des huîtres. Artie, le propriétaire, glisserait à mon père tandis que j'irais aux toilettes, croyant que je ne l'entendrais pas : « Bee a vraiment repris du poil de la bête », comme si j'étais un cheval de course qu'ils avaient *in extremis* décidé de ne pas abattre. Non que ce soit de la faute d'Artie. C'était la réaction normale de toute personne qui apprenait que Jim, mon petit ami, était mort à la fin de notre année de terminale.

L'amour de votre vie n'est pas censé mourir au seuil de l'âge adulte. Mais quand ça se produit, c'est généralement dû à l'une des Trois Bonnes Raisons de Mourir Jeune : A. Accident de voiture. B. Cancer. C. Suicide. Après avoir sélectionné le choix approprié, l'adulte pouvait ainsi rapidement vous orienter vers des films (souvent avec Timothy Hutton) ou des ouvrages pour vous aider à faire votre deuil.

Mais quand la mort de votre petit ami reste inexpliquée, et que vous êtes face à un gouffre de culpabilité et de questions sans réponses ?

Aucun film ou livre ne peut vous aider dans ce genre de situation.

L'Exorciste, à la rigueur.

Si je me ravisais, mes anciens amis passeraient la soirée à Wincroft sans moi, voilà tout. Mais ça reviendrait pour moi à pousser à jamais hors d'atteinte le voilier miniature qui symbolisait toute mon adolescence.

Et aussi, je perdrais à jamais ma dernière chance de savoir ce qui était arrivé à Jim.

Alors je continuai.

La route sinueuse semblait me propulser en avant. Des hêtres jaunis. Un pont. Une vue soudaine sur un port où des voiliers s'entassaient comme une horde de licornes. Je me souvenais encore du trajet dans ses moindres détails : à gauche à la station Exxon, à droite sur Elm, encore à droite au stop assassin avec les vieilles caravanes où le linge séchait dehors avec des tas de pneus tout autour. Puis les arbres disparaissaient pour saluer le plus beau mariage du ciel et de la mer, avec ses stries orange et rose au crépuscule.

Et enfin, la grille en fer forgé avec la lettre *W* emblasonnée.

Ouverte. Et éclairée.

J'accélérai dans l'allée. Les branches des chênes s'agitaient comme des rubans dans une queue de cheval et le vent s'engouffrait par mes vitres ouvertes. Un dernier virage, et les fenêtres dorées du manoir apparurent. Il était tout en briques rouges et ardoises avec des gargouilles qui croassaient pour l'éternité sur le toit.

Je faillis éclater de rire en découvrant les quatre voitures garées. Elles étaient neuves, à part la vieille Honda Accord de Martha et son autocollant sur le pare-chocs : « Un coup de Klaxon pour la relativité générale ». Mais j'aurais pu, sans trop de difficultés, rendre chaque voiture à son propriétaire.

J'avais beaucoup changé. D'après leurs voitures, eux, pas du tout.

En jetant un coup d'œil à mon reflet dans le rétroviseur, je fus prise d'une bouffée d'angoisse : j'étais mal coiffée, j'avais les lèvres gercées et le front luisant. On aurait dit que je venais de terminer un marathon. Bonne dernière, en plus. Alors je me tamponnai comme je pus le visage avec le rouleau de papier hygiénique que mon père gardait toujours dans la portière, me pinçai les joues, remis des mèches de cheveux bruns derrière mes oreilles. Puis je remontai le chemin pavé et m'emparai de la tête de lion en cuivre qui servait de heurtoir.

Pas de réponse.

Prise de frénésie, je frappai une fois, deux fois, trois fois, parce que je savais que si j'hésitais un seul instant, j'allais perdre mon sang-froid. Et sombrer définitivement au fond de la mer comme une chaussure prisonnière d'un casier à homards.

La porte s'ouvrit.

Kipling se tenait devant moi. Il portait une perruque rose à la coupe au carré qui lui arrivait au menton, un polo bleu, un bermuda et des tongs. Il était bronzé et mâchonnait une paille rouge, qu'il lâcha en me voyant.

– Que la foudre du Seigneur s'abatte sur moi ! s'exclama-t-il de son accent traînant de propriétaire de plantation de coton.

Chapitre 2

Dans la vraie vie, il n'y a pas d'entrée triomphale. En tout cas, jamais comme dans nos rêves.

Dans nos rêves, on aimerait quelque chose entre la *telenovela* colombienne (cris, émotion brute, mascara qui coule) et un discours de Meryl Streep aux Oscar™ (paroles chocs, accolades, tout le monde qui se met à chanter en chœur).

Dans la réalité, c'est juste bizarre.

Mon apparition à Wincroft était comme une torpille mal dirigée : j'avais raté ma cible, alors il ne me restait plus qu'à dériver sans but, prête à exploser à tout instant. Plantée sous le lustre du hall, vêtue de mon short en jean, de mes baskets et d'un T-shirt avec des taches de « trésor de pirate », face à eux toujours aussi glamour, je me sentis ridicule. Je n'aurais jamais dû venir.

Ils s'apprêtaient à partir pour Newport assister à un concert de punk-rock archi-complet au Able Seaman, ce bar en front de mer où nous avions passé tant de soirées en terminale, munis de fausses cartes d'identité et de pass week-end. Ils achevèrent de se préparer tout en me parlant. Quelque chose ne collait pas. On aurait dit un film mal doublé.

Kip me prit dans ses bras puis m'examina avec curiosité,

comme s'il effectuait une visite guidée dans un musée où j'étais le minuscule tableau sans intérêt sur lequel le guide s'attardait.

Whitley accourut.

– Beatrice ! fit-elle en m'envoyant un baiser en l'air. Tu es venue. Quelle surprise !

Elle était encore plus belle que dans mon souvenir avec ses bottes en jean à talons aiguilles qui lui remontaient jusqu'aux cuisses, son immense sweat-shirt orné d'une bouche en paillettes, son short en jean à franges noires, son parfum gardénia et cuir. J'étais frappée par son côté icône de pub – et incrédule à l'idée qu'elle ait été ma meilleure amie. Ces innombrables soirées au lycée Darrow-Harker de Warwick, Rhode Island – ville d'origine de la si célèbre équipe des Crusaders –, où on enfreignait le couvre-feu ensemble, nos joues couvertes de crème pour faire sécher nos boutons, nos pieds bien au chaud dans des chaussettes de laine. Je lui avais confié des choses que je n'avais jamais dites à personne. Et tout à coup, j'avais juste l'impression d'une scène qui n'a pas sa place dans un film.

– Ça va, Bumblebee ? demanda-t-elle en me prenant les mains.

– Oui.

– C'est la plus belle des surprises. Je sais, je… Et merde, il va pleuvoir, non ? Il faut rentrer les coussins du patio.

Sur ce, elle partit en courant, ses longs cheveux blonds flottant derrière elle.

– Kip avait raison ! cria-t-elle de la cuisine. Il a dit que tu surgirais comme un personnage qu'on croit mort dans un film avec Jake Gyllenhall. On lui a répondu qu'il délirait. J'ai parié que tu préférerais mourir plutôt que de nous revoir. Du coup, je lui dois genre cinquante dollars…

– Cent dollars, la coupa Kip en levant un doigt. N'essaie pas de te débiner. Oublier tes dettes, c'est l'une de tes pires qualités, Lansing.

– Quoi ? Oh, il faut donner son Prozac à Gandalf, sinon il va encore pisser partout.

– Gandalf fait une dépression, m'expliqua Kip d'un air très sérieux. Et il souffre de dédoublement de la personnalité, aussi. Ce dogue allemand se prend pour un chien de salon.

– Je connais Gandalf, lui rappelai-je d'une petite voix.

– *Beatrice !* (Cannon descendit l'escalier quatre à quatre pieds nus, ses baskets Puma à la main. Il s'arrêta pour m'observer avec un sourire chaleureux.) Je n'en reviens pas ! Sœur Bee en chair et en os. Tu as des nouvelles de Dieu ?

– Très drôle.

Lui aussi, il n'avait guère changé. Il portait toujours un sweat gris à capuche de hacker, même si celui-ci n'était plus ni déformé ni couvert de miettes après deux semaines passées dans la salle informatique polaire de Darrow : il était en cachemire. Cannon était presque devenu célèbre depuis que, en seconde, il avait découvert un bug dans OS X : si on tapait une certaine série de touches, l'écran se figeait sur la scène hivernale surréaliste du papier peint Apple *Blue Pond*. Il avait baptisé ce bug – qui lui avait valu de figurer sur la page d'accueil de millions de blogs de la Silicon Valley – la *Cannon's Birdcage*. La dernière fois que j'avais entendu parler de lui, il candidatait en informatique à Stanford.

Il sauta de la dernière marche pour me prendre dans ses bras. Il sentait comme un parquet bien ciré.

– Comment ça se passe à la fac ? Et tes parents ? Ils ont toujours leur boutique de glaces ?

– Oui.

Il me dévisagea avec une expression à la fois intense et impassible.

– J'adore cet endroit.

– Bonjour, Bee, lança une voix solennelle.

En me retournant, je découvris Martha qui clignait des yeux derrière ses lunettes à verres épais qui lui donnaient un air de scientifique cinglée. Son regard télescopique avait fait sa réputation. Ce soir-là, elle avait troqué son treillis et sa chemise blanche pour un jean noir troué et un immense T-shirt qui proclamait quelque chose en allemand : TORSCHLUSSPANIK. Elle avait aussi teint ses cheveux châtains en bleu néon.

– Salut, dis-je.

– C'est dingue comme tu n'as pas vieilli, fit Kip avec son accent traînant, son sourire semblable à une décoration dorée sur du tissu d'ameublement. Tu t'es fait cryogéniser pour une expérience scientifique ou quoi ? C'est pas juste. Moi, j'ai déjà des pattes d'oie et de la goutte.

Whitley fouillait dans son petit sac Chanel beige pour éviter mon regard.

– Tu viens avec nous, hein ? demanda-t-elle en glissant ses pieds manucurés dans des ballerines Lanvin, l'air tout sauf ravie.

– En fait, je…

– Bien sûr que tu viens, fit Cannon en passant un bras autour de mes épaules. Je vais te dégoter une place. Sinon, je virerai quelqu'un pour lui piquer la sienne. D'une façon ou d'une autre, on va y arriver.

– Laissez les bons temps rouler.

Kip lança son expression cajun favorite en faisant mine de porter un toast.

Il y eut un silence long comme l'autoroute jusqu'au Texas, pendant lequel on n'entendit que le bruit de nos pas sur le chemin pavé et le vent dans les arbres. Mon cœur battait très fort, j'étais écarlate. Je n'avais qu'une envie : courir à mon pick-up pour dévaler l'allée à cent à l'heure en prétendant que ces retrouvailles n'avaient jamais eu lieu.

– On prend deux voitures ? proposa Martha.

– On est cinq. On va se serrer dans la mienne, répondit Whitley.

– Tu me promets de regarder au moins une fois dans le rétroviseur, ma chérie ? lança Kip.

– Ah ah.

On se tassa dans la Jaguar décapotable kaki. Avec un regard sévère qui, je m'en souvenais, était chez elle signe de nervosité, Whitley pressa plusieurs boutons sur le tableau de bord. Le moteur rugit avec élégance, et le toit de la voiture se souleva comme un œuf qui éclôt. L'instant d'après, on filait dans l'allée, Whitley conduisant comme dans une course de stock-cars avec force embardées sur la pelouse et rabotage de rhododendrons. Coincée sur la banquette arrière entre Kip et Martha, j'essayais de ne pas trop m'appuyer sur l'un ou sur l'autre.

Kip lança sa perruque rose en l'air.

– Aaaaah ! hurla-t-il, la tête renversée tandis qu'elle retombait derrière nous sur l'allée. Le groupe est de nouveau au complet ! On se séparera plus jamais ! On part en tournée mondiale !

Et le chanteur mort ? ne pus-je m'empêcher de penser en le regardant.

Tu n'aurais pas oublié Jim, par hasard ?

—

Le concert ayant déjà commencé, il n'y avait plus un instant à perdre. Il fallut se frayer un chemin au milieu de la foule amassée devant le bar, tandis que Whitley accostait le videur. Martha disparut à la recherche de leur table réservée, et Cannon alla demander à des types à la coupe buzz-cut et à l'haleine lourde de Budweiser s'ils n'avaient pas une place à vendre tandis que je restais écrasée contre la barrière.

– Allez-y sans moi ! jetai-je à Kip, qui s'était matérialisé à mes côtés.

– Pas question, répliqua-t-il en passant son bras sous le mien. Maintenant qu'on t'a retrouvée, on te lâche plus. Je serai ton bernacle jusqu'à la fin des temps, ma chère. Autant l'accepter tout de suite.

Je ris. C'était le premier échange sincère de la soirée.

Kipling et moi, on avait toujours été proches. Il était grand, maigre et roux avec un visage de « gentleman suranné » comme il disait lui-même. Je ne connaissais personne d'aussi drôle. Excentrique, étrange aussi, à la manière d'un talisman ébréché qu'on découvre sur une étagère poussiéreuse dans une boutique d'antiquités – à la fois porte-bonheur et source de tourments. Il était gay, même s'il affirmait préférer une histoire bien racontée à une séance de sexe. Pour lui, Darrow s'apparentait davantage à un club de loisirs qu'à une institution dont il était supposé tirer un quelconque enseignement. Travailler à la bibliothèque avec Kipling se limitait à une succession d'interruptions pour écouter ses anecdotes et autres observations sur la vie, les amis, et les personnages hauts en couleur qui peuplaient sa minuscule ville natale de Moss Bluff, en Louisiane. Comme si, au lieu d'être entassés dans des alcôves étouffantes pour réviser nos examens d'entrée à l'université, nous nous prélassions sous un porche en chassant paresseusement les mouches. Il avait beau être aussi riche que les autres («l'argent des grands magasins défunts»), il avait eu ce qu'il appelait une «putain d'enfance» à cause d'une mère abominable, maman Greer.

En réalité, on en savait très peu sur maman Greer, juste les quelques détails que Kipling lâchait sans prévenir comme une poignée de confettis. Quand il était petit, elle l'avait abandonné pendant deux jours dans la chambre numéro 2 du Royal Motel Sonata («au rez-de-chaussée, près du distributeur, afin de pouvoir filer sans payer»), avec pour seule nourriture une provision de biscuits fourrés et pour seule compagnie Delta Burke qui vendait des bracelets sur une chaîne de téléachat. Elle était tellement négligente que, quand Kipling avait cinq ans, un pitbull attaché dans la cour l'avait amputé de trois doigts à la main gauche et lui avait laissé sur le menton une trace de morsure digne d'un bébé requin, qu'il arborait comme une médaille de guerre.

– Appelez-moi *Le Fantôme de l'Opéra*, disait-il en agitant sa main mutilée avec une joie malsaine.

Mais lorsque sa mère avait perdu la garde et que la justice l'avait envoyé chez une tante infirme, Kipling n'avait eu de cesse de fuguer pour la rejoindre.

La dernière fois que j'avais entendu parler d'elle, elle était internée en psychiatrie à Baton Rouge.

Au moment où j'allais lui demander comment s'était passée son année, Whitley, fidèle à elle-même, surgit pour m'attraper sans un mot par le poignet et me tirer à travers la foule. Elle s'était arrangée avec le videur, qui me tamponna la main en me faisant entrer sans payer. On atterrit finalement à la table réservée au pied de la scène, où une fille aux cheveux filasse se prenait pour Kurt Kobain.

C'était étrange : le batteur ressemblait à Jim. Je ne savais pas si les autres l'avaient remarqué, mais on aurait dit son petit frère aux yeux chocolat sortant tout juste du lit avec l'air contrit d'un prince banni. Le bruit était assourdissant, si bien qu'il était impossible de parler. Alors, perdue dans le marais de mes pensées, je regardai le groupe jouer.

Mais peut-être que j'étais la seule à penser encore à Jim. Peut-être qu'ils avaient tous passé une année formidable à la fac et pris leurs distances avec ce qui était arrivé au lycée. Que pour eux, la mort de Jim n'était plus qu'un vieux T-shirt mis à la poubelle, troué à force d'avoir été trop lavé.

À Darrow, ils étaient ma famille. Ils avaient été mes premiers vrais amis – une galerie de portraits tellement vivants et loyaux que, telle l'héritière d'une grande dynastie, je ne pouvais que m'extasier sur ma chance. Nous formions un club, une société secrète que tous les autres élèves de Darrow nous enviaient. Non qu'on leur prêtât la moindre attention : l'amitié profonde vous rend aveugle au reste du monde. C'est un pays aux frontières hermétiquement fermées où la distribution des cartes vertes est totalement injuste, et la culture si singulière qu'aucun étranger ne peut la comprendre. En exil volontaire pendant toute cette année, je m'étais sentie ridicule, déstabilisée, j'avais eu l'impression de vivre avec ma maison sur le dos et de parcourir des routes dont j'ignorais tout.

La mort de Jim avait été pour moi digne d'un tremblement de terre qui engloutit des villes entières. J'avais passé l'année qui avait suivi convaincue que mes amis en savaient bien plus à ce sujet qu'ils ne l'avouaient, et je savais que la vérité s'éloignait chaque jour un peu plus. Je suivais Whitley sur Snapchat, où elle postait des photos d'eux quatre. Ils avaient l'air si heureux et nonchalants.

Comme si de rien n'était.

Pourtant, je voyais bien que, entre eux, les relations n'étaient plus les mêmes.

Kip ne cessait de tapoter la table de sa main mutilée. Whitley passait son temps à regarder son téléphone. Martha, d'une humeur particulièrement exécrable, buvait shot sur shot d'un truc qui s'appelait « la chute du général Grant » et qui avait tout simplement un goût de pétrole brut. Je la surpris à me lancer un regard légèrement accusateur. Je lui fis un sourire, mais elle sursauta, telle ces plantes dans la jungle qui se rétractent dès qu'on les effleure, et refusa ensuite obstinément de tourner la tête vers moi. Comme Cannon se penchait pour murmurer quelque chose à Whitley, il lui remit une mèche de cheveux derrière l'oreille, si bien que je me demandai s'ils sortaient à nouveau ensemble. Mais ça ressemblait plus à un geste machinal qu'à autre chose.

Dès le premier groupe sur scène, j'eus envie de disparaître. De prendre un taxi jusqu'à Wincroft pour récupérer le pick-up de mon père et de partir sans me retourner. Qu'est-ce que je m'étais imaginé ? Que la vérité me sauterait aux yeux comme une herbe folle qui attendait juste que je l'arrache d'un parterre de tulipes ?

Pourtant, je restai pour le groupe suivant. Et pour le suivant encore. Je bus chaque Moscow Mule que Whitley posait devant moi. Je laissai Kipling me prendre par la main pour aller danser le charleston, puis le fox-trot en me projetant vers les types qui dormaient sur la plage, les petits Blancs bien propres sur eux et les bikers sous les lanternes en papier tremblantes et les affiches de navires engloutis.

Encore quelques instants, et j'aborde le sujet de Jim, n'arrêtais-je pas de me dire.

À la fin d'un morceau, Whitley déclara qu'elle voulait rentrer, mais Cannon était introuvable. On finit par le localiser dans la ruelle derrière le bar. Il était en train de sauver une fille qui avait trop bu et s'était évanouie entre les poubelles.

– Et voilà, le chevalier Lancelot est de retour, déclara Whitley.

On surveilla la nana depuis le garde-corps tandis que Cannon allait récupérer, avec l'efficacité d'un lobbyiste de Washington, les amis de la fille, son sac, ses sandales et son iPhone. Il retrouva même sa barrette, dont il se servit pour lui attacher les cheveux afin qu'elle cesse de vomir dessus. Ses amis, qu'il venait de retrouver tout aussi saouls, lui demandèrent avec ahurissement :

– Mec, t'es vraiment un humain ?

– T'as une petite amie ?

– T'es qui, toi ?

Cannon se passa une main dans les cheveux et lâcha :

– Appelez-moi Batman.

– Et c'est reparti, soupira Whitley.

Cannon n'était pas beau : il était petit, il avait des cheveux d'un blond sale et le teint terne. Mais il avait une intensité atomique qui fascinait tout le monde. Il se déplaçait comme un ion chargé en particules avec la puissance d'une mitrailleuse. La semaine de la rentrée en troisième, il avait hacké l'Intranet de Darrow pour dévoiler toutes ses failles (devenant *de facto* le gourou informatique de l'école). Il avait défriché le jardin de sculptures et retapé la salle de boxe. Il était délégué de classe, organisait des marches, des marathons, des levées de fonds pour les espèces en voie de disparition et le droit des femmes. Cannon était le premier à reconnaître que sa nature extravertie et son activisme lui permettaient de compenser l'enfant qu'il avait été : muet, timide, vissé à son ordinateur, fan de Spielberg, de la pop des années 1980 – notamment The Cure – et du scientifique Ray Kurzweil. Il n'avait aucun ami, à part une mouche imaginaire qui s'appelait Pete et qui vivait dans son disque dur. Il était le fils adoptif d'une mère célibataire juge à la Cour suprême de Californie. Si, dans un premier temps, l'idée qu'il sorte avec Whitley – prenant ainsi de court chaque membre du country-club troisième du nom et portant un deuxième prénom tel que Chesterton – semblait aussi ahurissante que l'histoire de la princesse qui finit par erreur avec le crapaud, plus on connaissait Cannon, plus on comprenait qu'il valait en réalité bien mieux qu'un prince : c'était un vrai roi. C'était la personne avec l'ambition la plus énorme, mais aussi la plus discrète, que j'avais jamais rencontrée.

– Il te reste encore combien de personnes en détresse à sauver? lui demanda Whitley comme il nous rejoignait après avoir aidé la fille et ses amis titubants à monter dans un Uber.

Il leva les bras en signe de triomphe modeste.

– Le barman est en train d'attraper un rhume de cerveau. Mais mon boulot ici est terminé.

– Merci, mon Dieu, parce que moi, j'ai besoin de mes huit heures de sommeil, dit Kip en bâillant.

On s'entassa dans la Jaguar.

Mais Whitley eut beau appuyer sur les boutons du tableau de bord, la capote refusa de se refermer. Y compris quand on essaya manuellement.

Lorsque Cannon proposa de conduire, Whitley refusa. La pluie se mit à tomber si fort qu'il y avait plus d'eau que d'air dans le ciel. Le trajet de trente-cinq minutes pour rentrer au manoir fut une véritable épreuve. Ivres et frigorifiés, Kipling, Martha et moi étions blottis sur la banquette arrière. Martha vomit entre ses pieds. On grelottait sous un horrible trench-coat d'E.S.S. Burt que Whitley avait trouvé dans le coffre. Tout à coup, elle cria qu'elle ne voyait plus la route. Dans un virage, on faillit heurter une dépanneuse de plein fouet.

Le chauffeur klaxonna comme un fou. Whitley braqua, les pneus crissèrent. On hurla en fonçant dans les buissons, puis la voiture s'arrêta juste au bord du précipice. Kip se cogna la tête contre le siège avant. Whitley coupa le moteur et se mit à accuser Cannon qui, comme d'habitude, selon elle, avait eu besoin d'impressionner des gens pour se sentir exister. Après lui avoir lancé qu'à cause de lui on avait tous failli mourir, elle lui arracha sa casquette pour la jeter dans l'obscurité. Puis elle quitta la voiture en déclarant qu'elle finirait le chemin à pied et disparut dans les bois. Sa colère était certainement due à la pluie et au fait qu'elle avait failli avoir un grave accident, mais aussi, je le devinais, à mon apparition soudaine.

Cannon se lança à sa poursuite et la ramena au bout de quelques instants. Il lui avait donné son sweat-shirt à capuche. Elle pleurait. Il l'installa tout doucement, comme un oiseau à l'aile brisée, sur le siège passager en murmurant : « Tout va bien, madame Terreur. »

Ce fut Cannon qui nous ramena au manoir.

—

Quand on atteignit Wincroft, trempés et encore saouls, tout paraissait normal. Comme avant. La capote coincée de la Jaguar avait permis de briser la glace entre nous. On bavarda avec légèreté en se déshabillant et on fit un tas de nos vêtements mouillés, que Gandalf vint renifler en grognant. Whitley fila à l'étage. Accroupie devant la cheminée, Martha gémissait : « Je ne sens plus mes jambes. » Cannon alla chercher quatre bouteilles de Chivas Regal Salute à la cave et nous servit dans des coupes à champagne roses. Whitley déposa un immense tas de peignoirs blancs en éponge sur le canapé, tels des cadavres empilés.

– J'ai jamais eu aussi peur de toute ma vie, fit-elle en gloussant.

C'est là que le heurtoir retentit.

On échangea des regards stupéfaits. On était tous là.

– Quelqu'un a appelé un marabout ? lança Martha d'une voix imbibée d'alcool.

– Je vais voir qui c'est, proposa Cannon.

Il fit une révérence maladroite et se dirigea vers le hall. Aucun de nous ne dit mot. On écoutait la pluie tambouriner sur le toit.

Il revint une minute plus tard.

– Il y a un vieux type à la porte. Qui doit bien avoir deux siècles.

– Alastair Totters, déclara Martha.

– Qui ça ? demanda Cannon.

– Le méchant qui voyage dans le temps de *La Maison des ténèbres*, répondit-elle.

– Mais non, souffla Kip d'un air joyeux, ça doit plutôt être un vieux atteint d'Alzheimer qui s'est échappé de la maison de retraite pendant leur soirée Elvis. Sans avoir pris ses médicaments. De toute façon, ils oublient toujours de prendre leurs médicaments.

– Je l'invite pour un dernier petit shot ? proposa Cannon avec un clin d'œil malicieux.

– Non, siffla Whitley. Ça ressemble trop à la scène d'ouverture d'un film d'horreur.

– Chapitre trois, ajouta Martha.

– Hé, fit Cannon en désignant Wit du doigt. C'est pas très gentil ce que tu viens de dire. Je l'invite à...

– NON !

On se leva tous d'un coup et on courut en gloussant et en trébuchant vers le hall. Alors qu'on attachait nos peignoirs, on jeta chacun à notre tour un œil à travers le judas, non sans se cogner la tête. J'avais cru que Cannon nous faisait une blague, qu'en réalité il n'y avait personne.

Et pourtant, si. Il y avait bien un vieux bonhomme sur le perron.

Grand, avec une épaisse chevelure argentée. Je ne distinguais pas son visage dans la pénombre, juste qu'il portait un costume sombre et une cravate. Il se pencha en souriant, comme s'il me regardait.

Cannon ouvrit la porte et fit une courbette.

– Bonsoir, monsieur. En quoi pouvons-nous vous aider ?

L'homme ne répondit pas tout de suite. D'abord, il nous détailla un par un, comme s'il nous connaissait.

– Bonsoir, dit-il d'une voix étonnamment chaude. Puis-je entrer ?

On ne répondit pas à cette question étrange. Pourtant, il n'avait pas l'air sénile. Son regard était clair, et ses yeux d'un vert profond brillaient sous la lumière du porche.

– Ah, vous êtes le voisin, déclara Whitley en s'avançant près de Cannon. Si c'est au sujet du voilier de Burt, l'*Andiamo*, amarré à votre ponton, il m'a demandé de vous dire qu'il avait eu des problèmes avec l'ancre et qu'il le ferait remorquer la semaine prochaine.

– Je ne suis pas le voisin. (Il nous observait toujours, comme dans l'expectative.) Mais pour vous expliquer qui je suis, il serait préférable que j'entre.

– Dites-nous ce que vous avez à dire ici, lui intima Cannon.

L'air peu surpris, l'homme acquiesça. C'est là que je remarquai deux détails étranges.

Un : il ressemblait un peu à M. Joshua, le prof de musique de Darrow. Mon esprit embrumé par l'alcool crut même un instant qu'il s'agissait de M. Joshua à qui il serait arrivé quelque chose de terrible depuis la dernière fois où je l'avais vu, un an plus tôt. Comme s'il avait pris vingt-cinq ans d'un coup, si bien que ses cheveux avaient grisonné et que son visage s'était couvert de rides. Mais non, ce n'était pas lui. M. Joshua était mince, il avait le teint un peu rose et toujours le mot pour rire. Ce type-là était osseux, avec un visage taillé à la serpe – un profil qui aurait pu figurer sur une pièce de monnaie ou celui d'une statue dans un square. Ils étaient plutôt comme des frères jumeaux séparés à la naissance et ayant vécu des vies très différentes, M. Joshua une existence paisible, cet homme une existence tragique.

Deux : il n'y avait pas de voiture dans l'allée, alors comment – puisque cet homme n'avait pas de parapluie – pouvait-il être sec ? Cette question resta en suspens comme une légère odeur de gaz.

– Vous êtes tous morts, annonça-t-il.

Chapitre 3

– Veuillez m'excuser, mes chers amis. Cette phrase n'est pas tout à fait exacte, reprit le vieil homme, qui posa sa main sur ses yeux en secouant la tête. Mes mots ont dépassé ma pensée. Je suis allé directement au plus dramatique, comme pour une bande-annonce. Je m'en excuse. Peut-on recommencer ?

Il s'éclaircit la gorge et sourit.

– Vous êtes tous *presque* morts. Très exactement, vous êtes coincés entre la vie et la mort. Le temps est désormais bloqué pour vous, il fonctionne en circuit fermé dans ce qui s'appelle, au Neverworld, une veillée. (Satisfait de son effet, il hocha la tête et prit une grande bouffée d'air.) Vous n'êtes pas les premiers à qui ça arrive. C'est en train de se produire en ce moment même dans le passé, le présent et l'avenir, et ce un peu partout dans le monde, dans l'Univers connu et inconnu, en contraction et en expansion. Car le temps ne progresse pas en ligne droite. Il est courbe, et il traverse en trombe des tunnels et des ponts. Il accélère. Il ralentit. Et parfois, il déraille. Ce nœud, comme nous pourrions l'appeler, c'est là que vous vous trouvez à présent. Et là que, sauf événement nouveau, vous resterez. (Il s'inclina tel le Monsieur Loyal d'un cirque miteux – avec grâce mais lassitude.) Je m'appelle le Gardien, reprit-il. Je n'ai que ce nom. La façon que j'ai de vous regarder, de me comporter, le ton de ma voix, ma démarche, mon visage, mes paroles et pensées sont la somme de vos cinq vies telles que vous les avez vécues. Voyez-moi comme une compilation. Cet instant est égal à la somme de vos âmes, à laquelle il faut ajouter les circonstances de la réalité. Vous voulez une autre image ? Imaginez que l'on place vos cinq esprits dans un mixeur à la vitesse maximale. Le smoothie qui en résulte, c'est cet instant. Si quelqu'un d'autre avait été présent avec vous, cet instant serait un peu différent. J'aurais un langage différent. Des cheveux différents. Des mains différentes. Des chaussures différentes. Je porterais des baskets au lieu de mocassins, par exemple. Mais je digresse. Les circonstances de la réalité. Vous vous demandez très certainement ce que je veux dire par là. (Il se tut, renifla et sourit.) Pour l'instant, chacun de vous gît, plus ou moins mort, au bord de la route côtière suite à la collision frontale avec M. Howard Heyward, cinquante-huit ans, résidant au 281 Admiral Road, South Kensington, au volant d'une dépanneuse Chevrolet Kodiak. Le temps est figé là. Il s'est bloqué dans un dixième de seconde, tel un papillon-lune dans un bocal. Il y a bien sûr une issue. Il existe une seule façon pour le papillon de s'échapper, et pour le temps de reprendre son cours. Chacun de vous doit voter dans les trois dernières minutes de chaque veillée. Désigner un seul survivant parmi vous cinq. Et cette personne reviendra à la vie. Les autres rejoindront alors la mort, la vraie, un état permanent mais dont on ignore tout. Cette décision doit être unanime à une voix près. Un seul d'entre vous peut vivre, il n'y a pas d'exception à cette règle. Avez-vous des questions ?

Personne ne dit rien.

J'étais en train de me dire que finalement, ce type était bel et bien sénile. Avec sa voix de baryton, il ressemblait à un vieil acteur de western des années 1950, où John Wayne jouait le rôle du héros. Il avait cette cadence, ce côté un peu vieux jeu, ce style grandiose. Il déroulait son discours sans la moindre hésitation, comme s'il l'avait déjà prononcé des dizaines de fois.

Il attendait que l'un de nous parle.

Kipling se mit à applaudir et s'écria :

– Bravo !

– Et il vend des bibles, aussi ? lança Martha.

– Qu'est-ce que vous voulez ? lui demanda Cannon.

Le type haussa les épaules.

– Je suis une ressource, c'est tout. Je ne demande pas de dédommagement, pécuniaire ou autre. Je vous souhaite juste bonne chance.

– Bonne chance pour quoi ? demanda Whitley.

– Pour le vote.

– Bon, reprit Cannon, la nuit a été longue. Dites-nous ce que vous voulez.

– Apparemment, mon exposé a été trop rapide pour que vous compreniez bien. Aimeriez-vous apprendre la nouvelle d'une autre manière ? Voulez-vous une reconstitution dramatique ? Des petits dessins ? Que je m'exprime dans une autre langue ? L'italien adoucit les annonces les plus sinistres, ce qui est la raison pour laquelle Dante l'a choisi pour *L'Enfer*. (Il s'éclaircit la gorge.) *Buonasera. Tra la vita e la morte, il tempo è diventato congelato…*

– Ça suffit, cracha Cannon. Cassez-vous.

L'homme demeura imperturbable. Il se contenta de sourire, révélant de petites dents grises.

– Très bien. Bonne chance, alors. Bon vent.

Il sauta lestement du perron et s'éloigna dans l'allée. En quelques secondes, il était trempé. Il disparut dans l'obscurité au-delà des réverbères. On entendit longtemps ses pas sur l'herbe humide.

– Mon cerveau vient d'exploser, lâcha Martha.

– Le pire colporteur que j'aie jamais vu, déclara Kip en secouant la tête. Il a emprunté ses techniques de vente aux Monty Python, ma parole. Qu'est-ce qu'il a dit, déjà ?

– Qu'on était morts, murmurai-je.

– Ce n'est pas la première fois qu'on me parle comme ça. On m'a déjà traité de mort-vivant. On m'a dit que j'avais une tête de déterré. Mais mort tout court, ça, jamais. Ce type n'a vraiment pas le sens de la formule.

– Il fait partie d'une secte, non ? suggéra Whitley en se rongeant un ongle. Ce type est un cinglé. On appelle la police ? Il y en a peut-être d'autres comme lui qui cherchent à entrer dans le manoir pour nous assassiner, ou un truc dans le genre.

– Il est inoffensif, marmonna Cannon.

Pourtant, il avait l'air inquiet. Il poussa un grognement en scrutant l'allée déserte, attrapa un parapluie et sortit à l'instant où un coup de tonnerre retentissait et que la pluie se mettait à tomber encore plus dru. Il descendit le perron en regardant tout autour de lui et fila par le même chemin que le vieux bonhomme.

On attendit dans un silence angoissé.

Une minute plus tard, Cannon réapparut.

– Il n'y a aucune trace de lui. Il a dû regagner la route.

– Allons jeter un coup d'œil aux caméras de surveillance, proposa Whitley.

Tous deux se dirigèrent vers la salle de contrôle au sous-sol, tandis que Kip et Martha déclaraient qu'il leur fallait un coup à boire pour supporter la visite du prochain zombie de l'Apocalypse. Ils s'engouffrèrent dans le salon.

Je restai sur le perron en cherchant à percer l'obscurité.

Il y avait quelque chose de très agaçant chez ce vieil homme. Cette éloquence, ce discours, cet accent. On aurait dit à la fois un présentateur télé du câble et un type qui vient de passer une année en Angleterre. Le résultat, c'est qu'il donnait l'impression de cacher quelque chose. Comme si ce qu'il avait dit n'était qu'une petite partie d'un schéma bien plus vaste.

Je scrutai les bois en essayant de stabiliser ma tête malgré l'ivresse.

Tout à coup, de la musique retentit dans le manoir, couvrant l'orage et adoucissant la nuit. Avec une profonde inspiration, je refermai la porte puis la verrouillai. Whitley avait raison. Ce type était sans doute juste à la recherche de recrues pour son Église.

Et pourtant, je laissai Kip et Martha blottis sur le canapé à caresser Gandalf et j'allai dans le couloir avec mon téléphone. Ma mère décrocha dès la première sonnerie.

– Bee ? Tout va bien ?

Je sentis à son ton anxieux qu'elle et mon père ne dormaient pas. Ils étaient sans doute au lit avec un livre : papa, l'une de ses éternelles biographies présidentielles de quinze kilos, maman un thriller de James Patterson, même si elle relisait sans doute quatre ou cinq fois le même paragraphe pour dire ensuite : « Je ne comprends vraiment pas pourquoi elle devait aller voir ces jeunes gens. Ils ont toujours de l'emprise sur elle. » Avec un regard patient et rassurant par-dessus ses lunettes, papa répondait : « Si elle veut les voir, elle en a le droit, Victoria. C'est une adulte. Elle est plus forte que tu ne le crois. »

Je me rendis compte que je ne savais pas pourquoi je lui téléphonais, à part pour entendre sa voix.

– Je n'ai pas envie de conduire sous la pluie, je vais passer la nuit ici, dis-je.

– Ton père a besoin de toi au Crow dès l'ouverture. Samy l'Endormi a appelé pour prévenir qu'il avait une rage de dents.

– Je serai là, promis.

Elle baissa le ton.

– Comment ça se passe ? Tu es libre de parler ? Tu as l'air bizarre.

– Tout va bien. Je t'aime.

– Nous aussi, on t'aime, ma Bee. Si tu as besoin de nous, on est là.

Je raccrochai au moment où Whitley et Cannon remontaient de la salle de contrôle.

– Aucune trace du type sur les vidéos, déclara Cannon.

– Il s'est volatilisé dans la nuit, ajouta Whitley.

– Décidément, cette soirée mérite 20/20 en bizarrerie, prononça lourdement Martha.

– C'est drôle qu'il se fasse appeler le Gardien, vous ne trouvez pas ? fit remarquer Kip en secouant la tête. On dirait plutôt le père Noël des Carpates.

Whitley fronça le nez.

– Ç'a été mon mot de passe pendant des années. Je suis sérieuse. Gardien123.

On en vint à la conclusion qu'il était *Just One of Those Things*, comme dans la chanson de Cole Porter, l'un de ces doubles nœuds des lacets de la vie. L'orage continuait à faire rage, les éclairs et le tonnerre s'en donnaient à cœur joie, tant et si bien que la branche d'un gigantesque chêne s'écrasa sur la terrasse, brisant la rambarde.

On sursauta en échangeant des regards inquiets. On imaginait sans doute tous la même chose : c'était comme un film d'horreur dont ce drôle de bonhomme avait été le prélude.

Mais il n'y eut rien de plus.

Une autre heure passa. Whitley raconta comment le patron du cabinet d'avocats de San Francisco où elle avait fait son stage l'avait harcelée tout l'été. Cannon ne savait pas s'il était amoureux de sa petite amie, une championne internationale d'escrime.

– L'amour est un oiseau insaisissable, déclara-t-il. Toi, là-dedans, tu es juste l'ornithologue qui cherche la caille à plumes rouges que certains guettent toute leur vie pour finalement l'apercevoir trois secondes, perchée sur un cerisier au sommet d'une montagne japonaise.

– Tu confonds amour et perfection, dis-je. L'amour, le vrai, quand il surgit ? Il est là, c'est tout. C'est aussi simple qu'une chaise en métal pliée ou dépliée.

Comme personne ne réagissait, je me rendis compte, gênée, que j'avais prononcé ces mots uniquement pour aborder le sujet de Jim. Ce que je comptais faire. Mais Whitley se leva pour aller chercher une bouteille de Royal Salute, Kipling murmura qu'il n'avait pas été aussi saoul depuis ses neuf ans, et le moment passa.

– Moi, je vais vous dire ce que c'est que l'amour, annonça Martha en regardant le plafond. C'est le principe d'incertitude d'Heisenberg. Dès qu'on croit qu'il est là et qu'on veut le laisser s'exprimer, eh bien, il disparaît. Il réapparaît plus loin. Puis un peu plus loin encore. Puis ici. Quoi qu'on fasse, on ne peut ni l'enfermer ni le contenir.

C'était la première fois que j'entendais Martha parler comme ça, et les autres aussi, vu leurs regards éberlués. Elle faisait toujours mine d'être réfractaire à l'amour. Si on lui demandait pour qui elle avait un *crush*, elle vous regardait comme si vous étiez un monstre à trois têtes : « Pourquoi je perdrais mon temps, qui est une ressource précieuse en constante diminution, avec les fluctuations de l'adrénaline, de la dopamine et de la sérotonine dans mes neurones ? » Quand elle voyait un couple se tenir par la main dans un couloir, elle le contournait de façon exagérée.

– Au cas où ils seraient contagieux, expliquait-elle.

Le pire, c'est qu'elle était sérieuse.

La conversation se poursuivit tandis que la pluie continuait à éclabousser les vitres.

Au bout d'un moment, Kip m'appela de nouveau sœur Bee, et Cannon déclara que j'étais la seule fille du lycée dont personne – que ce soit un prof, un élève, un parent ou un employé –, pas même une *fourmi*, n'aurait pu dire du mal.

– Le pire, c'est que ta gentillesse n'est même pas agaçante, conclut-il.

– Tu te souviens comment, en cours de bio, rappela Kip avec un sourire narquois, Bee n'a même pas voulu dire au prof que Chad Burman venait de vomir sur le dos de sa blouse ? Elle a répondu à toutes ses questions sur l'osmose, puis elle s'est excusée discrètement.

– Et pendant le voyage à Washington, quand M. Miller a dû rentrer en urgence auprès de sa femme enceinte, plutôt que de faire venir un autre chaperon, Mme Guild a demandé à Bee de la seconder.

Ils éclatèrent tous de rire.

– Pas la peine d'en faire tout un plat, protestai-je.

Whitley gardait un silence lourd de sens, les yeux rivés au sol, comme si elle se retenait de rire.

Quand est-ce que ça va arriver? me demandai-je avec un frisson. *La discussion sur Jim?*

Le leader absent du groupe. Son sixième membre. Son ange disparu.

Comment résistaient-ils à l'envie de parler de lui? Jim, dont l'ombre lugubre continuait à s'étirer derrière lui, Jim, ce personnage aussi fascinant mort qu'il l'avait été vivant. Jim le poète. Jim le prince.

Bien sûr qu'ils pensaient à lui. Comment faire autrement?

J'avais l'impression qu'il était enfermé dans la remise au fond du jardin dont tout le monde avait bien trop peur pour s'approcher, et encore plus pour jeter un coup d'œil par ses fenêtres sales.

Je finis par m'assoupir. Quand je me réveillai, la joue collée à un coussin du canapé, Whitley et Cannon dormaient devant la cheminée. Kip ronflait sur la causeuse. Seule Martha était éveillée. Elle semblait avoir dessaoulé. Elle lisait dans un fauteuil club, le menton dans la main.

– Salut, croassai-je en me frottant les yeux. Quelle heure il est?

– 4h15.

Dehors, il faisait nuit, et il pleuvait toujours.

– Je n'arrive pas à dormir, dit Martha avec un sourire las. C'est à cause de ce vieux bonhomme. J'ai l'impression qu'il est toujours là.

À cette remarque, je jetai un coup d'œil en tremblant vers les fenêtres.

Whitley avait allumé toutes les lampes extérieures, si bien

que je voyais la branche du chêne à terre, le parc, la piscine et le chemin pavé qui descendait au ponton.

– Je suis sûre que ce n'est rien, murmurai-je.

On continua à bavarder, mais les silences entre deux répliques s'étiraient comme la distance entre un chapelet d'îles juste avant le grand large.

Martha et moi n'avions jamais été très proches, ce qui, somme toute, était assez surprenant, dans la mesure où nous étions les seules boursières de Darrow : deux chiens bâtards au caractère ombrageux au milieu d'une meute de bêtes racées à la réputation nationale.

Elle était entrée à Darrow grâce à une bourse de physique offerte par un ancien élève qui travaillait sur le boson de Higgs. La première élève à être sélectionnée en vingt-huit ans. Major de promo, elle avait ensuite été acceptée au Massachusetts Institute of Technology en mathématiques et sciences de l'ingénieur avec une bourse qui couvrait la totalité de ses frais.

Elle venait des quartiers pauvres de Philadelphie, où elle avait été élevée par son père. Qui était encore moins riche que mes parents. Je ne l'avais jamais rencontré, mais Cannon disait qu'il tenait maintenant un garage et qu'il avait pour surnom Mickey Cacahuète. Jim m'avait raconté que Martha avait une sœur bien plus âgée qui était morte d'overdose, et que sa mère les avait quittés peu après. Mais Martha n'évoquait jamais sa sœur, et son unique souvenir de sa mère semblait être leur voyage en Alaska pour ses dix ans.

J'avais passé des heures en sa compagnie et, pourtant, je n'aurais su dire ce qu'elle aimait, en dehors de cet étrange roman de fantasy *underground* qui s'appelait *La Maison des ténèbres*. C'était en son honneur qu'elle avait recouvert les murs de sa chambre de mystérieux posters de trains à vapeur et qu'elle écumait les forums de Reddit à la recherche d'autres mégafans qui se faisaient appeler les Ténébreux. Elle apparaissait même parfois en classe, étonnamment à l'aise, avec un chapeau haut de forme et des lunettes, ou avec une perruque blanche de magistrat, pour célébrer l'anniversaire d'un personnage. Elle avait toujours un exemplaire du roman au fond de son sac à dos, et elle lisait ce cale-porte de mille pages cornées, photocopiées et reliées avec de la ficelle avant chaque cours pour éviter qu'on vienne lui parler.

C'était l'amie intime de Jim. Ils s'étaient rencontrés lors d'un camp d'été offert aux surdoués qui se déroulait dans un manoir du XIXe siècle dans le nord de l'État de New York : « Les enfants de Léonard de Vinci ». Jim s'y trouvait grâce à la comédie musicale sur Napoléon qu'il avait écrite et montée dans son collège privé de Manhattan, et qui lui avait valu un portrait dans le *New York Magazine* ; Martha parce qu'elle avait construit un moteur d'avion seule dans son garage.

C'est Jim qui avait poussé Martha à poser sa candidature à Darrow, car il voulait l'avoir à ses côtés. Au fil des années, elle était devenue un membre à part entière de notre groupe, donnant à chaque situation son petit côté pincé, avec ses références incessantes à *La Maison des ténèbres* que personne ne comprenait. Et pourtant, j'avais toujours soupçonné que seul Jim l'appréciait vraiment, et que Cannon, Wit et Kip s'en accommodaient comme de crises d'asthme ou du chat adoré de son épouse. Il ne cessait de répéter qu'elle était incroyable, qu'un jour, quand on serait vieux, on se dirait, incrédules : « J'ai été l'ami de Martha Ziegler. »

« Ce qui sera comme dire qu'on a été l'ami de Stephen Hawking. Elle deviendra aussi importante que ça. »

Ils avaient tous deux leurs *private jokes*, ils se promenaient, suspendus à l'épaule l'un de l'autre comme un vieux pull autour du cou. Si ça ne me rendait pas vraiment jalouse, je n'en remarquais pas moins certaines attitudes de Martha – des regards pesants, des remarques bizarres –, qui déclenchaient en moi des sonneries d'alarme et alimentaient mes soupçons au sujet d'un secret brûlant : elle était amoureuse de Jim. C'est pour ça qu'elle ne m'avait jamais aimée.

La mort de Jim ne pouvait que lui avoir brisé le cœur. Les jours suivants, les derniers avant les vacances d'été, elle avait été lugubre et taciturne. Elle s'était échappée du dernier office religieux, telle une chauve-souris qu'on vient de réveiller dans le grenier. Elle était nerveuse. Je me souvenais vaguement qu'elle était partie sans un mot, la veille de mon propre départ. Whitley, qui soulignait toujours les choses embarrassantes que les gens voulaient cacher, n'arrêtait pas de dire : « Il y a un problème avec Martha. »

Et voilà qu'elle m'examinait de nouveau avec ce regard télescopique que j'avais toujours trouvé dérangeant. Quoi qu'elle ait un jour ressenti pour Jim, quoi qu'il ait un jour fait affleurer à la surface de ses sentiments, c'était devenu aussi indétectable qu'un banc de baleines bleues dans une mer calme.

Je m'aperçus qu'elle venait de me poser une question.

– Quoi ?

– Je te demandais si tu inventais toujours des bandes-son imaginaires.

Elle faisait allusion à ma passion pour les musiques de films qui n'existaient pas. Je ne savais pas pourquoi je faisais ça. C'était juste un hobby. Enfant, j'étais affreusement timide, terrifiée à l'idée de prendre la parole en classe. Mes professeurs pensaient même que j'étais bègue ou malentendante.

J'avais commencé à fabriquer des sortes de petits albums avec des paroles et des dessins pour des films dont j'aurais aimé qu'ils existent, par exemple un célèbre film de vampires appelé *Blood Academy* ou encore *Dove Nova*, le biopic d'une pop star adolescente suédoise mystérieusement disparue. Ces albums n'avaient d'intérêt que pour moi. Je n'étais pas capable d'expliquer pourquoi je les fabriquais, à part le fait que j'aimais croire qu'ils étaient les preuves d'un univers différent d'ici-bas, un univers où je n'étais pas timide, où les non-dits ne s'accumulaient pas comme des billes dans ma bouche, où j'étais courageuse. Comme disait Jim, c'était ma *Ménagerie de verre*.

Un soir, en troisième, tous les élèves se trouvaient dans le gymnase pour le bal de Noël. Une tempête de neige faisait rage, et l'électricité avait sauté. Ayant déchiré l'arrière de ma robe, j'avais abandonné Jim pour courir me changer dans ma chambre. À ma grande surprise, j'avais découvert Martha dans un coin de la salle commune en train de lire *Orgueil et préjugés* à la lampe de poche. Elle était tellement concentrée qu'elle ne s'était pas rendu compte qu'une fenêtre s'était ouverte et que la neige formait un tas de dix centimètres par terre. On passa deux heures ensemble. Ce fut la seule et unique fois. Ce jour-là, sans doute dans l'espoir de détendre l'atmosphère, je lui avais montré ma collection d'albums imaginaires. Depuis, quand on était seules, elle avait tendance à recourir à ce sujet passe-partout. Ce qui pouvait se révéler agaçant.

– Non, dis-je en mimant un bâillement. Pas vraiment. Je crois que je vais aller me coucher à l'étage.

Elle hocha la tête d'un air solennel.

– Repose-toi bien, Beatrice.

Je sortis tandis que Martha reprenait son livre, et je montai lourdement l'escalier pour rejoindre ma chambre préférée, au bout du couloir. Je soulevai le couvre-lit et me glissai entre les draps.

N'importe quelle autre nuit, les souvenirs que contenait cette pièce m'auraient tenue en éveil. Comme d'habitude, j'étais blottie sous les lourdes couvertures. La seule chose qui manquait, c'était Jim près de moi en train de composer à la lueur de son téléphone.

Je mis mon réveil à 6 heures et fermai les yeux. Je partirais avant que les autres se réveillent.

Et, pour le meilleur ou pour le pire, je refermerais alors mon dernier chapitre sur Wincroft.

Chapitre 4

À mon réveil, il faisait jour.

J'étais frigorifiée, mais aussi étrangement en sueur. Non, ce n'était pas de la sueur, me rendis-je rapidement compte, plutôt de la pluie : j'étais trempée parce que je me trouvais à l'arrière de la Jaguar décapotée. Garée sur une plate-bande devant Wincroft par quelqu'un qui avait apparemment beaucoup trop bu.

C'était le déluge. Kip et Martha étaient assis à côté de moi, l'air perdus.

– Qu'est-ce que tu fais ? me demanda Kip, lui aussi trempé et les yeux injectés de sang. (Une goutte pendait au bout de son nez.) Où tu nous emmènes ?

Je ne comprenais pas de quoi il parlait. Je me glissai hors de la voiture, remontai l'allée en courant jusqu'au manoir et ouvris la porte. Là, je manquai bousculer Whitley, vêtue comme la veille, qui se tenait immobile dans le hall. Elle me regarda d'un air tellement ahuri que je compris qu'il se passait quelque chose de terrible.

– Quoi ? Qu'est-ce qu'il y a ?

Elle se contenta de passer près de moi sans quitter la porte des yeux, toujours muette.

Je me précipitai dans la cuisine. En tremblant, je passai mon corps en revue. J'allais bien. J'avais l'esprit clair. Mais je ne m'étais pas réveillée à temps. Je ne serais pas au Crow pour l'ouverture. Mes parents auraient du mal à gérer l'afflux de clientèle du matin, puis le déjeuner. Mon père serait tellement stressé qu'il oublierait de mentionner le plat du jour, ma mère s'emparerait de ce prétexte pour dire que ce n'était plus la peine d'en proposer, que ça coûtait trop cher. C'était parfois l'étincelle qui déclenchait une dispute, une chose pourtant rare chez eux.

Cannon était debout devant l'îlot de la cuisine, occupé à tapoter comme un fou sur le clavier de son ordinateur.

– Regarde ça ! cria-t-il par-dessus son épaule en me confondant avec Whitley. Le *New York Times*. Pareil.

Je m'approchai de lui. Il était survolté, comme s'il avait bu six cafés.

– Qu'est-ce qu'il y a ?

– Qu'est-ce qu'il y a ? se moqua-t-il en se tournant vers moi.

Il m'attrapa la tête pour la placer face à l'écran.

– Le Sénat exige une nouvelle loi sur l'immigration, lus-je.

– La date, cracha-t-il.

– Vendredi 30 août. Et alors ?

– Et alors ? C'était hier.

En grognant, il tapa « CNN » sur son clavier.

– CNN. Le *Post*. Le *Time*. Tous donnent la même date.

Il me mit son iPhone entre les mains. Je clignai bêtement des yeux en voyant la date par-dessus une photo de ce qui était sans aucun doute sa championne d'escrime.

Il avait raison. 30 août. 17 h 34.

Il devait y avoir une erreur dans le calendrier mondial. Des terroristes avaient hacké le système. Comme s'il lisait dans mes pensées, Cannon me tendit sa montre. 30 août. 17 h 35, maintenant.

– Comment des hackers pourraient-ils avoir pénétré ma TAG Heuer ?

Je ne pus que le regarder bêtement.

Son téléphone vibra. Quelqu'un qui s'appelait Alexandra. Il m'arracha l'appareil des mains.

– Alex ! Non, dis-moi plutôt quel jour et quelle heure il est. La date et l'heure. Je t'explique dans une sec... Tu veux bien me donner la date ? Je ne te demande pas de réciter la... JE T'EN PRIE, TAIS-TOI ET DONNE-MOI...

À la réponse d'Alex, Cannon projeta son téléphone en direction de la baie vitrée, puis il alla s'affaler sur un canapé en regardant par terre. Je me précipitai sur mon sac et en sortis mon téléphone, ce qui était étrange parce que, la dernière fois que je l'avais vu, il se trouvait à l'étage.

Il donnait la même date : 30 août. Paniquée, j'appelai ma mère.

– Salut, ma Bee...

– Maman, où es-tu ?

– En route pour le Dreamland. On va voir *La Dame du vendredi*. Qu'est-ce qui se passe ?

– Mais tu n'as pas déjà vu ce film hier ?

– Hier ?

– Maman, quel jour on est ?

– Hein ? Mais pourquoi tu cries ?

– Quelle est la date ?

– Heu... vendredi. Le 30 août.

– Tu en es sûre ?

– Je suis en train de la lire sur le tableau de bord.

– Oui, oui, on est bien le 30, entendis-je renchérir mon père.

– Maman, je t'ai appelée hier soir, tu te souviens ?

– Hier soir ?

– Hier soir, je t'ai appelée pour te dire que je restais dormir à Wincroft, et tu m'as demandé d'être là de bonne heure parce que Samy l'Endormi avait une rage de dents.

– Samy ne viendra pas demain ? Il t'a appelée ? Samy ne viendra pas demain, dit-elle à mon père.

– C'est Bee qu'il a appelée, alors qu'on lui a demandé dix-neuf fois s'il avait bien notre numéro ?

– Bee, qu'est-ce qui se passe ? Ça ne va pas ? Et si on venait te chercher ?

Je raccrochai. Mon sang pulsait jusque dans mes oreilles.

Ma mère me rappela, mais j'étais trop secouée pour décrocher.

Je m'assis sur le canapé en essayant de me calmer. Je devais être en plein rêve éveillé. Je cherchai un moyen d'en sortir. Au bout d'un moment, je m'aperçus que Kip et Martha étaient rentrés dans le manoir. Ils étaient très raides, comme des somnambules. Dans la cuisine, Whitley effectuait des gestes au ralenti, à croire qu'elle se trouvait sur la Lune.

– Mais qu'est-ce qui se passe, murmura Kip d'une voix à peine audible. Il y a eu un tremblement de terre ? Le jour du Jugement dernier est arrivé, et on a oublié de nous prévenir ?

Le heurtoir retentit dans le hall.

Sans attendre les autres, je bondis du canapé, passai en courant devant Kip et Martha et ouvris la porte en grand.

– Peut-être que, cette fois, vous allez m'inviter à prendre un thé ? me dit le vieil homme.

Chapitre 5

– Déjà, il faut garder votre calme, dit le Gardien. La panique ne vous mènera nulle part.

Il était en train de préparer du thé.

Il en avait demandé en entrant, mais comme on était trop affolés pour réagir, il avait entrepris de le faire lui-même. Il avait rempli la bouilloire, allumé la gazinière et sorti une tasse du placard comme s'il connaissait déjà le manoir.

– Si ça peut vous rassurer, rappelez-vous une chose, reprit-il tout en lissant sa cravate en soie bleu marine. (Elle capta la lumière, et je vis qu'il y avait dessus un motif semblable au cerf qui dominait l'entrée de Darrow.) D'autres ont connu le Neverworld avant vous. Et d'autres le connaîtront après. Tandis que des centaines de millions de personnes mourront sans avoir l'opportunité que chacun d'entre vous tient entre ses mains. Alors il faut voir ça comme un cadeau. Vous avez la possibilité de modifier le cours de l'histoire, car la vie de celui que vous choisirez aura des milliards de conséquences, et ce jusqu'à la fin des temps. Il y a des précédents, vous n'êtes pas seuls. Vous devez rester soudés. Chacun d'entre vous est une clef, les autres sont vos serrures. Vous ne faites pas un cauchemar, et ce n'est pas un rêve non plus. Vous êtes coincés dans une faille où vous resterez jusqu'au vote unanime. Plus vite vous accepterez la situation, plus vite vous en réchapperez.

La présence, *encore*, de ce vieil homme, vêtu du même costume sombre, avec sa voix magnifique, était tellement incongrue qu'aucun de nous ne parvenait à écouter ce qu'il disait. Debout près de l'îlot de la cuisine, Whitley et Kip le regardaient, bouche bée, comme s'il s'agissait d'un esprit frappeur. Martha était sur le canapé, le visage fermé, les pieds plantés dans le sol, au bord du malaise. Je m'efforçais d'être attentive au cas où lui échapperait un indice qui nous révélerait qui il était vraiment. En même temps, mon esprit hurlait : *C'est un coup monté, c'est juste un coup monté.* Il n'y avait pas d'autre explication. Des terroristes, des hackers liés aux Anonymous ou à je ne sais qui d'autre, étaient en train de nous jouer un tour très malin, mais cruel.

Je remarquai que Cannon avait disparu à l'étage. Il revint avec son duffle-coat sur le dos.

– Je me tire, déclara-t-il.

– Quoi ! lança Whitley, inquiète. Tu vas où ?

– À l'aéroport.

– Mais on est hier, fit remarquer Kip.

– Mais non. Bien sûr que non. D'accord, on n'y comprend rien, mais il y a une explication. Je suis sûr que le département de physique de Harvard est en train de travailler là-dessus au moment où on parle.

– Je crains que le département de physique de Harvard ne soit pas informé de votre situation, s'interposa le Gardien en enroulant son sachet de thé autour de sa cuiller. Ils sont bien trop occupés par les questions de gravité quantique. Et tout particulièrement, le problème de la catastrophe du vide.

Cannon le regarda froidement.

– Je rentre chez moi.

– Pour faire quoi ? lança Kip. Te plaindre ? À ta maman ? Maman, j'ai un problème, j'ai cassé le temps.

Cannon haussa les épaules.

– Je refuse de rester ici avec ce type.

Il partit. On entendit la porte d'entrée claquer. Puis Whitley l'imita. Suivie de Kipling et Martha. Ils s'en allèrent tous en courant, comme s'ils venaient d'apprendre que le vieux bonhomme portait une ceinture d'explosifs. Ils avaient attrapé au passage leurs clefs de voiture, leur sac, leur sweat-shirt, leur téléphone. Ne voulant pas rester seule, je pris mon sac à mon tour et me précipitai, moi aussi, sous la pluie. Ils se mirent chacun au volant de leur voiture, firent rugir leur moteur, activèrent les essuie-glaces. Le temps que je démarre mon pick-up et que je passe la marche arrière, ils avaient tous disparu.

Le Gardien se tenait sur le perron, sa tasse de thé à la main.

La situation était trop incroyable pour qu'on se soucie d'abandonner le manoir à un parfait inconnu.

– Ne vous inquiétez pas ! me cria-t-il à travers la pluie. Je ne volerai pas l'argenterie !

J'appuyai sur l'accélérateur. En dévalant l'allée, j'eus la sensation d'être suivie. Et pourtant, comme je jetais un coup d'œil au rétroviseur dans un virage, je ne vis personne derrière moi. Quand je regardai une dernière fois le manoir en briques rouges qui plongeait derrière la colline, le Gardien sembla disparaître lui aussi.

—

La nuit approchait. La pluie tombait sans cesse, le ciel était sombre. Au bout de quelques kilomètres, après avoir observé chaque conducteur dans les véhicules que je croisais pour m'assurer que c'étaient des gens et non des fantômes, des aliens ou des zombies (la plupart me dévisageaient en se demandant quel était mon problème), je commençai à me détendre. Ils avaient l'air humains, vivants, normaux, ils mâchaient du chewing-gum, tripotaient leur radio, se comportaient de manière parfaitement banale.

Tout était normal.

J'appelai de nouveau ma mère.

– Bee ?

– Maman, où tu es ?

– Au cinéma. Qu'est-ce qui se passe ? Tu nous as fait peur avec ton coup de fil, tout à l'heure.

Je me rendis directement au Dreamland de Westerly. Mes parents m'attendaient dehors, livides. Je me garai devant la sortie de secours en laissant le moteur tourner. J'ouvris la porte et courus me jeter dans leurs bras.

Ils étaient réels. Je ne rêvais pas. Tout allait bien.

Ma mère avait l'air très inquiète.

– Je ne veux plus que tu voies ces jeunes.

– Victoria, la sermonna mon père.

– Quoi ? Mais regarde-la ! Elle est dans tous ses états. Je refuse de vivre ça de nouveau. Ces jeunes sont malsains. Ce sont des gosses pourris gâtés incapables de se soucier des dégâts qu'ils causent parce qu'il y a toujours papa et maman prêts à passer derrière eux avec une bonne et un carnet de chèques.

– Ce sont des gamins, c'est tout.

– Des gamins qui ont rendu notre fille presque incapable de manger et de dormir pendant deux mois, je te rappelle.

– C'était le choc. Et le chagrin.

Je pleurais, mais ils ne pouvaient pas en comprendre la

vraie raison ; en réalité, je pleurais de soulagement. Sans que je comprenne comment, la journée qui avait déjà eu lieu avant celle-ci n'était pas réelle.

Alors que ça, c'était réel.

Je parvins à rassurer mes parents, et on alla dîner au Shakedown. On discuta avec Artie, qui nous offrit de la tarte aux pommes. Puis on fit une promenade en discutant de la énième proposition des promoteurs immobiliers qui cherchaient à racheter le Crow pour construire un immeuble à la place. Mes parents avaient beau être un peu soucieux – pas simplement à cause de ma brusque apparition, mais aussi à voir l'immense plaisir que j'avais à passer la soirée avec eux alors que, tout l'été, j'avais été plus ou moins apathique –, ils ne dirent rien. Ils firent mine d'accepter mes explications sur mon départ précipité de Wincroft : « Il fallait que je me sorte de là. En fait, on n'a plus rien en commun. »

Ils avaient également accepté mon envie de prolonger la soirée, d'aller encore un peu plus loin sur la promenade, de regarder chaque peinture de voilier dans chaque vitrine de chaque galerie d'art, de pousser jusqu'aux vieilles balançoires où, sur un mur juste à côté, quelqu'un avait tagué « LA VIE N'EST QU'UN RÊVE ». En réalité, je cherchais à retarder le moment inévitable du retour à la maison et du coucher.

Car je craignais de m'endormir : le fait d'avoir déjà vécu cette journée me trottait dans la tête comme l'air d'une chanson pop dont on ne parvient pas à se débarrasser.

On rentra juste après minuit. Papa prit le volant du Dodge RAM car j'avais prétendu être trop fatiguée pour conduire, même si la vraie raison était que j'avais peur d'être seule. On entra dans la maison à la queue leu leu. Mon père bâillait. Ma mère mit des verres qui traînaient au lave-vaisselle.

– Tu resterais avec moi jusqu'à ce que je m'endorme ? lui demandai-je.

– Bien sûr.

Elle sourit, mais son air préoccupé ne m'échappa pas. La dernière fois que je lui avais demandé ça, c'était juste après la mort de Jim.

Elle s'assit sur mon lit et on discuta des changements à opérer dans le menu du Crow, ainsi que de la décision de la mairie de supprimer un pont basculant. Je savais qu'elle avait envie de m'interroger sur mes anciens amis et sur ce qui s'était passé ce soir-là, mais elle se retint.

Tout à coup, elle se leva pour aller regarder de près le papier peint avec ses marguerites blanches. Elle attrapa un coin et tira. Un large pan se détacha du mur.

– Je n'y crois pas ! Ton père a dit qu'il avait arrangé ça. Il y a même de la moisissure derrière !

– C'est le signe que papa et toi devriez vendre le Crow pour aller vivre en Floride.

Elle croisa les bras en protestant :

– Est-ce que j'ai l'air de quelqu'un qui joue au golf et au casino ?

Je sentis le sommeil me gagner. Elle me parla des problèmes de dos de mon père, me disant qu'il souffrait davantage qu'il ne voulait bien l'avouer. Je lui pris la main et je sombrai.

La main de ma mère était réelle. Ce qui s'était passé avant ne l'était pas. Une journée avait décidé de se dupliquer. *En quoi était-ce vraiment un problème ?*

Ces mensonges qu'on se raconte pour se rassurer…

L'esprit fait de son mieux pour atténuer l'impact d'une catastrophe. Mais au bout d'un moment, l'écart entre la réalité et le fantasme finit par être trop grand. Et là, toutes les tentatives de déni et l'espoir que tout s'arrange deviennent vains.

Alors, vous vous réveillez en hurlant.

—

J'étais de nouveau sous la pluie, à l'arrière de la Jaguar, entre Martha et Kipling. En atteignant le manoir, je tremblais tellement que je dus m'asseoir sur le canapé, pieds écartés, mains sur les genoux, pour éviter que mon cœur ne s'emballe trop.

J'étais de nouveau à Wincroft. Au moins, j'étais en vie.

Mais quelle était cette vie ?

Gandalf tournait en rond en aboyant.

– Non, non, non ! s'écria Cannon.

Il était devant l'îlot central de la cuisine en train de pianoter sur son clavier. Ayant sans doute découvert que la date était toujours la même, il le referma d'un coup sec puis le jeta à travers la pièce.

Malgré mon ahurissement, je compris que Whitley était dans une colère noire. Trempée de la tête aux pieds, elle arrachait les parasols blancs des tables de la terrasse pour les jeter par-dessus la rambarde.

À Darrow, ses colères étaient légendaires.

« C'est une psychotique », disaient les filles qui la détestaient.

Moi, j'avais toujours vu ça comme un atout. Que Whitley puisse être si belle et si intelligente et, en plus, se moquer des conséquences de ses scènes d'intensité biblique, c'était tellement glamour. On aurait dit l'héroïne d'un roman victorien. (« Les crises de Lansing », une expression consacrée à Darrow, avait un petit côté ancien, comme le nom d'une maladie exotique.) Je rêvais d'être aussi sauvage qu'elle, de déchaîner mon esprit au lieu d'être tétanisée. Whitley rejetait la tête en arrière et hurlait ; moi, je restais muette. Ses colères étaient dignes de l'Olympe, on aurait dit des rages cinq étoiles, une crise disque de platine. Elles provenaient d'un bouillonnement intérieur impossible à apaiser. Le visage écarlate, les yeux jetant des éclairs, elle était capable de démolir sa chambre, d'arracher toutes les pages de ses manuels, de défoncer les murs à coups de poing, de renverser les tables, d'envoyer promener sans ménagement un professeur. J'avais toujours eu l'impression que, dans ces moments-là, Whitley avait accès à un monde qui nous demeurait interdit, un endroit si laid et si vaste qu'il n'y avait pas de mots pour le décrire.

Ses colères l'envoyaient à l'infirmerie, et elles l'auraient aussi fait renvoyer de Darrow si Linda, sa mère, P.-D.G. du groupe pharmaceutique Lansing, n'avait pas pris son jet depuis Saint Louis, vêtue de son vison, pour venir tout arranger. Autrement dit, financer une autre aile de la bibliothèque. C'était la raison pour laquelle Whitley avait une permission de sortie spéciale pour aller voir un psychologue à Newport. Dès qu'elle faisait une crise, je me ruais pour la maîtriser, tel un astronaute qui s'accroche à son camarade afin de lui éviter de partir à la dérive dans l'espace.

La voyant s'emparer d'une chaise longue pour la jeter par-dessus la rambarde, je me contentai de l'observer en silence. Cette fois, je ne pouvais pas l'aider. J'étais moi-même incapable de tenir debout.

Kipling et Martha inspectaient la cuisine comme des gens qui découvrent leur propriété après le passage d'un ouragan.

– Il faut qu'on appelle quelqu'un, déclara Kipling d'une voix tremblante. Le FBI. La CIA.

– Pour leur dire quoi ? demanda Martha en se tournant vers lui. Que le temps est rayé comme un vinyle ?

– Il doit y avoir d'autres personnes dans notre cas. C'est une situation qui relève de l'état d'urgence.

– Je suis sûr que les Envahisseurs sont dans le coup, marmonna Cannon, assis par terre en position de sécurité comme dans un abri antiatomique. Vous imaginez les news ? « Hier est aujourd'hui. *Encore*. On vous en dit plus sur ce fait incroyable juste après une page de publicité. Tweetez votre expérience : #breakingnews. »

Kipling attrapa la télécommande. À la télé, toutes les émissions avaient l'air normales. « Comment préparer une omelette en trois minutes », « Gardez votre linge aussi blanc qu'au premier jour ».

Le heurtoir retentit.

Personne ne bougea.

Quelques secondes plus tard, le Gardien entrait avec l'air débonnaire d'un grand-père. Même costume, même cravate. Il y avait quelque chose d'extrêmement dérangeant chez lui. J'eus l'impression que j'allais vomir.

– Vous êtes en train de vivre le pire moment, déclara-t-il. C'est toujours la deuxième veillée qui est la plus difficile.

– Dites-nous ce qu'il faut faire, rétorqua Martha.

– Je vous l'ai déjà dit. Votez.

Votez. Comme s'il s'agissait juste de prendre à gauche ou à droite sur la route.

Whitley avait dû le voir de la terrasse, parce qu'elle ouvrit la baie vitrée d'un coup et se tint immobile dans l'embrasure, haletante, au milieu des bourrasques de vent, comme dans un film. Avant que quiconque puisse l'en empêcher, elle courut dans le salon, s'empara d'un vase chinois et le jeta à la tête du vieil homme.

Il se roula en boule par terre. Cannon voulut maîtriser Whitley, mais elle lui donna un violent coup de coude et attrapa le Gardien par la cravate pour l'obliger à s'asseoir. Puis elle fonça dans la cuisine et fouilla dans les tiroirs en lançant des ustensiles, des louches, des cuillers par terre.

– La violence est un déni inutile de la réalité, déclara le Gardien en se protégeant la tête.

Whitley était réapparue près de lui avec une pelote de ficelle. Elle lui ligota les poignets et brandit un couteau de vingt centimètres près de son visage. Puis elle s'accroupit et, les dents serrées, s'attaqua à ses chevilles. Le Gardien ne protestait pas, il se contentait de la regarder d'un air amusé, comme un père à la plage quand son enfant de quatre ans décide de l'enterrer dans le sable.

Elle attrapa un tabouret et s'assit devant lui en chassant les cheveux de ses yeux.

– Parlez.

– À quel propos ? demanda le Gardien.

Elle le gifla.

– Whitley, la réprimanda Cannon.

– Dites-nous qui est responsable de ça et comment on fait pour en sortir.

Le Gardien ferma les yeux.

– Je vous l'ai déjà dit. Votez. Quant à savoir qui est responsable, il y a un nombre infini de réponses. L'Univers, Dieu, l'Absolu, l'Être suprême, Celui dont on ne prononce pas le nom, YHWH, Ahura Mazda...

Elle le gifla à nouveau.

– Tu crois que ça va servir à quelque chose de faire ton Tarantino avec ce pauvre type ? lui lança Kipling.

– Ce n'est pas un pauvre type. Il se fout de notre gueule.

Elle le gifla pour la troisième fois. Le Gardien resta imperturbable, malgré le sang qui coulait de son nez. Je fondis en larmes, mais ne fis rien pour mettre fin à la scène. Les autres non plus. On avait sans doute envie, tout en ayant du mal à l'admettre, que le Gardien révèle ainsi quelque chose qui nous tire de ce mauvais pas. Il finirait par avouer qu'il s'agissait d'un traquenard. Le rideau tomberait, la scène disparaîtrait et on rirait un bon coup. « Ah ah, comme c'était malin, votre truc ! Vous nous avez bien eus. » Je ne pouvais m'empêcher d'espérer que, comme dans mes cauchemars d'enfant quand la situation devenait trop insupportable, j'allais me réveiller.

Whitley frappa à nouveau le type. Il dit :

– Dans les trois dernières minutes de chaque veillée, vous devez voter pour celui qui, parmi vous, pourra survivre...

– Pourquoi un seul ? demanda Martha d'un ton sec en s'avançant derrière Whitley.

– Je ne peux vous expliquer les tenants et les aboutissants du Neverworld, car ils viennent de vous.

– Mais si le temps s'est arrêté, demanda Cannon, pourquoi on peut quand même reprendre une vie normale ?

– Seulement pendant onze point deux heures. Soit six cent soixante-douze minutes. C'est la durée de votre veillée. Six cent soixante-quinze minutes pour Cannon et Whitley. À la fin de chacune de ces périodes, vous vous réveillerez au Neverworld aussi sûrement que le carrosse de Cendrillon se transforme en citrouille à minuit. Votre accident a créé une brèche dans l'espace-temps, pourtant le présent continue à exister. Il attend, un peu comme une balle dans la chambre du revolver.

– Pourquoi est-ce qu'on ne se réveille pas tous à la même heure ? demanda Martha.

– Le début et la fin d'une veillée résultent d'une infinité de facteurs, dont la violence de l'impact, la force du lien, et le hasard.

Excédée, Whitley lâcha son couteau, attrapa son téléphone posé sur l'îlot de la cuisine, eut une brève et incompréhensible conversation, puis elle enfila une paire de Converse.

– Qu'est-ce que tu fais ? demanda Cannon.

– On se casse à T. F. Green.

C'était l'aéroport pour les jets privés situé à l'extérieur de Providence.

– J'ai réservé l'avion pour Hawaï. On décolle dans une heure. *Let's go !*

– Je crains que ça ne change rien, intervint le Gardien.

Elle lui décocha un regard noir.

– On sera dans un avion à trente-six mille pieds au-dessus du Pacifique à la fin de... comment vous dites, déjà ? La veillée ? Et là, qu'est-ce qui va se passer ? On va disparaître de nos sièges comme dans un tour de magie de Willy Wonka ?

– Vous verrez bien, répondit le Gardien.

—

Tout le monde accompagna Whitley, sauf moi.

J'en étais incapable. J'avais trop peur de partir si loin de mes parents, mais aussi de me retrouver dans une boîte volante avec les autres.

Avec ces gens.

Pour moi, ils étaient devenus des *gens*. Je n'étais plus comme eux, plus maintenant. Si la situation avait permis d'éclaircir une chose, c'était bien celle-là : ces personnes que j'avais aimées et à qui j'avais offert toute ma confiance étaient devenues pour moi de véritables étrangers.

Qu'avais-je fait pour mériter ça ? Pour me retrouver dans cet enfer avec eux ?

Je n'étais pas en état de réfléchir ; malgré tout, je ne pouvais laisser mon esprit divaguer. Je voulais rester ancrée dans ce moment. C'était tout ce dont j'étais capable.

Je les regardai s'entasser avec des degrés de conviction divers dans la Mercedes de Cannon. De toute évidence, ils craignaient que le plan de Whitley, un vol fou vers l'ouest, en direction d'une île tropicale, ne soit futile. Et pourtant, ils y allaient. Par solidarité ? Un dernier et vain espoir que ça marche, que le Golf Stream V de Linda, avec ses sièges beiges en veau et ses plateaux de mangues à volonté, capable de déchirer les nuages comme de la barbe à papa rose, soit la faille, un tunnel spatio-temporel, la carte « Vous êtes libéré de prison » qui mette fin à ce cauchemar ?

À peine consciente de la pluie, je descendis les marches en titubant et me mis au volant du pick-up. J'enclenchai la marche arrière et vis alors que le Gardien avait réussi à se libérer des liens de Whitley. Il était sur le perron, le visage en sang, Gandalf à ses côtés, comme si ce chien avait toujours été le sien.

Cette fois, le bonhomme ne prononça pas un mot. Ce n'était pas nécessaire. Son sourire voulait juste dire : « À bientôt. »

Chapitre 6

C'est impossible de rester éveillé.

On avait tout essayé. Peu importe le nombre de tasses de café, de Redbull ou de Monster, de pastilles de caféine et de ginseng, votre corps ne parvient pas à lutter contre le plus profond des sommeils. Et quand vous rouvrez les yeux, vous êtes revenu à la case départ.

Au début de la veillée.

C'est également impossible de mourir.

Kip avait essayé. Il s'était pendu dans une chambre de l'étage avec une ceinture d'E.S.S. Burt. Je ne l'avais pas vu, mais Martha me l'avait raconté. À la veillée suivante, il était comme d'habitude à côté de moi sur la banquette arrière de la Jaguar, sans trace bleue ou noire autour du cou, ni yeux exorbités.

Comme s'il ne s'était rien passé.

– On est immortels, déclara Cannon. On devrait prendre le pouvoir à la Maison-Blanche.

– En onze point deux heures ? lança Martha. Ça ne suffit même pas pour aller en voiture à Chicago, alors je ne te parle pas de devenir le chef de file du monde libre.

Tout raconter à ses parents. Appeler la police. Faire arrêter le Gardien. Contacter un psy. Arriver aux urgences en demandant au médecin de garde de changer de date, docteur, je vous en supplie. Se confesser. Raconter ça à un chauffeur de bus ou de taxi, à la serveuse du *diner* ouvert vingt-quatre heures sur vingt-quatre qui a déjà tout vu et tout entendu, à la vieille dame atteinte de camptocormie qui achète une quantité hallucinante de pizzas surgelées au supermarché, au type en blouson de cuir qui examine les bagues de fiançailles dans une galerie marchande. Parcourir les deux cent cinquante-deux livres de science-fiction de la bibliothèque municipale et un million d'ouvrages sur Google Livres pour savoir si, à un moment donné de l'histoire, un sage tel que Copernic, Aristote, Darwin ou Hawking n'a pas écrit sur une chose telle qu'un bug dans le temps, une salle d'attente cosmique, le loto fatal de l'oubli, un terrarium humain.

– À propos de quoi vous faites des recherches, déjà ? me demanda la bibliothécaire.

– Le Neverworld.

Elle tapa ce mot sur son clavier puis secoua la tête.

– Il n'y a rien là-dessus à la bibliothèque du Congrès.

Au début, on avait essayé tout ça.

Mais chaque fois, on se réveillait exactement au même endroit, exactement au même moment. On était comme une chanson en mode *repeat*, une mouche dans un bocal, un écho qui ne diminue jamais.

Le processus de récurrence va à l'encontre de l'essence même de l'être humain. Et il est, je vous le dis, insupportable. Votre esprit enrage à essayer de le réfuter. Puis votre cerveau se brise avec une étonnante facilité, car la psyché est fragile. Aussi vulnérable qu'un château de sable face à la marée montante. Jamais auparavant je n'avais compris à quel point nous avons peu de contrôle sur notre univers, à l'exception de nos actes.

Et là, même ma petite vie ne m'appartenait plus. Nous étions les passagers impuissants d'un vaisseau spatial qui faisait le tour de la planète Mars. Le soleil, le ciel, les étoiles ; combien de temps ai-je rêvé de tout ça, allongée sur une chaise longue au bord de la piscine sous la pluie battante en souhaitant me métamorphoser en boule de gaz et de feu ? J'aurais accepté de devenir un scarabée, un brin d'herbe, n'importe quoi, à condition que ça me permette de sortir du Neverworld.

– Votez, nous pressait le Gardien. Votez, c'est tout.

On vota. Bien évidemment qu'on vota.

On vota une première fois au tout début de notre arrivée au Neverworld. Le purgatoire. La zone grise. Cette saloperie de putain d'endroit de merde de chierie pour damnés. On lui donnait tous les noms, comme si insulter les forces invisibles qui nous clouaient là pouvait les faire changer d'avis.

On se réunit dans la bibliothèque de Wincroft, tels les personnages d'un roman policier attendant que le détective leur annonce l'identité de l'assassin, chacun confortablement installé dans un fauteuil club. Whitley servit du champagne, puis chacun écrivit le nom du survivant de son choix sur un bout de papier, que le Gardien ramassa.

– Il n'y a pas de consensus, annonça-t-il.

La deuxième fois, on fit un discours dans l'espoir de persuader les autres que, contrairement à eux, on méritait de vivre. On aurait dit des avocats de la défense s'adressant à un jury de persécuteurs – un système de justice en vase clos qui n'avait aucune chance de fonctionner. Les discours allèrent de l'altruisme (Cannon) à une implacable démonstration scientifique (Martha), à la puérilité la plus désespérante (Whitley promettant d'amener l'eau potable à tout le continent africain). Quand il se leva, Kipling s'écroula tant il était saoul.

– Votez pour moi parce qu'il faut pas voter pour moi, dit-il. Je suis un connard, un nul et un crétin.

Je pris la parole en dernier.

Je dis juste que j'étais une fille ordinaire destinée à une vie ordinaire, mais qu'ils pouvaient voter pour moi parce que je me ferais un devoir de réaliser une bonne action chaque jour.

En parlant, j'avais la sensation d'être aussi fourbe et désespérée qu'eux. Le pire, c'est que personne ne m'écoutait. Ils me regardaient, certes, mais leur attention était toute consacrée au poids de leur destin, qu'ils inspectaient méticuleusement, tel le Gollum avec l'Anneau, tout en se demandant si le Neverworld était bien réel.

Je ne pouvais pas leur en vouloir. Moi aussi, j'étais dans un état pitoyable. J'avais rarement franchi les onze point deux heures sans hurler alors que je roulais vers le Dreamland pour observer mes parents à leur insu, parce que si je me manifestais auprès d'eux, ça me faisait sangloter de façon incontrôlable durant toute la veillée suivante. J'avais essayé de leur expliquer ce qui se passait :

– J'ai eu un accident de voiture, je risque de mourir, je suis dans un endroit qui, d'après un mystérieux et étrange vieux bonhomme, s'appelle le Neverworld.

Ils m'écoutaient. Et pourtant, je voyais qu'ils étaient désespérés à l'idée que la mort de Jim m'ait encore plus détruite qu'ils ne le supposaient, et que j'aie besoin d'une assistance psychiatrique à vie. J'avais donc pris l'habitude de m'installer discrètement dans la salle de cinéma quelques rangées plus loin, derrière le gros type qui portait un T-shirt « Donnez des livres pour Brooklyn ». Je lui souriais en pensant : *Savez-vous la chance que vous avez ? Vous, vous avez un lendemain.* J'engloutissais un seau de pop-corn, je regardais *La*

Dame du vendredi, puis je partais avant que les lumières se rallument.

Le résultat de ce deuxième vote ne fut pas différent.

– Il n'y a pas de consensus, déclara le Gardien.

Chacun votait pour lui-même, et je ne voyais pas ce qui pourrait changer ça. La seule chose qui nous faisait tenir le coup, c'était la possibilité, même très lointaine, de sortir de là, de revenir à la vie.

Pendant tout ce temps, le Gardien veillait.

Il était toujours là, surgissant au moment où on s'y attendait le moins. Parfois, il entrait se préparer un thé au manoir. Parfois, il travaillait dans le parc en imperméable noir et capuche. Malgré la pluie qui, certaines veillées, se transformait en neige – alors, la température chutait et des flocons tourbillonnaient dans l'air comme au cœur d'une tornade –, le Gardien taillait la vigne vierge, les rosiers, le lierre et les haies ainsi que la glycine et le lilas qui s'entortillaient autour de la treille. Il balayait le chemin pavé et binait les plates-bandes. Il se hissait sur une échelle verte pour retirer les feuilles mortes des chéneaux, nettoyait les parois vitrées des réverbères, frottait le lichen sur les ailes des gargouilles qui croassaient en silence.

Parfois, on l'apercevait au loin, simple silhouette sans visage qui se hâtait vers les bois comme s'il prenait un raccourci par Wincroft en direction d'un ailleurs.

—

J'ignore depuis combien de temps nous étions au Neverworld quand il y eut la dispute.

Le temps était devenu une notion vague. Plus on essayait de l'observer ou de le faire entrer dans un calendrier traditionnel, plus il devenait mirage ou illusion d'optique. Les heures étaient réelles. Mais si on tentait de les additionner pour aller vers une compréhension plus grande de l'écoulement du temps – par exemple, depuis combien de temps nous étions là –, tout devenait flou.

Quatre veillées semblaient en être quatre cents.

Plus elles passaient, plus j'étais terrifiée, car je sentais les autres de plus en plus distants, comme s'ils se désintéressaient de sortir de là un jour.

– Je vote pour Kanye West ! s'écria Cannon en levant son verre. Kanye West est celui qui doit vivre !

– Il n'y a pas de consensus, annonça le Gardien.

Whitley se mit à boire. Cannon et Kipling aussi. Puis ils engloutirent les comprimés qu'E.S.S. Burt conservait dans sa chambre de maître, plusieurs centaines de flacons orange remplis d'excitants ou de calmants, alignés dans l'armoire à pharmacie comme des bonbons chez un confiseur. Ils étaient soit surexcités, soit léthargiques. Parfois, Kipling sortait uniquement vêtu de sa perruque rose et d'une robe de chambre en soie verte avec un motif de paon qui avait appartenu à une petite amie de Burt. Il parlait à la pluie.

Un jour, je le cherchai en vain pour le vote. En fouillant le manoir, je le trouvai à califourchon sur un cygne qui flottait dans la piscine, sous le déluge.

– Kipling !

J'attrapai l'épuisette et le tirai près du bord.

Il réussit à peine à ouvrir les yeux.

– Allô ! C'est toi, Dieu ? Moi, c'est Judy.

– Kipling. Tu m'entends ?

– Allô ! Le room service ? J'aimerais passer commande, s'il vous plaît. Montez-moi des spaghettis bolognaise.

Il se laissa glisser du cygne et sombra dans l'eau. J'ôtai mes chaussures, mon imperméable, et je plongeai. Je le récupérai, immobile, tout au fond. Je battis follement des pieds pour le ramener à la surface.

– Kipling ! Tu m'entends ?

– *The Final Countdown*, chanta-t-il, les yeux mi-clos.

J'étais devenue une infirmière dans un asile de fous.

Seule Martha demeurait saine d'esprit, mais elle avait décidé de se désintéresser de la situation et disparaissait sans un mot au début de chaque veillée. Elle passait sa journée à l'extérieur. Je la surpris plusieurs fois au crépuscule en train de longer les bois avec son sac noir, observant la cime des arbres aux jumelles, tel un ornithologue ou un écologiste à la recherche de traces de pluies acides. Puis elle plongeait la main dans son sac, qui paraissait si lourd que je me demandais s'il contenait un exemplaire de *La Maison des ténèbres*, ce roman *underground* qu'elle avait toujours sur elle à Darrow. Mais elle en sortait juste un petit calepin, où elle prenait des notes pendant une minute avant de se remettre en route. Un jour, je lui courus après.

– Martha !

Elle continua comme si elle ne m'avait pas entendue.

– Martha ! Attends !

Elle se retourna. Je voyais bien qu'elle n'avait pas envie d'être dérangée. Par moi encore moins que par les autres.

– Je m'inquiète pour eux.

Elle hocha la tête.

– Et ?

– Et ? (Je la regardai fixement tandis que la pluie dégoulinait sur ma tête et mes bras. N'avait-elle pas remarqué ce qui se passait ? S'en moquait-elle ?) Ils deviennent fous. Ils ne prennent plus rien au sérieux. Je ne sais pas quoi faire.

Elle haussa les épaules en déclarant :

– Ça fait partie du processus d'acceptation.

– De quoi tu parles ?

– Lorsque des criminels sont condamnés à la prison à perpétuité, ils ont quatre-vingt-dix pour cent de chances d'effondrement mental au cours de la première année. Laisse-les tranquilles.

– Pas question. Il faut rester soudés.

À mon grand étonnement, elle partit avec un haussement d'épaules maladroit.

– Où tu vas ? demandai-je.

Elle ne répondit pas.

– J'ai besoin de ton aide ! Je t'en supplie ! Tu n'as pas envie de sortir d'ici ?

Elle leva une main comme on fait un petit signe détaché à un enfant capricieux, et continua sa promenade.

—

Nous étions les seuls survivants d'un naufrage dans une mer déchaînée, et ils m'obligeaient à leur lâcher la main afin de se noyer dans les vagues.

J'allais rester à jamais coincée là.

Au Neverworld, où je ne vieillirais jamais.

N'aurais jamais de famille.

Ne tomberais jamais amoureuse.

J'étais un vampire immortel sans le moindre atout dans ma manche. Ni beauté renversante, ni yeux dorés ou peau éclatante, ni aptitude à courir à cinq cents kilomètres à l'heure ou à retourner une voiture à mains nues.

J'étais un fantôme dépourvu de pouvoirs. Incapable de

faire apparaître des parasites sur un écran de télévision ou de faire tourner les têtes des poupées en porcelaine à trois cent soixante degrés de façon à plonger tout individu normal dans la dépression. Incapable non plus de transformer des bébés en zombies filmés sur de vieilles pellicules au cœur de la nuit.

J'étais une horloge qui tictaquait dans un monde hors du temps.

Sans le temps, plus rien n'a de sens. Jamais auparavant, je n'avais songé que la fuite du temps est cruciale. Ça donne une limite, de l'énergie, un but, un coup de fouet. Sans ça, tout n'est plus qu'immobilité.

Dans les moments les plus sombres, je pensais à Jim.

J'avais fait le trajet jusqu'à Wincroft pour savoir ce qui lui était arrivé. À présent, même cette question, celle que j'avais passé un an à tourner et retourner dans ma tête, se ratatinait face à l'implacabilité du Neverworld, tel un ver de terre déshydraté sur une allée en plein soleil.

—

Le soir de la dispute, je rentrais du Dreamland lorsque j'entendis des cris à l'étage. Je montai l'escalier quatre à quatre pour découvrir qu'ils s'étaient enfermés dans la salle de bains d'E.S.S. Burt.

Je frappai.

– Tout va bien? (Pour toute réponse, je n'eus droit qu'à un ricanement.) C'est presque l'heure du vote. (Ce qui fut accueilli par de nouveaux rires.) Bon, vous venez?

La porte s'ouvrit d'un coup. Whitley apparut, vêtue d'une robe de chambre à paillettes rouges bien trop grande pour elle. De l'eye-liner dégoulinait de ses yeux injectés de sang. Kipling était affalé sur le rebord de la baignoire, telle une panthère épuisée. Cannon se tenait près du lavabo avec un bandana de pirate autour du front. C'était évident, à leur visage rougi et aux bouteilles de Dom Pérignon sur le carrelage, qu'ils étaient ivres.

– Sœur Bee, ravie de te voir, lança d'abord Whitley. Nous ne nous joindrons plus à toi. Jamais.

– Quoi !

– Nous ne voterons plus. Nous resterons à Wincroft pour la nuit des temps.

En voyant ma tête, elle roula des yeux.

– Bee ! Arrête de vouloir materner tout le monde. C'est pas ton attitude de bonne sœur qui te fera élire. Même le corps rongé par les vers, je refuse d'autoriser une mère Teresa à vivre. C'est hors de question. Ça va à l'encontre de ma philosophie selon laquelle il faut être un salaud pour vivre. Si on n'a pas fréquenté les bas-fonds, on n'a rien vécu.

– Je ne suis pas mère Teresa. Je ne suis pas une sainte. Je ne suis même pas si bonne que ça. (Whitley agita la main comme si elle chassait une mouche et se retourna pour se contempler dans le miroir.) Ça n'a rien à voir avec le vote, mais avec le fait de rester soudés. Il se peut qu'on demeure à jamais dans cet endroit. Tu te souviens de ce que Jim disait sur l'amitié ? Sur nous ? Ce qu'on a, c'est une loyauté absolue qui nous permet de surmonter n'importe quoi.

Whitley se mordit la lèvre inférieure pour se retenir de rire.

– Tu es encore amoureuse de lui. Waouh ! Il était l'unique personne que tu voyais dans la pièce. Et c'est toujours vrai, même après sa mort. Au fait, tu ne t'es jamais demandé pourquoi il t'avait choisie, toi ? Parmi toutes les filles de l'école ?

Elle essuya une trace de rouge à lèvres sur son menton. Je

m'armai de courage, parce que je savais ce qui allait se passer. Ses colères commençaient toujours ainsi : elle faisait une déclaration tonitruante à la manière d'un procureur qui veut capter l'attention du jury avec des mots capables de faire exploser sa cible sous l'impact.

– Il t'a choisie parce qu'à côté d'un objet sans intérêt, un diamant resplendit encore plus.

Quand elle était en colère, je tentais d'ignorer Wit. Pourtant, mon visage s'empourpra. Une petite voix dans ma tête protestait : *Ce n'est pas vrai.*

– Je ne suis pas d'accord, lui lança Cannon, les sourcils froncés. Le problème, c'est que *toi*, Wit, tu étais amoureuse de Jim.

– Il a raison, balbutia Kipling. C'était évident, ma chérie. Ça sautait aux yeux comme une verrue sur le gros orteil du maître-nageur à la piscine.

– Oh, ça va, fit Whitley en les fusillant du regard. Il te fascinait, Kip. Admets-le. Tu crois que je te voyais pas le reluquer et lui parler avec ton accent suave du Sud ? Comme si tu pensais pouvoir le séduire avec ton imitation à deux balles de Truman Capote. Et toi, dit-elle en se tournant vers Cannon, tu as été ravi de sa mort.

– Je n'ai fait que pleurer, dit-il d'un ton sec.

– De joie.

Cannon lui lança un regard noir. Il avait l'air haineux.

– Tu détestes ta mère, Wit ? Tu en es sûre ? Parce que tu lui ressembles tellement... La seule chose qui te manque encore, c'est le lifting, la liposuccion et une armée d'hommes qui t'ont quittée comme on s'enfuit face à un ouragan de catégorie 5. Mais ne t'inquiète pas, mon ange, ça va venir.

– Le temps ne passe plus, fit remarquer Kipling en levant péniblement un doigt. Il s'est immobilisé.

Whitley regardait Cannon, bouche ouverte, les épaules tremblantes.

– Cannon ne voulait pas dire ça, murmurai-je en lui effleurant le bras.

Elle repoussa ma main et attrapa une bouteille par terre. Cannon plongea quand Whitley la projeta sur le miroir derrière sa tête.

– Vous êtes tous des monstres ! Sortez de chez moi !

Elle m'écarta d'un coup de coude et s'enfuit. Quelques secondes plus tard, elle réapparaissait avec un fusil et me visait à la tête. Je me jetai dans l'escalier lorsqu'un coup partit vers le plafond. Le lustre se balança, des bouts de plâtre et de moulures tombèrent.

– Cassez-vous ! Espèces de parasites ! De poux ! De rats !

Il y eut plusieurs autres coups de feu alors que j'atteignais la porte et l'ouvrais, bousculant Martha au passage.

Elle portait un poncho vert dégoulinant de pluie.

– Beatrice ? Qu'est-ce qui se passe ?

– Espèces de vers de terre ! De mouches à merde ! Vous êtes pareils que ces poissons dégoûtants du fond de l'océan avec des dents pointues comme des flèches ! Barrez-vous ! Tous !

Sans demander mon reste, je courus jusqu'à mon pick-up et démarrai, traversant les plates-bandes et les flaques de boue, roulant sur les branches cassées et faisant des embardées tout en essayant de reprendre mon souffle.

—

J'avais besoin de prendre de la distance. De m'éclaircir les idées.

Tout ça, ne cessais-je de me répéter, c'était à cause du

Neverworld. Être coincés là, jour après jour, ça vous mettait des idées noires en tête, ça vous poussait à défier Dieu, l'Univers, juste pour prouver que tout ça n'était pas vrai.

« À côté d'un objet sans intérêt, un diamant resplendit encore plus... Tu étais amoureuse de Jim... Tu as été ravi de sa mort. »

Je ne voulais pas réfléchir à ces paroles. Je roulai jusqu'au Crow, où j'entrai avec la clef que papa cachait derrière le thermomètre mural. J'allais me faire un sandwich grillé au fromage, une boule de « trésor de pirate », puis m'endormir. Et le lendemain, ou bien la veille – comment savoir ? – je réfléchirais.

Mais lorsque je pénétrai dans le restaurant à la faveur de la nuit, je me rendis compte qu'il y avait un problème.

Les chaises, d'habitude retournées sur les tables à cette heure, gisaient par terre. La vitrine du présentoir à glaces était fendue. Et, au milieu des effluves de toast grillé et de crème solaire, on percevait une autre odeur : un relent de moisi. Je m'aventurai dans la cuisine en me demandant si Samy l'Endormi n'avait pas oublié de sortir la poubelle, et je sentis des bris de verre sous mes baskets. En me baissant, je vis que je venais de marcher sur le portrait au fusain de mon arrière-grand-père Burn. Qui n'était plus accroché au-dessus de la porte. Il avait atterri près du fourneau, face contre terre, son cadre brisé.

Il y a eu un cambriolage, fut ma première pensée.

Puis je sentis la fin de la veillée arriver, le sommeil se refermer sur moi comme le couvercle d'un cercueil. Mais il se passait quelque chose d'étrange.

J'entendis un petit bruit. Levant les yeux, je poussai un cri. Par la fenêtre au-dessus de l'évier, un visage me regardait de la ruelle.

Le Gardien.

Son expression n'était ni hostile ni amicale, juste neutre. Je me rendis compte qu'il était en train de tailler le lierre et le chèvrefeuille qui envahissaient le mur, ce que ma mère n'avait jamais le temps de faire.

Quand je sortis, il fila dans la ruelle.

– Hé ! criai-je après lui. Qu'est-ce que vous voulez ? (Il m'ignora et courut dans les flaques en glissant son sécateur dans son sac, puis franchit le coin.) Laissez-moi tranquille !

C'est là que je compris ce qu'était le Gardien.

Le Gardien était un rappel.

Le vote. Le vote. Le vote.

Chapitre 7

Après la dispute, chacun resta dans son coin. Au début de la veillée suivante, Kip, Martha, Cannon et Wit se dispersèrent comme les aigrettes d'un pissenlit fané. Sans un mot, sans un regard.

Je les laissai faire. De toute façon, je n'avais pas le choix.

Étaient-ils en train de sombrer dans la dépression ? Sans doute. Révoltés contre leur destin ? Aussi. Peut-être voulaient-ils juste voir ce que ça faisait de franchir les grillages au sommet des gratte-ciel, malgré les panneaux « Danger » et « Tenez-vous à l'écart », et de sauter dans le vide.

Nos actes ne comptaient pas. Le danger ne signifiait plus rien pour nous. Le point positif du Neverworld, c'est que, comme dans la chanson d'Alphaville, on restait jeunes à jamais. On vivait, on mourait, puis on revenait à la vie.

Kipling se mit à faire du stop.

Dès qu'il réapparaissait dans la Jaguar, il bondissait dans l'allée. Au bout d'un nombre incalculable de fois à me demander la raison de son expression – un mélange énigmatique de détermination et d'espoir, à croire qu'il cherchait vraiment quelque chose –, je le suivis. Je le pistai jusqu'à la route où, juste avant le pont de pierre, il se mettait à avancer à reculons en levant le pouce.

C'était toujours la sixième voiture qui le prenait en stop. Une Pontiac marron avec une aile abîmée.

Je le vis si souvent s'engouffrer dans la Pontiac que je me sentis obligée de comprendre ce qu'il y trouvait de tellement intéressant, au point de ne rater ça sous aucun prétexte, même le temps d'une seule veillée. Aussi, je lui posai la question :

– Où tu vas ?

Étonné de ma présence, il se retourna et eut l'air embêté.

– Hein ?

– Qui est le conducteur de la Pontiac ?

Il continua à marcher.

– Ça n'a pas d'importance.

– Où tu vas ?

– Bee, fous-moi la paix.

– Dis-le-moi, c'est tout.

– Non.

– Pourquoi ?

– C'est pas tes affaires.

– Alors je t'accompagne.

– Non !

Il était furieux et semblait prêt à me frapper ou à m'attacher à un arbre afin de pouvoir s'échapper.

– Dis-le-moi, et je te laisse tranquille.

Il grogna en essuyant la pluie sur son visage.

– Elle s'appelle Shirley.

– Et ?

– Elle se rend à sa chimiothérapie à Providence. Après, on rentre dans son petit appartement minable au-dessus d'un supermarché et on regarde *La Nuit des morts vivants* à la télé.

Je lui cuisine des crevettes jambalaya et je prépare une pâtée au thon pour son chat, qui s'appelle Canari. Elle croit que j'ai fugué du Mississippi. Des fois, je lui dis que je m'appelle James. Des fois, c'est Jésus. Elle se déshabille devant moi et elle me demande de la caresser. Elle est croyante. Elle me prend pour un extraterrestre, ou bien pour son sauveur, parce que je sais plein de choses sur elle. On discute toute la nuit. Et si, maintenant, tu allais te trouver ton propre petit divertissement ? Celui-là, c'est le mien.

À cet instant, la Pontiac marron apparut dans le virage. Sans doute à cause de moi, ou parce que Kip avait un sourire différent de son habituelle attitude décontractée de chat qui se prélasse, la voiture ralentit – ce qui me permit d'apercevoir au volant une femme au visage banal et aux cheveux châtains, portant un T-shirt blanc, et d'entendre *Close to me* de The Cure à la radio –, puis elle accéléra.

Kip lui courut derrière.

– Shirley ! Attends-moi !

La voiture disparut dans le virage.

– Regarde ce que tu as fait ! me hurla-t-il.

– Je suis désolée.

En secouant la tête, il partit vers le pont dans l'espoir d'arrêter la voiture suivante, un pick-up, puis une camionnette, mais personne ne le prit en stop.

– Dégage de là ! me cria-t-il en s'éloignant sur la route.

Je le laissai faire. Je comprenais. Il passait sa veillée avec Shirley parce que, d'une certaine manière, ça lui permettait d'oublier qu'il se trouvait au Neverworld. Le temps d'une minute. Mais au milieu de siècles inutiles, cette minute était inestimable.

—

Quand je sus ce que faisait Kip, je pris un autre de mes camarades en chasse.

Je n'avais pas le choix. Si je voulais conserver le moindre espoir de sortir de là vivante, je devais faire en sorte de ne pas les perdre totalement, d'éviter qu'ils sombrent dans un trou noir psychologique dont ils ne pourraient plus jamais s'extraire.

Et puis, il me fallait une distraction. Je ne supportais plus *La Dame du vendredi*. Ni de voir ma mère faire comprendre d'un seul regard à mon père qu'il avait choisi des places trop près de l'écran ou, deux secondes plus tard, le sans-abri barbu lâcher sa canette de bière en marmonnant : « Et merde ! », puis la vieille dame sortir le dénoncer tandis que le type au T-shirt « Donnez des livres à Brooklyn » enfournait ses pop-corn (dont trois tombaient sur ses genoux). Je n'en pouvais plus de cette symphonie de la normalité qui se jouait toujours à l'identique. J'anticipais chaque mot, hésitation, remarque, raclement de gorge, reniflement, toux et même rot, tel le régisseur qui, depuis des années, a vu le spectacle un millier de fois depuis les coulisses.

Et puis, mes parents avaient l'air si heureux ensemble que ça me renvoyait à ma solitude.

Je partis en quête de Whitley et de Cannon.

Leur veillée commençait trois minutes avant la nôtre, si bien que lorsque je me précipitais dans Wincroft, ils avaient déjà disparu. Sans un mot. Le seul signe, c'était la lueur de feux arrière au bout de l'allée. Pourtant, leurs voitures étaient devant le manoir, ce qui signifiait qu'ils prenaient un autre véhicule. Il fallait croire que les blessures provoquées par leurs terribles paroles au cours de la dispute avaient guéri, telle la peau des super-héros.

Ça n'avait rien d'étonnant. Ils ne restaient jamais fâchés très longtemps.

En allant inspecter les voitures de collection d'E.S.S. Burt dans le garage, je remarquai des traces de pneus humides. J'allai dans son bureau examiner les polices d'assurance et, par déduction, je compris que le véhicule manquant était une Rolls-Royce Silver Spur bordeaux de 1982.

Lors des veillées suivantes, j'essayai de retrouver leur trace.

Mais comment faire ? Ils ne prenaient ni l'autoroute ni la route côtière, alors où disparaissaient-ils si rapidement ? Au bout d'innombrables veillées, je finis par découvrir un chemin de terre qui ne figurait sur aucune carte, avec un élégant panneau en bois noir sur lequel était écrit en lettres victoriennes : L'ANTRE DE DAVY JONES. Pour un peu, on se serait cru dans *Pirates des Caraïbes*. Un kilomètre plus loin, un autre panneau avertissait : RÉSERVÉ AUX MEMBRES.

Je me garai sur le parking. L'endroit était une marina privée remplie de yachts avec un *club house* blanc et un bar à cocktails extérieur. Des marins tannés vêtus de polos bleus parcouraient d'un pas décidé les pontons, munis de parapluies et d'iPad.

Garée juste devant moi, une Rolls-Royce Silver Spur bordeaux de 1982.

Je repérai presque aussitôt Whitley et Cannon.

Ils discutaient avec trois couples âgés d'une bonne soixantaine d'années. Les épouses, toutes avec les cheveux courts et teints, étaient aussi minces que des points d'exclamation. Les hommes, eux, étaient gros et chauves. Tout le monde riait. Wit et Cannon s'enthousiasmaient tellement que, tandis que je me glissais hors de mon pick-up en me cachant sous mon parapluie, je n'en revenais pas de leur normalité apparente. On aurait dit des personnes avec un lendemain.

Ils avaient l'air de préparer un mauvais coup.

Apparemment, ils se faisaient inviter à bord d'un immense yacht qui s'appelait *La Dernière Traversée*, amarré juste à côté. Une minute après, avec un émerveillement feint, ils montaient sur le pont en teck, longeaient la piste d'hélicoptère et disparaissaient dans les cabines.

Je m'approchai du bateau. L'équipage en uniforme se préparait à lever l'ancre.

– Où partez-vous ? demandai-je.

– Les Bermudes.

Quelques minutes plus tard, le yacht avait largué les amarres. Ce soir-là, comme tous les autres, Wit et Cannon ne rentreraient pas à Wincroft pour voter. Et au début de la veillée suivante, ils auraient de nouveau disparu.

Que fomentaient-ils ? Pourquoi cette question me remplissait-elle de terreur ?

—

Je disposais de trente-trois minutes.

Il s'écoulait quarante-sept minutes entre le moment où je me réveillais dans la Jaguar et celui où *La Dernière Traversée* partait pour les Bermudes. Après la trente-troisième minute, c'était trop tard : chaque membre de l'équipage était à son poste et il devenait impossible de passer inaperçue sur le bateau. Ils m'interpellèrent un million de fois.

– Excusez-moi, qui êtes-vous ?

– Hé, toi !

– Vous n'êtes pas autorisée à monter à bord.

– Ce n'est pas le *Dream Weaver*?

– C'est le *Cléopâtre III*?

– Je cherche le capitaine Martin. Je suis sa nièce.

Puis je partais en marmonnant des excuses sans prêter attention aux regards soupçonneux. Cachée dans mon pick-up, je voyais Wit et Cannon prendre le large à bord du yacht.

Pour réussir, ma seule chance était de m'emparer, dès mon réveil, des clefs de voiture de Cannon – sa Mercedes roulait deux fois plus vite que mon pick-up –, de prendre un raccourci et de filer à cent vingt à l'heure par les marais de façon à gagner à temps L'Antre de Davy Jones.

Ensuite, je devais me garer derrière un arbre et courir vers le bateau amarré derrière *La Dernière Traversée*, au pied duquel j'attendais que le jeune matelot du splendide yacht jette un coup d'œil à son téléphone. Là, j'avais vingt secondes pour gravir la passerelle et me glisser sur la première coursive qui s'ouvrait à moi. Elle menait à une salle de jeux grandiose avec un juke-box et des flippers. Puis j'avais quinze secondes pour franchir les trois volées de marches qui menaient aux cabines de luxe et m'engouffrer dans la suite de maître.

Elle dominait le bateau. De là, en ouvrant le hublot, j'admirais le jeu d'acteurs de mes camarades. Whitley et Cannon se faisaient passer pour des jeunes mariés qui se connaissaient depuis leurs années de fac à Columbus, Ohio. Ils venaient d'apprendre qu'une sérieuse avarie retenait leur yacht de location à quai, mettant ainsi leur lune de miel en péril. Alors ils se lamentaient auprès du propriétaire de *La Dernière Traversée*, Ted Daisy, de Cincinnati, jusqu'à ce que celui-ci invite le couple à son bord :

– Et si vous veniez passer la semaine avec nous ? Il y a assez de place pour tout le monde.

– C'est très aimable à vous, répondait Cannon. Mais nous ne pouvons pas accepter une telle proposition.

– Pourquoi pas ? Le seul inconvénient, c'est que vous passerez votre lune de miel en compagnie de vieux. Mais nous promettons d'être discrets. Vous aurez à votre disposition un chef étoilé, une conciergerie et plein de jouets.

– Qu'en dis-tu, mon amour ? demandait Cannon à Whitley.

Elle se mordillait un ongle.

– Je ne sais pas trop, mon cœur.

Ils étaient stupéfiants. On aurait dit un couple de danseurs de claquettes à Broadway. Combien de veillées leur avait-il fallu pour élaborer la formule parfaite qui déclenchait cette invitation ? Dix ? Dix mille ?

– Allez, venez, les jeunes. Je me permets de me présenter : Ted Daisy. Et voici Patty, mon épouse.

– Artwell Calvin troisième du nom, répondait Cannon.

– Anastasia Calvin, disait Whitley en secouant la tête. Je ne sais vraiment pas ce que j'ai pu faire dans une vie antérieure pour mériter une telle gentillesse. Je crois que je vais pleurer.

—

À quoi m'attendais-je une fois à bord de *La Dernière Traversée* ? À une paisible croisière ? À un moment hors du temps au cours duquel Whitley et Cannon parvenaient à oublier le Neverworld ?

Pas du tout.

J'aurais dû m'en douter. À Darrow, leur relation était comparable à une bombe incendiaire. Ils baisaient dans les placards ou les salles de classe, sur les toits, dans les bois, sur la mezzanine de la chapelle, sans jamais se faire prendre. Ils se promenaient, enlacés comme des boas constrictors dans les couloirs, sous les regards nerveux des professeurs et des élèves, mais personne n'osait jamais se plaindre : ils étaient tout de même parmi les cinq meilleurs de la promo. Whitley comparait leur amour à un besoin insatiable. Moi, je voyais plutôt ça comme une balle mortelle qui file droit vers sa cible. Qu'elle l'atteigne ou cause juste des dommages collatéraux, je l'ignorais. Ils se disputaient, se réconciliaient, se haïssaient, ne pouvaient pas se passer l'un de l'autre.

Ils se faisaient appeler Sid et Nancy. Ils volaient tout et n'importe quoi pour s'amuser. Ils pouvaient décider de s'emparer du sujet d'examen de physique de Mme Ferguson comme d'un paysage marin à douze mille dollars dans la galerie d'art ; de la veste écossaise taille XXL que M. Trask, le proviseur, revêtait pour la fête de fin d'année de Darrow ; d'un excavateur sur le chantier de la nouvelle bibliothèque. Ils prenaient tout ce qui les amusait. S'ensuivait alors une semaine de fébrilité dans l'administration, de menaces d'expulsion, d'élèves innocents convoqués. Jusqu'à ce que, avec la même discrétion avec laquelle il avait disparu, l'objet du délit resurgisse. Leur goût du cambriolage n'avait rien à voir avec de l'exhibitionnisme, de la rancœur ou l'envie d'attirer l'attention sur eux. Ils adoraient juste faire des bons coups et avoir une longueur d'avance sur tout le monde – sans oublier de se défier l'un l'autre.

On racontait que s'ils restaient ensemble, ils deviendraient légendaires. Moi, je considérais que leur lien était trop fort, un peu comme des jumeaux. Cannon n'avait pas le tempérament de Whitley, mais son intensité et son goût pour la manipulation. Il lâchait un mot par-ci par-là, tel un gramme d'uranium capable de transformer une situation banale en crise nucléaire. Ils brisaient des couples, faisaient pleurer des professeurs. Quand ils finirent par rompre au cours de l'année de terminale, ce fut dans un silence étrange, un peu comme une arme biologique qui se disperse sans dégâts pour l'atmosphère, allant à l'encontre de toute explication scientifique.

– On sait bien que les amours adolescentes ont une date limite de consommation, expliquait Whitley en haussant les épaules.

En revanche, il était clair que Whitley et Cannon se faisaient inviter à bord de *La Dernière Traversée* parce qu'ils avaient décidé de faire de ce yacht un terrain de jeux qu'ils pouvaient dévaster, tels deux singes dans une cage.

C'était leur cellule capitonnée, la salle insonorisée où ils avaient toute latitude pour hurler à pleins poumons.

Le premier soir, je regardai Whitley boire jusqu'à vomir sur les plats de homard et de filet de bœuf à la table du dîner.

– Oups, fit-elle en s'essuyant la bouche.

Le deuxième soir, elle aguicha Ted Daisy en dansant. Quand Patty prit la mesure de la situation, elle protesta d'une voix pâteuse : « Ted ! Ted ? », à croire que cinquante années de mariage étaient en train de se réduire à une mauvaise liaison par téléphone satellite.

Un autre soir, Cannon et Wit se mirent en sous-vêtements, crièrent « *Carpe noctem !* » et, main dans la main, sautèrent dans la mer, un bond de vingt mètres. Une alarme retentit. Les femmes hurlaient. Les moteurs se turent. L'équipage s'agitait en beuglant des ordres. Deux marins plongèrent avec des gilets de sauvetage.

– Retrouvez-les ! suppliait Ted Daisy en scrutant désespérément l'eau noire, apparemment au bord de la crise cardiaque. Je refuse de faire de la taule à cause de ces jeunes tarés !

– On va tout perdre, gémissait Patty.

– On aurait dû les ligoter quand on a compris qu'ils étaient atteints de troubles mentaux. Et prévenir les gardes-côtes.

– C'est ta faute ! hurlait Patty, ses cheveux blonds dressés comme des frites sur sa tête. Tu les as invités parce que tu voulais impressionner cette petite connasse ! Tu as cru avoir ta chance avec elle. J'espère que tu es satisfait, maintenant !

L'hystérie. La panique. La fureur. Le désespoir. La peur. L'angoisse.

Ils déclenchaient tout ça sur *La Dernière Traversée* au cours d'une journée qui se répliquait à l'infini.

Je regardais leurs scènes depuis un placard, une cabine ou une armoire électrique. J'avais discrètement volé un uniforme du personnel de bord et j'attendais le bon moment pour essayer de calmer Cannon et Wit, et les éloigner du gouffre. En vain. Je les connaissais trop bien. Quand ils étaient dans cet état, il n'y avait aucun moyen de les maîtriser.

Alors, j'observais ces scènes cauchemardesques depuis une porte entrebâillée, terrifiée, parfois en larmes, en me demandant quand tout ça allait enfin finir.

Un soir, Cannon jeta une carafe à la tête de Ted Daisy, lequel envoya Cannon dans une vitrine remplie de verres en cristal. Ils se battirent, renversant les tables de la salle à manger. Puis Cannon monta à califourchon sur son hôte pour l'étrangler.

J'en avais assez vu. Je bondis hors de mon placard et me précipitai sur Cannon pour lui immobiliser les mains. Son adversaire s'étouffait en pleurant.

– Arrête ! criai-je.

Il fallut une minute pour que Cannon se calme enfin.

J'essayai de faire un massage cardiaque au type en comptant les secondes comme mon père me l'avait appris. Je tâtai son pouls. Il était encore vivant, mais à peine.

– Tu dois arrêter, murmurai-je à Cannon.

Il me regardait comme si j'étais une lointaine cousine dont il avait oublié le nom.

– Tu aggraves ton cas. Nous, on se souvient de tout. Pas ces gens. Mais toi, si. Et ce que tu fais là, ça finira par t'atteindre.

– Oh, ça va, Bee, lança Wit en se levant du sofa où elle venait de reprendre connaissance. Qu'est-ce que tu fabriques ici, d'abord ? Tu nous espionnes ? Quand est-ce que tu vas te rendre compte qu'on veut plus te voir ? On n'est plus amis. Tu as tout gâché en te volatilisant après la mort de Jim. Tu crois qu'on peut planter tout le monde comme ça ?

Les yeux rouges, elle s'approcha, menaçante. Je partis en courant devant les invités. Réveillés par le bruit, ils assistaient à la scène, médusés, vêtus de peignoirs en nid-d'abeilles et de pantoufles assorties. Je me faufilai jusqu'au troisième pont et passai le reste de la veillée dans un canot de sauvetage à sangloter en espérant qu'on ne me retrouve pas.

Je ne retournai jamais à la marina.

Cannon et Wit repartirent lors de la veillée suivante. Wit m'avait laissé un message au rouge à lèvres sur le comptoir de la cuisine.

LÂCHE-NOUS

Cette menace n'était pas nécessaire. J'étais incapable d'endurer ça de nouveau.

Finiraient-ils, à force, par se lasser de leurs scènes sur *La Dernière Traversée* pour rester à Wincroft ? L'un d'eux déciderait-il enfin qu'il voulait échapper au Neverworld et voter de nouveau ? Changeraient-ils de cible ? Le Neverworld comportait une infinité de terrains de jeux, il était donc possible, même si cette idée me terrifiait, que je ne les revoie jamais.

J'étais incapable de penser à ça. En tout cas, pour le moment.

Alors je concentrai mon attention sur Martha.

Je l'avais presque oubliée. Ce qui était précisément ce qu'elle voulait.

Chapitre 8

Martha avait cessé de passer la journée à arpenter le parc. À présent, dès le début de chaque veillée, elle filait chercher un imperméable dans le manoir et disparaissait en voiture sans un mot.

– Où tu vas ? lui demandai-je.

Elle se retourna, l'air surprise. Elle ne m'avait pas vue dans le fauteuil à bascule sous le porche. Elle brandit ses clefs de voiture et un parapluie.

– À la fête paroissiale de Newport, rétorqua-t-elle en rougissant. J'en ai fait ma biosphère personnelle. Je choisis une cible, à qui j'essaie de faire dire « Je t'aime » avant la fin de la soirée. Ou bien je tente de convaincre une femme de quitter son mari. Je mets en pratique ma théorie sur la nature humaine : dans un contexte donné, on peut faire faire n'importe quoi à n'importe qui.

Elle mentait, et ça se voyait.

– Je peux t'accompagner ?

– Je préfère y aller seule.

– Et quand tu te baladais avec des jumelles ? Qu'est-ce que tu faisais ?

– J'observais les oiseaux.

Là encore, elle mentait. Elle avait l'air de voir que je ne la croyais pas et, pourtant, elle ne se démonta pas.

– Tu n'as pas peur ? demandai-je en essayant d'oublier la boule dans mon estomac. Tu n'es pas furieuse ? On les a tous perdus, maintenant.

Elle fit un petit sourire.

– Bee, je te suggère de te résoudre à ton destin.

Là-dessus, elle tourna les talons et dévala les marches du perron en direction de sa voiture.

—

À la veillée suivante, je me dirigeai droit vers mon pick-up. Tandis qu'elle récupérait un imperméable dans le manoir, je me cachai dans une allée et la suivis.

Mais notre discussion avait dû l'alerter parce que, dès que je me plaçai derrière elle sur l'autoroute, malgré les trois voitures entre nous, elle prit la première sortie et alla errer sur des parkings de bureaux déserts jusqu'à finalement entrer dans un centre commercial. Elle passa les quatre heures suivantes à traîner dans les boutiques de fringues et à la librairie, puis s'offrit une *calzone* au restaurant.

Elle savait que je la surveillais. À la veillée suivante, elle répéta l'opération dans un autre centre commercial. La suivante, dans un autre encore.

Jamais Martha n'aurait consacré son temps à faire du shopping. Elle se conduisait ainsi uniquement parce qu'elle devinait que je la suivais. Peut-être dans l'espoir que je me lasse et finisse par passer à autre chose.

Alors j'arrêtai ma filature et consacrai les quelques veillées suivantes – ou bien les quelques milliers ? – à trouver un moyen de l'espionner sans me faire voir.

J'entamai ainsi une bien piteuse carrière de voleuse de voitures.

—

J'étais pathétique.

Je me fis prendre des centaines de fois en flagrant délit.

– Mais qu'est-ce que vous êtes en train de trafiquer dans mon garage ?

– Bonjour. Je suis désolée.

Heureusement, peut-être parce qu'il y avait en moi une tristesse venue du Neverworld, on ne me causait pas davantage d'ennuis.

La seule voiture que je réussissais à voler sans me faire prendre, c'était une camionnette blanche rouillée avec un logo « Dératisation McKendrick ».

Elle appartenait vraiment aux McKendrick, une famille de sept personnes organisée comme une milice qui habitait un ranch modeste pas très loin de Wincroft. Il y avait toujours quelqu'un chez eux, si bien que mettre la main sur les clefs relevait d'une succession d'acrobaties dignes du Cirque du Soleil.

Je mis des siècles à trouver un moyen.

Un : me cacher dans les rhododendrons sous la fenêtre de la cuisine jusqu'à ce que Bud McKendrick aille dans le salon chercher ses Camel Light. Deux : filer dans le garde-manger en veillant à ne pas trébucher sur les sacs de croquettes pour chat ou les tonneaux de gratin de macaronis. Trois : attendre que Pete se dirige, un Kit Kat à la main, vers le sous-sol pour aller regarder *Les Aventures de Jimmy Neutron*, que Bud monte faire une sieste à l'étage, que Gerry et Paul, les jumeaux, sortent jouer au foot sous la pluie. Quatre : surgir de ma cachette et faire peur à Tupax, le chat, qui grimpait alors aux rideaux. Cinq : attraper les clefs de la camionnette sur la table et plonger derrière le canapé quand Laurel McKendrick prenait quarante dollars dans le portefeuille de son mari en criant : «Je vais faire les courses!» Six : revenir en courant à la cuisine en essayant d'éviter Kendall, le modèle quatre ans fillette McKendrick.

– T'es qui, toi? demandait-elle, les yeux écarquillés.

Il n'y avait aucun moyen d'éviter Kendall. Quoi que je fasse, je la trouvais toujours en travers de mon chemin.

C'était le moment le plus risqué de tous : celui où je devais prononcer les mots magiques qui l'empêcheraient de se mettre à hurler, telle une alarme incendie. J'avais tout essayé : «Je suis un ange», «Je travaille pour la petite souris», «Je suis le lutin du père Noël, et j'ai besoin d'emprunter la camionnette de ton papa».

Combien de fois avais-je réussi mon numéro de trapéziste chez les McKendrick pour finalement m'écraser par terre parce que Kendall se mettait à hurler, si bien que tous les McKendrick me tombaient dessus?

– Papa! Papa!

Je partais alors en courant pour sauver ma peau tandis que sept McKendrick, tous avec la même tête de bouledogue, surgissaient dans la cour.

– Au voleur! criaient-ils sous la pluie.

– Papa, attention, tu vas la laisser s'échapper!

Mais ce bon vieux Bud McKendrick n'appelait jamais la police. Sans doute parce que, avec cinq gamins, il fallait plus qu'une intruse pour l'émouvoir. Il fronçait les sourcils d'un air perplexe sous le porche et me laissait partir.

Lors d'une veillée, je dis la vérité à Kendall :

– Je m'appelle Beatrice Hartley. Je suis coincée entre la vie et la mort dans un lieu qui s'appelle le Neverworld. J'essaie d'en sortir, alors j'ai besoin que tu restes tranquille et que tu ailles regarder les dessins animés avec tes frères. Allez, ouste !

Elle hocha la tête sans un mot et se dirigea vers le sous-sol.

Soulagée et stupéfaite, j'attrapai la casquette de baseball de Bud, ses lunettes de soleil Oakley, ouvris la porte du garage et m'installai au volant de la camionnette. Je mis son bleu de travail, sa casquette et ses lunettes noires. En démarrant, je me demandai comment j'allais franchir le barrage des jumeaux qui jouaient au foot quand Paul lança le ballon dans le jardin des voisins. Je pris à droite et m'arrêtai dans une allée, le cœur battant.

Une minute plus tard, la voiture de Martha passait devant moi sur la route.

Je suivis la Honda Accord jusqu'à l'université Brown, à Providence, puis je montai à la suite de Martha au troisième étage d'un bâtiment en briques rouges qui donnait sur Thayer Street.

PROFESSEUR ARNOLD BELORODA, disait la plaque en cuivre sur la porte du bureau.

Je regardai Martha frapper. Une voix masculine répondit : « Oui ? », et elle entra. Je l'entendis se présenter comme la porte se refermait, et j'eus beau m'approcher au plus près dans le couloir rempli d'étudiants, je n'entendis que des voix étouffées.

Je cherchai ce nom sur Google : Arnold Winwood Beloroda était un psychiatre très connu qui enseignait la dynamique de groupe à Brown. Il donnait des cours tels que « Décisions éthiques : les bonnes, les mauvaises et les évitables. Psychologie de la manipulation et du consentement. Le fantasme du libre arbitre». Il animait aussi un séminaire de dernière année en association avec le laboratoire des sciences sociales. Il avait publié treize ouvrages, dont l'un, paru dans les années 1990, avait reçu plusieurs prix. Il avait pour titre *Héros et moins que rien*. D'après le *Wall Street Journal*, il y était question des «rapports maître-esclave dans les camps de concentration», et autres situations où «un petit groupe prend le contrôle d'une population».

Je lus les articles de Beloroda dans la *Harvard Review*, *The Economist* et *Scientific American*. Qu'avait-il de si intéressant? Pourquoi Martha prenait-elle de telles précautions pour que je ne découvre pas où elle allait?

Et là, je compris. J'eus alors l'impression que deux mains m'enserraient le cou.

Tandis que nous autres perdions notre temps à refuser notre destin, Martha profitait du Neverworld pour étudier.

Beloroda lui enseignait comment manipuler le groupe afin qu'on la choisisse, elle.

Elle cherchait un moyen de remporter le vote.

À partir de ce moment, à chaque veillée, je suivis Martha. Elle se rendait tous les jours au bâtiment des sciences cognitives, linguistiques et psychologiques pour voir Beloroda. Ils restaient enfermés dans le bureau pendant trois, quatre heures. De toute évidence, elle avait trouvé un moyen de l'intéresser avec ses questions sur la dynamique de groupe ou sur l'un de ses articles, ce qui lui servait de sésame pour le faire parler. Quand ils ressortaient, Beloroda, un type avec une tête d'elfe, un nez en trompette et une barbe noire parfaitement entretenue, qui ressemblait à un test de Rorschach, exultait. Martha (chargée d'une pile de livres qu'il lui avait prêtés, surmontée d'un carnet couvert de notes), était sa nouvelle et passionnante étudiante.

Ils quittaient le bâtiment sous un parapluie et poursuivaient leur conversation pendant vingt minutes sur le trottoir. Un jour, je me glissai sous un auvent non loin, où quelques étudiants étaient sortis fumer une cigarette.

– C'est très juste, disait Beloroda. Cela me fait penser au modèle de Scott Peck. Chaque groupe passe par quatre phases : la pseudocommunauté, le chaos, le vide. Et enfin, la communauté.

– Et pourriez-vous m'en dire davantage sur l'expérience de Milgram ?

– L'obéissance aveugle à une figure d'autorité, gloussa Beloroda. J'en serais ravi, mais je dois rejoindre mon épouse pour un cocktail. Si nous reprenions cette conversation demain, après mon cours de cohésion de groupe ?

Il déverrouillait sa voiture et s'installait au volant.

– Cela a été un bonheur de faire votre connaissance, mademoiselle Peters. À demain ?

Puis il partait. Martha le suivait des yeux, se débarrassait de son sourire affable en rabattant sa capuche et se mettait en route. Elle passait les quelques heures suivantes assise près de la vitrine d'une taverne grecque à étudier ses ouvrages en prenant des notes. À la fermeture, elle regagnait sa Honda, où elle continuait à lire sur le siège incliné à la lueur du plafonnier.

Plus je l'observais du parc en face, plus je me sentais anxieuse et prisonnière, comme si le Neverworld était en train de se refermer sur moi.

Martha était brillante. Et maintenant, elle avait des années-lumière d'avance sur nous. Elle s'était vite résolue à la terrible réalité du Neverworld et, plutôt que de la combattre, elle consacrait son temps à trouver un moyen de la dominer.

Pourtant, moi aussi, je voulais vivre. Je voulais être celle qu'ils choisiraient. Mais en regardant, en larmes, le plafonnier de la voiture de Martha, je me dis que c'était trop tard, que j'avais déjà perdu cette bataille.

Mes yeux s'arrêtèrent tout à coup sur une silhouette sombre qui poussait une brouette dans l'allée du parc. Remplie de compost noir.

J'aurais dû être habituée aux apparitions du Gardien. J'aurais dû savoir que, où que j'aille, et toujours au moment où je m'y attendais le moins, il surgissait à la manière d'une pensée terrifiante. C'était la sonnette d'alarme du Neverworld, son pense-bête, sa cloche.

Le vote. Le vote. Le vote.

La température chuta, et la pluie se transforma en neige.

Je me précipitai vers la camionnette des McKendrick et démarrai si vite que je faillis heurter un réverbère. Sa pelle sur l'épaule, le Gardien s'immobilisa pour me regarder.

Je distinguai son visage à travers les flocons tourbillonnants, et son sourire me glaça le sang.

Je ne savais pas ce que Martha avait en tête, mais je me doutais que ça serait tellement intelligent que nous n'y verrions que du feu.

J'ignorais à quel point j'avais raison.

Chapitre 9

Les veillées suivantes ?

Ou bien les décennies, les siècles suivants ?

Je les passai seule. Wincroft était devenu mon château privé, ma planète individuelle. Ma solitude y était infinie. Gandalf reculait en aboyant dès que je voulais le caresser, comme s'il savait que je n'étais pas tout à fait réelle. J'arpentais les couloirs au parquet grinçant et les pièces à l'odeur de renfermé, je parlais au cerf et à l'ours empaillés. Je lus presque chaque livre de la bibliothèque d'E.S.S. Burt, avachie sur les canapés, les causeuses, les tapis, les tables du salon, les fauteuils près des fenêtres, le piano à queue. Je regardai chaque émission de chaque chaîne à chaque heure sur le câble. Je mangeais du chocolat. Je jouais au Scrabble et aux échecs toute seule, je chantais de la pop. Je dessinais tout ce qui me passait par la tête : des yeux, des visages, des paysages, des ombres. J'inventais une bande-son et des paroles pour un film imaginaire de quatre heures qui s'appelait *Les Derniers Jours de Nat Gromby*. Je gribouillais de grandes sentences sur la vie et la mort, la guerre et la paix, sur le papier peint, le sol et les plafonds de Wincroft. C'était devenu mon petit coin à graffitis. Je fermais les yeux très fort pour échapper au silence et je plongeais dans les souvenirs de mon ancienne vie, comme si je pouvais y trouver une clef qui me conduise quelque part.

Je pris l'habitude de rendre visite à des personnes âgées. Je les préférais à tous les autres gens parce qu'elles aussi, elles étaient prisonnières de leur propre Neverworld, de ces lieux impénétrables remplis de solitude et de gestes répétés. J'allais sonner à leur porte en expliquant que je vendais des calendriers de Noël pour la paroisse. J'acceptais une part de cake aux fruits et je caressais leur vieux chien galeux à l'haleine fétide avant qu'il décampe en hérissant le poil. Je buvais leur thé à peine infusé et regardais la télé avec elles, je respirais cette odeur de lait caillé qu'elles ne percevaient pas. Surtout, je les faisais parler. J'écoutais leurs anecdotes, leurs histoires de maris décédés, de santé déclinante, de leur enfance où le litre de lait ne coûtait que dix *cents*.

Je me dis que si je restais seule au Neverworld jusqu'à la fin des temps, je finirais par ressembler à ces voyageurs d'autrefois qui erraient à jamais au bord des routes avec un cœur et des mains couverts de durillons, lestés de tous les contes et secrets de ce monde.

À défaut d'autre chose, j'aurais au moins acquis une sagesse certaine.

Mais inévitablement, tandis que j'écoutais ces histoires de fiançailles rompues, de bébé ou de chat mort, je voyais la décrépitude surgir. Toujours au pire moment. Tout à coup, les vitres des fenêtres se fendillaient, ou alors une photo de famille se décrochait du mur dans un bruit sourd, dévoilant un rectangle de papier peint aux couleurs criardes qui n'avait pas vu la lumière depuis quarante ans.

– Doux Jésus, que se passe-t-il ?

Chez Mme Khan, ça commença par un petit bruit sec.

– Le raton-laveur a encore trouvé un passage, murmura-t-elle en serrant sa robe de chambre contre elle.

Mais quand elle poussa un cri dans le salon, je courus la rejoindre et découvris, ahurie, sa collection de boules de neige – des cadeaux de Paul, un soupirant disparu – en train d'exploser comme des grenades. L'eau, la neige et le verre, les pères Noël, les tours Eiffel, les basiliques Saint-Pierre en plastique, tout se fracassait sur le sol.

Mme Khan se cacha le visage derrière ses mains en s'écriant :

– Le jour du Jugement dernier est arrivé !

Bien sûr, j'avais déjà remarqué ces étranges détériorations. D'abord le papier peint à marguerites dans ma chambre, un soir avec ma mère. Puis le Crow, comme après un cambriolage quand j'y étais retournée une nuit. J'ignorais ce que ça signifiait, mais dès que je m'éloignais de Wincroft, le monde se désintégrait autour de moi.

Ça me terrifiait. Alors je prenais congé de Mme Khan, M. Appleton, Mme Janowitz, Mlle Bellossi, déconcertés par la pourriture, la moisissure et les fêlures fendillant leurs fenêtres comme des doigts de squelette, en marmonnant de vagues excuses pour dire que je reviendrais le lendemain. Et je me précipitais à Wincroft à la recherche du Gardien. Je voulais lui poser des questions, exiger des réponses.

Pourtant, de manière inexplicable, dès que je voulais le voir, il demeurait invisible.

La corrosion s'aggravait. Qu'est-ce que ça signifiait ? Que le Neverworld allait finalement être englouti à la manière d'un trou noir ? Qu'on serait bientôt à court de temps pour le vote ? Était-ce à cause de ce qui était arrivé à Jim ?

Cette hypothèse fit comme une décharge électrique dans mon esprit.

Jim. C'était forcément à cause de Jim.

—

Puis vint la veillée où Wit resta à Wincroft.

Je la trouvai à l'étage sous des tonnes d'édredons, le visage gonflé à force d'avoir pleuré, en train de regarder *Fatal Games* sur son ordinateur. J'étais ahurie, un peu comme la survivante d'un naufrage qui découvre quelqu'un rejeté à son tour sur le rivage.

Elle me lança un regard noir.

– Bee, fous-moi la paix.

Craignant de l'énerver, j'obtempérai. Mais je lui préparai un thé que je vins déposer sur sa table de nuit, puis je filai.

À mon grand soulagement, à la veillée suivante, elle était toujours là, à regarder *Breakfast Club*. À la suivante, *Les Goonies*. Je lui apportais chaque fois un thé. Puis, à une nouvelle veillée, elle fit de la place dans le lit et me proposa avec un sourire triste :

– Tu veux regarder *La Folle Journée de Ferris Bueller* avec moi ?

Cannon réapparut quelques veillées plus tard. Foutre le bordel tout seul, ça ne devait pas être drôle. Aussi las que Whitley, il se réfugia dans la bibliothèque avec son ordinateur sous DOS pour taper de mystérieuses commandes de hacker. Son écran était couvert de chiffres. J'imprimai un article obscur écrit par un doctorant de Stanford sur l'avenir de la sécurité d'Internet que je déposai près de son ordinateur. À la veillée suivante, un article sur Steven Spielberg et le clonage de cerveaux par un jeune scientifique de Harvard, puis un post de blog par un petit génie de seize ans qui étudiait l'avenir de la robotique à Cambridge.

– Où est-ce que tu trouves tous ces articles ? me demanda-t-il un jour avant que je file. Ils sont super pointus.

Grâce à tout le temps libre que j'ai au Neverworld, j'ai eu l'occasion de parcourir le Net en entier. Deux fois.

– Je viens de tomber dessus.

Il sourit.

– C'est cool. Merci, Bee.

Peu de temps après, Kip cessa de faire du stop. Quand il revint à Wincroft, ce fut plus fort que moi : je me jetai à son cou et le serrai dans mes bras.

– Sœur Bee, tu es en train de me briser la nuque. Ma chérie, je ne suis pas Elvis revenu de chez les morts !

Il se dégagea et disparut à l'étage. Pourtant, je vis à son petit sourire qu'il était heureux de me voir. Ce soir-là, je lui cuisinai des écrevisses à la sauce cajun selon la recette de son café préféré à Moss Bluff et je lui en apportai un bol dans la chambre où il s'était réfugié pour regarder *Hoarding : Buried Alive* sur TLC.

– Comment tu as fait pour dégoter la recette secrète de tante Mo ? bafouilla-t-il, incrédule.

J'ai passé un million de veillées à la persuader que j'étais une nièce perdue de vue.

– J'ai fait comme j'ai pu, dis-je en haussant les épaules.

Voilà quelle était ma situation : j'avais trois bêtes sauvages que je tentais d'apprivoiser pour les faire rentrer dans leur cage plutôt que de les laisser s'enfuir dans la brousse.

Un soir, alors qu'on lisait tous les quatre dans la bibliothèque, je compris, à la façon dont Kip ne cessait de jeter des coups d'œil à la pendule sur la cheminée, qu'il attendait quelque chose. Martha avait dû lui parler de retrouvailles parce que, quand elle apparut quelques minutes après minuit avec son lourd sac à dos noir et qu'elle s'installa sans un mot sur le canapé, il n'eut pas du tout l'air surpris.

– C'est l'heure, déclara-t-elle.

Whitley et Cannon lui lancèrent un regard éberlué.

– Moi aussi, je suis heureux de te voir, lança Cannon.

Martha lui adressa un sourire forcé et se frotta les mains à la manière d'un juge.

– Quoi qu'on fasse, on revient toujours à la case départ, déclara-t-elle. Comme si les murs du Neverworld étaient des pans inclinés et savonnés qui nous renvoient toujours vers le bas. J'imagine que, tout comme moi, vous voyez apparaître le Gardien au moment où vous vous y attendez le moins ?

Je hochai la tête. Les autres aussi.

– Il est notre guetteur. Il veille sur nous, il s'assure qu'on reste en bonne santé, qu'on a tout ce qu'il nous faut, mais surtout, il nous contrôle. Ce qui signifie qu'il est capable de tout. C'est un guide, un maître, un gardien – et une bête noire. Soit il se fait discret, soit il essaie de nous donner des conseils. Il nous traque sans cesse pour nous rappeler ce qu'on cherche à oublier. Il prend n'importe quelle apparence de façon à nous pousser dans la direction qu'il souhaite. Il préside à un schéma plus vaste que tout ce qu'on peut imaginer.

Personne ne disait rien, on l'écoutait, émerveillés et ahuris. L'attitude de Martha : le dos bien droit, le regard franc. Ce n'était plus la *nerd* qui lâchait des commentaires pas drôles au pire moment, plus à l'aise avec un roman de fantasy *underground* que dans le vrai monde. Nous avions face à nous la nouvelle Martha, celle qui avait étudié avec Beloroda, pleine de confiance en elle. Je n'avais aucune idée de là où elle voulait en venir, mais elle avait longuement réfléchi à son discours, elle en avait choisi chaque mot, qu'elle avait poli jusqu'à ce qu'ils brillent de tous leurs feux.

– Le Neverworld est notre réalité, reprit-elle. Pour le comprendre, pour le dompter, il faut d'abord nous comprendre et nous dompter nous-mêmes. J'y ai beaucoup réfléchi. Nous devons pour l'instant écarter la question de qui doit survivre. Nous ne sommes pas prêts pour ça. Parce qu'il y a un mystère que nous devons résoudre avant. Un mystère qui nous hante chacun à notre manière.

– De quoi tu parles? demanda Cannon en fronçant les sourcils.

– De Jim.

Ce nom fut comme une épée luisante qui surgissait du ciel pour atterrir rudement à nos pieds.

– Il s'est suicidé, murmura Whitley.

Martha lui lança un regard glacial en disant :

– Tu ne peux pas croire ça.

Wit eut l'air trop mal à l'aise pour répliquer.

– J'ai étudié le Neverworld, continua Martha. En fait, cet endroit nous permet de devenir les détectives les plus puissants qui aient jamais existé, car on peut revenir sur une scène de crime autant de fois qu'on veut. On peut interroger les passants. Les témoins. La police. Chaque professeur et chaque élève. Le concierge. On peut peaufiner nos questions, manipuler, intimider, faire chanter. Sans aucune conséquence, sans aucune règle à respecter. On peut donc découvrir ce qui est vraiment arrivé à Jim.

À ces mots, le regard sombre de Martha croisa le mien, ce qui me fit frissonner.

– Mais personne n'a jamais réussi à élucider l'affaire, protesta Cannon.

– Ouais, fit Kip tout bas. Les flics ont vite été bloqués dans leur enquête.

– L'administration du lycée a fait pression pour que l'affaire soit réglée rapidement. Plus vite tout le monde croyait au suicide, plus vite Darrow pouvait recouvrir ses murs maculés de sang d'un bon coup de peinture. C'est ce que voulaient nos parents. Faire disparaître tout ça sous le tapis, faire de Jim le nouvel ange maudit, une légende, un fantôme.

– Alors comme ça, tu veux qu'on se transforme en Sherlock Holmes, lança Whitley.

Kipling haussa un sourcil en déclarant :

– J'ai toujours bien aimé le procédé du hareng rouge, ainsi que *Le Chien des Baskerville*.

– Je suis partant, déclara Cannon.

– Moi aussi, murmura Whitley.

– Beatrice ? demanda Martha.

Ils me regardaient tous. J'avais le cœur qui battait la chamade.

On lâchait enfin les fauves. On s'apprêtait à renflouer le *Titanic*. À sortir le cadavre du placard.

Découvrir ce qui était arrivé à Jim.

Mon Jim.

La partie de cache-cache commençait.

PARTIE 2

Chapitre 10

Les circonstances de la mort de Jim Livingston Mason m'avaient toujours paru invraisemblables, même si j'en avais été un témoin privilégié.

Et là, dans cette bibliothèque, avec mes meilleurs amis, alors que je passais à nouveau chaque détail en revue, c'était comme tenter d'aller chercher dans ma mémoire un jeu oublié de mon enfance.

L'année de terminale, au troisième trimestre, la semaine précédant les examens, Jim, mon petit ami, avait disparu.

Deux jours plus tard, on retrouvait son corps dans le lac de la carrière du Volcan.

Jim était mon premier amour, même si ces mots ne permettent pas le moins du monde de décrire l'importance qu'il avait pour moi. Il était mon astre. Une voix dans ma tête. Mon propre sang. Tout le monde vous dira que les amours de jeunesse ne durent jamais et que leur morsure est bien plus légère qu'elle n'y paraît, mais je vous jure que Jim et moi, c'était différent.

Il était beau comme un héros du XVIIIe siècle qui parcourt la lande à cheval : un mètre quatre-vingt-douze, des yeux chocolat, des cheveux noirs en bataille, un petit sourire au coin des lèvres. Mais surtout, il débordait d'énergie. Si la pulsion de vie avait été un courant électrique, celle de Jim aurait pu éclairer toute une ville. Il commençait chaque semaine comme s'il avait reçu la mission de découvrir le secret de l'existence avant le mardi matin. C'était le grand maître de la mélodie, du jeu de mots, du geste romantique – par exemple m'offrir une broche en diamants en forme d'abeille une semaine après notre rencontre. Il avait écrit une chanson sur moi, *Le Port de tête de la musicienne*. Son intensité attirait tout le monde. Il était comme la lampe allumée sous le porche la nuit. Hommes et femmes, jeunes et vieux, papillonnaient autour de lui, comme si attirer son attention relevait du miracle. Je ne pouvais pas leur en vouloir. En sa compagnie, on se sentait moins seul et tellement plus important.

Il me disait amish, complice, m'appelait Hedy Lamarr. Il m'expliquait que j'avais des qualités anciennes qu'il avait du mal à cerner, et que j'aurais dû vivre dans des temps oubliés et bien plus innocents.

– Tu es le renard volant de l'île de Percy, disait-il.

– Quoi ?

– Un mammifère dont on n'a jamais vu qu'un seul individu, sur l'île de Percy, en 1874, au large du Queensland, en Australie. On n'a jamais retrouvé d'autres spécimens. Et te voilà reléguée dans un pensionnat snob et vieux jeu du Rhode Island. Où personne ne connaît ta valeur, sauf moi.

Il était persévérant, clairvoyant, délicat, secret. L'été entre notre année de première et celle de terminale, alors qu'il filait aux commandes d'un hors-bord en compagnie d'un ami d'enfance, ivre comme lui, au large de Long Island, ils avaient heurté un banc de sable et fait chavirer la barque d'un pêcheur. L'ami et le pêcheur s'en étaient sortis indemnes, mais Jim, victime d'une fracture du crâne, avait passé deux jours dans le coma. Suite à cette blessure, il avait inventé six chansons, quatre poèmes et un morceau de rap intitulé *Bang up*, jurant de ne plus boire une goutte d'alcool. Un mois après l'accident, il écrivait une lettre au pêcheur comme s'il se confessait à un prêtre.

Il était comme ça. Débordant. Envahissant. Dangereux.

– Il faut faire de sa vie une nouvelle conquête de l'Amérique, disait-il en plaquant sa guitare sous son bras, ses doigts calleux sur les cordes. Chaque jour, un nouveau monde s'offre à soi. La question, c'est qu'est-ce qu'on veut en faire ?

Whitley, Cannon, Kipling et Martha me dévisageaient. On n'avait jamais osé. On n'avait jamais parlé de la mort de Jim. À cause du moment où ça s'était produit, mais aussi parce que c'était au-dessus de nos forces. Le temps que la police mène l'enquête et que l'administration du lycée fasse une déclaration officielle, les examens étaient terminés. En état de choc, incapable de quitter mon lit, pouvant à peine parler, j'avais laissé mes parents m'arracher au royaume maudit de Darrow pour retrouver la protection de Watch Hill. J'avais mis des jours à cesser de sangloter, des mois à ressentir quelque chose d'un tant soit peu agréable.

– Quand le corps est trop triste, il se replie sur lui-même, disait mon père.

—

– Par où on commence ? demandai-je.

– Excellente question, renchérit Martha en me regardant de ses yeux noirs qui brillaient derrière ses lunettes. Selon toi, qu'est-ce qui est arrivé à Jim ? J'ai toujours eu envie de te poser cette question.

On y était enfin, à la question qui me torturait chaque jour. À tel point qu'elle avait fait de moi une espèce de monstre, comme ces gens qui vivent depuis des années avec une balle logée dans la tête : de l'extérieur, ils ont l'air normaux, mais à l'intérieur, ils sont détruits.

Je mourais d'envie de leur déballer chacune de mes hypothèses, ainsi que tout ce que je savais mais qu'ils ne savaient pas que je savais. C'était la seule raison pour laquelle je m'étais rendue à Wincroft. Pourtant, dans la dynamique étourdissante de la vie et de la mort du Neverworld, partager ça avec eux n'était pas une bonne idée. Pas si je comptais survivre. Alors la question de Martha provoqua un frisson le long de ma colonne vertébrale.

– Je ne sais pas, répondis-je.

– Un accident, avança Kipling. Il n'y a pas d'autre explication, non ? Jim était allé à la carrière. Il a eu envie de boire un coup. Certes, il avait fait une croix là-dessus après l'accident, mais peut-être qu'il a craqué. Sa comédie musicale l'inquiétait. Il avait l'impression de ne plus parvenir à écrire. Peut-être qu'il est tombé sur une provision de canettes. L'équipe de natation cachait toujours des bières partout. Ou alors, peut-être qu'il marchait dans les hautes herbes – ce qui, par une nuit venteuse, équivaut à un lavage de voiture haute pression –, qu'il s'est trop approché du bord et qu'il a trébuché ?

– Quand as-tu vu Jim Mason trébucher ? demanda Cannon.

Kipling haussa les épaules et rejeta la tête en arrière pour cligner des yeux en direction du plafond.

– L'impossible possible, dit-il tout bas. C'est ce que maman Greer disait quand le pire des scénarios écrit sous coke se produisait. Les grands mystères de l'histoire, la mort de Marilyn, l'assassinat de JFK, le Dalhia noir ? Pour elle, tout ça, c'était l'impossible possible. (Il hocha la tête comme pour mieux se convaincre lui-même et fit un geste paresseux de la main.) Un coup de malchance. Une probabilité sur un million. La mauvaise personne au mauvais endroit au mauvais moment, plus un coup de pouce du destin. Un nœud tellement compliqué qu'aucun détective ne réussira jamais à le dénouer. (Il me dévisagea d'un air solennel.) La malchance, voilà ce qui est arrivé à Jim. J'en mettrais ma tête à couper.

– Ouais, fit Whitley en haussant les épaules. Personne ne savait que Jim allait à la carrière ce soir-là.

Tout le monde hocha la tête en échangeant des regards.

Au moins une personne mentait. Moi, pour commencer.

La nuit de la mort de Jim, aucun d'eux n'était là où il avait déclaré être. Je le savais parce que je les avais tous cherchés.

Et que je n'avais trouvé personne.

—

La carrière du Volcan, surnommée Vulcanica par les élèves de Darrow, était une carrière abandonnée à environ un kilomètre du campus.

Si Darrow avait une légende tenace, c'était bien celle-là. Au vu de sa proximité excitante avec le lycée et de son étendue – quatre mille mètre carrés au sud-est après le bois –, la carrière était interdite d'accès, si bien que c'était l'obsession des élèves, l'endroit idéal pour les bizutages, les rencontres amoureuses et les rites adolescents les plus saugrenus.

Les rumeurs sur sa localisation, les récits étranges à son sujet (toujours par d'anciens élèves, donc invérifiables) étaient un sujet de conversation permanent à Darrow. Pilier de toutes les traditions de l'école, la carrière était liée à son histoire au même titre que son hymne – *Ô Seigneur, libère mon cœur* –, sa devise – « Droiture, tolérance, initiative » – et la bibliothèque Marksman, cette forteresse gothique en vieille pierre grise qui se dressait, telle une figure paternelle menaçante, sur toutes les brochures.

La société Volcan Sandberg avait commencé à exploiter ce site granitique juste après la Première Guerre mondiale, avant de faire faillite dans les années 1950. Dès lors, la carrière fut laissée à l'abandon. Le trou finit par s'emplir d'eau et former un lac de cinquante mètres de profondeur. Les alentours se couvrirent de végétation, l'herbe atteignant la taille d'un homme. La cabane du contremaître, une boîte carrée qui ressemblait à un saloon de l'ère des pionniers, se dressait à quinze mètres au-dessus du sol. Accessible uniquement par une échelle étroite, elle penchait un peu. La carrière elle-même était aussi vaste qu'une petite ville. Béante, sinistre, attirante. On aurait dit qu'elle contenait tous les secrets de ce monde que les adultes voulaient nous cacher.

L'équipe de football de Darrow l'utilisait pour « la nuit zébrée », une tradition annuelle où les nouvelles recrues nues devaient faire une course aller et retour jusqu'à la carrière. L'équipe d'aviron allait nager dans le lac avant les championnats d'État pour se porter chance. Des couples y perdaient leur virginité, et les casse-cou y trouvaient leur compte. On murmurait aussi que la Volcan Sandberg était une société-écran et que la carrière était en réalité un terrain d'atterrissage destiné aux extraterrestres.

Pour l'administration de Darrow, la carrière du Volcan était surtout une épée de Damoclès qui pouvait à tout instant prendre la forme d'un procès. C'étaient des bois enchantés que le proviseur rêvait de raser, de façon à anéantir les lutins qui s'y propageaient, tel un nuage toxique. De temps en temps, un membre du conseil d'administration s'emparait de la question et faisait circuler une pétition demandant que l'endroit soit reconnu comme dangereux. Il contactait des lobbyistes pour le transformer en centre culturel, en maison pour la jeunesse ou en complexe résidentiel. En attendant, il exigeait un grillage neuf et une surveillance policière permanente. Mais la ville de Warwick renâclait, à la fois par agacement envers ces riches qui n'habitaient pas sur place et lui dictaient sa conduite, à la fois par incompétence. Si bien que pendant mes quatre années à Darrow, le grillage rouillé et troué entourant la carrière, avec ses panneaux d'interdiction presque effacés, était demeuré tel quel.

Après la mort de Jim, le combat devint crucial pour l'administration. La dernière fois que j'en avais entendu parler, la carrière allait être transformée en réservoir, et elle était enfin entourée d'une clôture digne de ce nom.

Non que ça suffise à empêcher les élèves de Darrow de s'y rendre.

Si les profs et le personnel avaient su à quelle fréquence les élèves se promenaient dehors la nuit, à la carrière ou ailleurs – entre les chambres, dans les gymnases du sous-sol ou à la chaufferie –, ils seraient tombés des nues. Sur un forum secret, AlbanzHax.com, les anciens élèves, tout comme les actuels, révélaient, sous couvert d'anonymat, les moyens de circuler en toute liberté sur le campus.

« S'habiller en noir. Filer le long du porche. Passer devant la fenêtre où M. Robertson dort avec un exemplaire de *Poètes et écrivains* sur les genoux. Et le tour est joué. »

On allait souvent à la carrière du Volcan tous les six. Les filles avaient commencé par se glisser dans les chambres les unes des autres après le couvre-feu en escaladant les fenêtres à la barbe des garçons et des profs pour partager une cigarette dans le noir avant de regagner leur chambre. Puis, en seconde, Cannon avait découvert une carte de la carrière gravée dans le sol du gymnase désaffecté. Alors, à minuit, on s'échappait de nos chambres pour se retrouver dans l'allée des Philosophes. En retenant nos fous rires, on courait jusqu'à la carrière par l'un des nombreux chemins qui y menaient.

Ce furent les plus belles soirées de ma vie.

Je n'aurais pas su dire pourquoi, mais je savais déjà qu'une fois vieille, quand je penserais à ma jeunesse, je me souviendrais de ces soirées passées tous les six perchés au bord de la plateforme de la cabane du contremaître, à observer le lac cent mètres plus bas.

Notre amitié était née là-bas. C'est là que nous nous étions vraiment liés. Se dévoiler dans cet environnement rocailleux, entre ciel et terre, sans parler de tous les dangers et interdictions qu'on bravait, ça revenait à passer aux rayons X et à révéler toutes les questions secrètes qu'on se posait. On sentait la vie nous consumer, et nos cicatrices étaient aussi réelles que le vent qui nous fouettait le visage. On savait qu'ensuite, rien ne serait plus jamais pareil, que notre jeunesse n'était presque déjà plus, que l'amour était fragile et la mort bien réelle.

—

– Et que dites-vous de Jim en Lapin Blanc ? reprit Martha. Pour ma part, je n'ai jamais cru à cette théorie. C'était trop simple. Jim qui se révèle être le Lapin Blanc juste au moment où il meurt ? Jim, le Lapin Blanc ? Ça va à l'encontre de tout ce que je savais de lui.

– Tu crois que c'était un coup monté ? demanda Whitley. Une conspiration de l'administration, dont Jim a été le bouc émissaire ?

– Je ne sais pas.

– Tu as raison, dis-je à Martha. Jim ne pouvait pas être le Lapin Blanc.

– Comment tu le sais ? demanda Cannon.

– Je le sais, c'est tout.

—

Le Lapin Blanc.

C'était le nom du dealer de Darrow. Il circulait parmi le corps étudiant avec l'invisibilité et la dangerosité d'un virus.

C'était comme le père Fouettard : personne ne l'avait jamais vu ; en tout cas, personne ne l'admettait. Il livrait ses petits paquets un peu partout à la manière d'une chasse au trésor, par exemple derrière le cadre numéro 14 de la galerie d'art ou sous le coussin du siège 104, rangée E, dans l'auditorium.

Lors de notre année de terminale, ce nom était devenu culte. Dès qu'il se passait quelque chose, c'était encore un coup du Lapin Blanc. Même les professeurs connaissaient ce nom. Ils organisaient sans doute des réunions pour essayer de déterminer si la rumeur avait un fondement, ou si c'était juste l'une de ces histoires que les adolescents adorent se raconter.

Il y avait bien eu un scandale lorsqu'une élève de troisième du nom de Veronica Beers, qui avait pris des comprimés au bal de Noël, était tombée dans l'escalier et avait dû être conduite aux urgences. Elle avait reconnu avoir acheté les pilules au Lapin Blanc. Mais quand on retraça l'appel, on aboutit à une carte prépayée hors service.

Était-ce un loup solitaire ou bien un gang ? Un élève ou quelqu'un de l'extérieur ?

Quand la police retrouva le corps de Jim, cela faisait près de deux jours qu'il était mort. Il avait succombé à une asphyxie par noyade, mais il avait aussi une commotion cérébrale, une fracture à la jambe et une autre à la colonne vertébrale due, selon le médecin légiste, à sa chute dans l'eau.

Quand la police fouilla sa chambre de Packer Hall, elle retrouva dans sa Gibson de l'herbe, de l'Adderall, de la Ritaline et de la cocaïne. On en conclut que Jim était le célèbre dealer qui avait fini par se suicider, même si un acte criminel de la part de trafiquants de drogue n'était pas à exclure.

La nouvelle se répandit à Darrow comme une traînée de poudre.

D'abord la disparition, puis l'annonce de la mort de Jim Mason, et enfin, la révélation de ses secrets. Un gauche-droite qui nous laissa KO, comme la fin d'un film d'horreur de troisième catégorie.

« Bien sûr que le Lapin Blanc, c'était Jim, murmurait tout le monde. Évidemment. »

C'est toujours celui qu'on vénère le plus qu'on connaît le moins.

Jim était la rock star de Darrow, son Shakespeare de la musique, la coqueluche de tout le monde, le garçon qui rappait, écrivait de la poésie et portait une casquette en tweed en ayant l'air cool (tout ceci étant en soi un petit miracle) ; le type que tout le monde aimait, dont tout le monde rêvait, et pourtant, dont chacun souhaitait la mort.

Jim était un champ de forces.

Jim était une fenêtre éclairée dans la nuit : on ne pouvait que s'approcher pour regarder.

Mais moi, je n'y avais pas cru.

Jim ne pouvait pas être le Lapin Blanc. Quelqu'un avait forcément mis la drogue dans sa chambre à son insu. Depuis l'accident de bateau, il ne touchait plus à la moindre substance. Et jamais il n'en aurait vendu. Jim, c'était le genre de gars à sauver un oiseau à l'aile brisée, à déjeuner avec ceux que personne ne voulait fréquenter. Et puis, il n'avait pas besoin d'argent. Edgar Mason, son père, était le créateur des baskets Van Gogh et du pull-over Poe. Il possédait L'Artiste maudit, une société de prêt-à-porter créée à l'arrière de sa Jeep quand il avait dix-neuf ans. D'après Forbes, la famille de Jim pesait cinq milliards de dollars.

J'avais passé un an à m'interroger sur la culpabilité de Jim. J'y avais réfléchi de façon obsessionnelle, échafaudant toutes les hypothèses. Passé en revue chaque fois qu'il m'avait dit qu'il ne pouvait pas venir étudier avec moi car il devait écrire seul dans sa chambre. Je m'étais demandé s'il m'avait menti quand il disait travailler à *L'Homme de nulle part*, sa comédie musicale sur John Lennon.

Mon cœur réfutait ça. Ce n'était pas possible. Certes, il m'avait déjà menti.

Mais pas là-dessus.

—

– Je sais par où commencer, déclarai-je.

Les autres avaient sombré dans un silence songeur. Ils me regardèrent d'un air inquiet.

– Vida Joshua.

– Chaton ? lança Kipling d'un ton surpris.

– Elle sait quelque chose sur la mort de Jim. J'en suis sûre, insistai-je.

– Pourquoi tu dis ça ? demanda sèchement Whitley.

– Tu te souviens du comportement de Jim la semaine avant sa mort ?

Kipling haussa un sourcil.

– Comme je me souviens d'un été caniculaire avec des coupures d'eau et une panne de clim.

– Il n'était pas lui-même, repris-je. Il était sombre. Furieux.

– C'était à cause de sa comédie musicale, avança Whitley.

– Cette putain de comédie musicale, dit Kipling avec son accent traînant. Elle le dévorait tout cru.

– Oui, ça le préoccupait, dis-je. Mais ce n'était pas tout. J'ai découvert autre chose.

Le regard braqué sur moi, ils attendirent que je poursuive. Je lâchai ma bombe :

– Je suis presque sûre qu'il couchait avec Vida Joshua.

Personne ne dit un mot. Ils étaient sous le choc.

– Vous vous souvenez que la veille de sa disparition, c'était l'ouverture des Vêpres de printemps ?

Ils acquiescèrent.

Les Vêpres de printemps, deux soirées de spectacles, de discours, de musique pour fêter la fin de l'année.

Jim m'avait envoyé un sms vers dix-sept heures pour me prévenir qu'il était fiévreux et qu'il se rendait à l'infirmerie. Je n'en avais pas cru mes yeux. *L'Homme de nulle part* devait être joué ce soir-là. C'était l'événement de la soirée, la première fois qu'on allait entendre certaines chansons de sa comédie musicale. Que Jim abandonne sa propre production lors de la première, c'était plus qu'étrange. Même quand il doutait, il ne se dérobait jamais face à l'obstacle. Vers vingt heures, alors que je courais aux Vêpres – j'avais passé la journée à la bibliothèque et n'avais pas vu le temps filer –, j'avais pris un raccourci derrière la cafétéria. Et là, je l'avais découvert assis sur le quai de déchargement. Pas du tout malade. Il portait un T-shirt et un jean noirs, il avait l'air d'attendre quelqu'un. Je m'étais cachée derrière un arbre pour lui écrire un sms.

Comment tu vas ?

39° de fièvre, répondit-il aussitôt avec un emoji malade.

Je le regardai écrire ça.

Je viens te voir à l'infirmerie.

Non, non, je suis en train de m'endormir.

Je n'en revenais pas. J'allais bondir de ma cachette quand une voiture surgit. Elle roulait lentement. Tous phares éteints. Jim s'installa aussitôt sur le siège passager. Vida Joshua était au volant.

– Tu l'as vue ? demanda Cannon.

Je hochai la tête.

– Elle conduisait la vieille Nissan rouge de M. Joshua. Celle qu'il garait toujours derrière la salle de musique avec les clefs sur le contact et une affiche À VENDRE sur la vitre arrière. Celle que l'administration lui demandait toujours d'envoyer à la casse.

– Pauvre M. Joshua, dit Whitley. Si sa tête n'était pas attachée à son corps, il l'aurait déjà perdue.

– Et tu as eu l'occasion d'en parler à Jim, ma belle ? demanda Kipling.

Je hochai de nouveau la tête.

– Oui. Le lendemain. Il a tout nié. Mais il était furieux.

– Furieux contre toi ? demanda Martha en clignant des yeux d'un air incrédule.

Je hochai encore une fois la tête.

« Beatrice, laisse-moi tranquille. Arrête de m'espionner. Tu te prends pour mon père, ou quoi ? »

La réaction de Jim m'avait terrorisée. Je ne l'avais jamais vu comme ça : il avait les mains qui tremblaient, les larmes aux yeux, et la colère fusait comme du venin dans ses veines. Il grondait et grimaçait à se rendre méconnaissable. Ça faisait des semaines qu'il était nerveux, mais j'attribuais son état au fait qu'il voulait achever sa comédie musicale à temps pour les Vêpres de printemps et enregistrer une démo pour le producteur que M. Joshua lui avait trouvé. « Je veux devenir célèbre, Bee. Je veux connaître la gloire. » Il était en proie à l'anxiété, au doute, au désespoir. « J'ai perdu le côté velouté des notes », gémissait-il. Tout à coup, il ne supportait plus le refrain de sa chanson phare et trouvait ses paroles pleines de clichés. J'avais beau lui jurer que tout était excellent, il refusait de me croire. Notre relation était tendue, ce n'étaient que discussions sur des refrains et des rythmes syncopés, la recherche d'une meilleure rime à « dissiper ».

– Achopper ? Chalouper ? essayais-je.

– Oublie, me rétorquait Jim.

Cet après-midi-là, je lui avais offert la possibilité de m'expliquer ce qui s'était passé la veille au soir, de me dire pourquoi il était monté dans la Nissan de Vida La Fille Facile, pourquoi il m'avait menti.

En vain.

– Tu veux rompre pour ça ? hurla-t-il. Très bien. De toute façon, j'en ai marre de ta puérilité et de ta naïveté, de cette incapacité que tu as à voir le mal. Parfois, les gens sont mauvais, Bee, tu sais ? Parfois, le mal les ronge.

J'avais dévalé la pente de la colline, aveuglée par mes larmes. Quand je m'étais arrêtée, je m'étais rendu compte que, contrairement à ce que j'espérais, il ne s'était pas lancé à ma poursuite. Le visage sombre, il disparut de l'autre côté de la colline.

Comme s'il ne m'aimait plus. Comme si tout était fini entre nous.

Ce fut la dernière fois que je parlai à Jim.

Deux jours plus tard, on retrouvait son corps.

– Le lendemain de l'annonce de la mort de Jim, la nouvelle a été relatée dans tous les journaux, dis-je. Et Vida a disparu le même jour.

– Qu'est-ce que tu veux dire ? questionna Cannon.

– Elle a quitté la ville. Ils l'ont annoncé.

– Oui, je m'en souviens, dit lentement Whitley en fronçant le nez. À la dernière assemblée. « Mlle Joshua vient de prendre un poste dans un laboratoire de recherche sur les cellules souches à l'université de Chicago. »

Kipling renchérit :

– Autant dire qu'un chimpanzé a été embauché au ministère des Affaires étrangères.

– Tu crois qu'elle a fui la scène du crime ? me demanda Martha.

– C'est une étrange coïncidence, fis-je en secouant la tête. Comme si elle avait peur de quelque chose. Je surveille son Facebook. Maintenant, elle travaille en cuisine à la pizzeria Angelo de Warwick. J'ai toujours regretté de ne pas avoir eu le courage de l'interroger. Maintenant, je l'ai.

Je pris une profonde inspiration et je me levai.

– Qui m'accompagne ?

Un par un, ils levèrent la main avec des expressions gênées.

Chapitre 11

Vida Loretta Joshua avait sept ans de plus que nous.

C'était la fille unique de M. Joshua. Elle avait fait ses études secondaires à Darrow avant de partir à la fac en Caroline du Nord. Mais là-bas, elle avait souffert d'une dépression dont la nature restait vague, et avait tout abandonné pour rentrer chez elle.

Pénétrer dans la petite maison Tudor des Joshua sur le campus de Darrow, c'était comme rendre visite à deux personnes ordinaires qui vivent avec une panthère apprivoisée. Parce que : 1) Vida Joshua était atrocement belle avec ses cheveux noirs, ses yeux bleus en amande, ses pommettes exceptionnelles, son visage tellement symétrique que, quand elle daignait enfin vous regarder (ce qui prenait un bon bout de temps), vous aviez l'impression d'être observé par un chat sauvage depuis le sommet d'une montagne ; 2) M. et Mme Joshua semblaient craindre leur fille : ils lui parlaient tout doucement, ils marchaient sur la pointe des pieds en évitant le moindre geste brusque dès qu'ils la voyaient affalée sur le canapé du salon, les cheveux sales, vêtue d'un pull trop grand, en train de manger des chips de chou kale devant une émission de télé-réalité. Ils avaient l'air d'avoir si peur qu'ils refusaient d'envisager sa remise en liberté (la fac) ou son admission dans un sanctuaire (l'hôpital). Alors ils la laissaient s'ennuyer et déprimer ; allez savoir ce que Vida faisait de ses journées.

Tout le monde l'ignorait.

Quand nous étions en seconde, M. Joshua s'était arrangé pour lui obtenir un emploi à Darrow. Vida était ainsi apparue au bureau des inscriptions, où elle bâillait en allant de la photocopieuse à l'ordinateur. Elle avait ensuite été mutée au secrétariat du département d'espagnol. Puis elle était devenue l'assistante du coach de hockey sur gazon, mais quand ça non plus n'avait pas marché (apparemment, personne n'était à l'aise en présence d'un chat sauvage), on l'avait envoyée tenir la galerie d'art. Le plus souvent, elle désertait son poste, mais on était sûr de la trouver derrière les poubelles à discuter avec un élève ou un autre, toujours un garçon. À Darrow, on la surnommait Vida La Fille Facile parce qu'elle aurait couché avec toute l'équipe de lutte. À la fac, elle serait tombée amoureuse d'un prof dont elle aurait harcelé l'épouse, ce qui avait abouti à un ordre d'interdiction d'approcher et provoqué sa dépression.

C'était tout ce que je savais d'elle avant de la surprendre en compagnie de Jim. Mais après les avoir vus quitter le campus ensemble, le surnom de M. Joshua pour sa fille – Chaton – me sembla parfaitement approprié : une adorable boule de poils capable de se transformer en dangereux prédateur se nourrissant de carcasses de chevaux et attaquant sans sommation.

J'ignorais que Jim et elle se connaissaient. Il ne m'avait jamais parlé de Vida. Du canapé du salon, elle le regardait avec la même indifférence que moi et les autres. Mais à sa mort, elle avait aussitôt démissionné de son job à la galerie d'art. Sa chaise de bureau ergonomique, son pot à stylos, le catalogue avec le prix des œuvres, la déclaration d'intention de l'artiste, quelques bons d'adhésion à un club de sport, ainsi qu'un menu de traiteur thaï, tout resta là, comme les questions exaspérantes et sans réponse sur la mort de Jim.

Je ressassais chacun de mes tête-à-tête avec Jim, tel un grippe-sou qui s'enferme dans sa chambre pour contempler les piles de billets glissés sous son matelas, les comptant pour la millionième fois et vérifiant qu'ils sont vrais. L'année suivante, j'avais surveillé Vida de loin. J'examinais ses photos sur Instagram lors de ses randonnées en camping dans le Wisconsin avec une amie du nom de Jenni qui portait des bermudas; son déménagement dans un nouvel appartement sur Wicker Park (« Quelqu'un connaîtrait-il un bon déménageur dans la région de Chicago???? »), suivi du retour discret chez ses parents moins de trois mois plus tard; son inscription à un concours de design de mode; son intérêt pour la réflexologie et pour un groupe de heavy metal qui s'appelait Eisenhower. J'étudiais tout ça dans l'espoir de comprendre sa relation avec Jim. Et parfois, je trouvais des indices : un jour, elle posta les paroles de *Carpe*, une chanson de Jim, sous la photo floue d'une grenouille. *Il y a eu des jours où nous déchirions le ciel. On aurait juré que c'était vrai, pas de doute, pas de mensonges.* Pour l'anniversaire de sa mort, elle avait posté un message sur sa page Facebook transformée en mémorial. « Tu me manques, Mason. »

Dans mes moments les plus sombres, j'avais envie de lui envoyer des lettres anonymes du genre : « Je sais ce que tu as fait l'année dernière », histoire de l'amener à révéler ce qu'elle savait.

Mais je n'en avais jamais eu le courage.

Je n'aurais jamais cru Jim capable de me tromper avec Vida. D'un autre côté, il n'y avait pas de sexe entre nous. Souvent, il s'en était fallu de peu mais, au dernier moment, je finissais toujours par dire non. Jim roulait alors sur le dos en fixant le plafond.

– De quoi tu as peur? demandait-il avec une curiosité sincère.

Mes réponses tournaient toujours autour de « je ne me sens pas prête » parce que je n'avais pas le courage de lui dire la vérité : j'avais peur de perdre le dernier bout de terre ferme qui me restait. J'aimais Jim mais, parfois, notre relation me faisait perdre la raison. J'étais emportée par lui, puis des jours, voire des semaines plus tard, j'atterrissais en me demandant où j'étais, et même quelle heure il était.

– Tu te réserves pour notre nuit de noces? se moquait-il.

Pas étonnant qu'il n'ait jamais jamais pris la peine de rompre, pensais-je ensuite. *Il ne loupait rien.*

Il avait Chaton.

—

Malgré toutes les possibilités du Neverworld, aucun de nous n'était jamais retourné à Darrow.

En arrivant là-bas, on eut, comme d'habitude, l'impression de faire un voyage dans le temps et de revenir à une époque où on mettait encore des lunettes de conduite, où on utilisait des téléphones bougies et où des gens vêtus de tweed, la bouche pleine du mot « exquis », regrettaient le bon vieux temps. Darrow avait toujours eu un côté délicieusement suranné, une qualité dont l'école se vantait, à croire que ce n'était pas tant un pensionnat qu'un sanctuaire pour espèces en voie de disparition. Dans les salles de cours, il y avait toujours les mêmes tables en bois que cinquante ans plus tôt et, dans la chapelle, les mêmes bancs. La plupart des professeurs ressemblaient à des daguerréotypes sur pattes, avec leur nuque raide et leur air sinistre.

Je regardai par la vitre de la voiture en essayant de chasser la nervosité du creux de mon estomac. Cela faisait un an que je me demandais ce que je dirais à Vida si j'osais lui rendre visite mais, tout à coup, chacun de mes scénarios me parut pathétique et sans intérêt. *Qu'est-ce que tu foutais avec Jim ce soir-là? Pourquoi tu as filé juste après sa mort? Est-ce que tu l'aimais? Est-ce qu'il t'aimait?*

Puis je vis le vieux panneau en bois blanc se balancer sous la pluie torrentielle.

PENSIONNAT DARROW-HARKER. Avec son emblème, un cerf. J'aperçus rapidement ses bois et ses yeux, et l'inscription BRONZE COULÉ EN 1887 dans les feux arrière avant que le panneau et l'emblème soient engloutis par la nuit.

– Ne t'en fais pas, Bee me souffla Whitley en posant la tête sur mon épaule. Je me charge de tout.

– Chaque fois que tu dis ça, quelqu'un perd un œil, fit remarquer Kip du siège avant.

Elle esquissa un sourire bien sage.

– Je ne peux accepter qu'on fasse du mal à l'un de mes amis. Quelqu'un s'en est pris à Bee? Eh bien, les forces vengeresses de l'univers vont s'abattre sur lui.

– À la place de Zeus, je me méfierais, marmonna Cannon en ralentissant.

Nous étions face à la barrière de sécurité de Darrow.

– Qu'est-ce qu'on dit? demanda Martha.

– Rien de particulier. On est d'anciens élèves. Un peu morts? Coincés dans des catacombes cosmiques? Et alors?

– Ça a l'air si banal, vu comme ça, dit Whitley en gloussant et en me prenant la main.

Cannon s'arrêta à hauteur de la guérite et abaissa sa vitre. Moses, le gardien de Darrow, prit le temps de fermer sa veste, de redresser le col de sa chemise et d'ouvrir son parapluie de golf avant de sortir. Toujours bougon, le corps en forme de point d'interrogation, il était, racontait-on, aussi vieux que le lycée. C'était un catholique fervent qui casait Dieu dans la plupart des conversations, et aussi un ancien ivrogne. Si bien que chaque mercredi, à minuit, il abandonnait son poste pour assister à une réunion des Alcooliques Anonymes dans la sacristie de l'église Saint-Peter, ce qui signifiait qu'il y avait une fenêtre de tir de deux heures pendant laquelle on pouvait quitter librement le campus, à condition de rentrer avant lui.

– Bonsoir, cria Moses sous la pluie d'un ton distant. En quoi puis-je vous aider ?

– Vous ne vous souvenez pas de nous ? demanda Cannon.

Il nous observa de plus près, ses sourcils blancs broussailleux tout à coup agités par la surprise.

– Ça alors ! Cannon Beecham. Kipling St. John. Whitley. Beatrice. Et la petite Martha. Que diable venez-vous faire ici par un temps pareil ?

– On était dans le coin, on a eu envie de faire un tour, répondit Cannon. On n'en a pas pour longtemps.

Moses grogna d'un air ennuyé et jeta un coup d'œil à sa montre. Quand il regarda Cannon, il paraissait mal à l'aise.

– Rapidement, alors, dit-il en tendant le doigt vers Cannon. Et pas de bêtises, d'accord ?

Cannon hocha la tête, fit un signe de la main, remonta sa vitre, et on prit l'allée.

– De toute façon, tu n'auras aucun souvenir de nos bêtises demain, mon vieil ami, murmura-t-il.

—

– Quelle surprise !

M. Joshua était fidèle à lui-même : il avait toujours les cheveux soigneusement coupés, des yeux bleus pétillants, des joues roses, il était toujours raide comme un piquet et aimait toujours autant les vestes en polaire.

– Qu'est-ce qui me vaut un tel plaisir ? Entrez. Ne restez pas dehors dans cette tempête.

Il avait l'air réellement heureux de nous voir, si bien que je ressentis une pointe de culpabilité quand on entra tous les cinq en file indienne.

– On est venus saluer Vida, répondit Whitley en souriant. Chaton est là ?

On avait aperçu la Nissan rouge dans l'allée et toutes les fenêtres étaient éclairées, on connaissait donc déjà la réponse à cette question.

– Vida ? s'étonna M. Joshua. Bien sûr. Nous allions, hummm… nous mettre à table. Entrez, entrez, je vous en prie.

On traversa le salon désert jusqu'à la salle à manger, où se trouvaient Vida et sa mère. Vêtue d'un tablier jaune, celle-ci était en train de servir du maïs tandis que Vida regardait son téléphone, avachie en bout de table.

Apparemment, la captivité avait eu raison d'elle – elle était moins intimidante que dans mon souvenir. Elle avait grossi, ses cheveux étaient plats, moins flamboyants. Sans un mot, on se plaça tous les cinq autour d'elle, mais elle ne nous prêta aucune attention. Elle nous jeta à peine un regard avant de baisser à nouveau les yeux vers son téléphone. Elle avait l'habitude que des élèves de son père surgissent à n'importe quelle heure pour un cours de guitare ou une répétition.

– Peggy ? Chaton ? Ce sont les amis de Jim Mason. Vous vous souvenez de Jim, mon élève ? Le hummm… petit génie ? L'un des plus brillants jeunes paroliers qu'il m'ait été donné de connaître. Il serait allé loin. Sa comédie musicale sur Lennon était une splendeur, une explosion de notes et de mots… (Il eut l'air, un instant, d'avoir tout oublié et se tut quand la tristesse l'envahit. Il rougit.) Bon. Qu'est-ce qui vous amène chez nous ?

Je ne m'étais jamais demandé comment M. Joshua avait pris la mort de Jim. En tout cas, jusqu'à cet instant, dans cette petite maison triste et grise, avec la pluie qui tambourinait sur le toit, la légère odeur de naphtaline, les guitares acoustiques accrochées au mur qui semblaient réclamer un peu d'intérêt. M. Joshua était un grand fan de Jim, il l'avait accompagné à des auditions jusqu'à Broadway. Il avait enregistré pour lui des dizaines de démos sur Logic Pro, puis tout retranscrit sur du papier à musique. Il l'avait poussé à rêver de paroles plus pertinentes, de personnages plus percutants, de « davantage de variété pour l'oreille », il avait analysé avec lui le phrasé ingénieux et les paroles rebelles de Stephen Sondheim, de Lin-Manuel Miranda et de Tennessee Williams. M. Joshua s'était débrouillé pour qu'un important producteur new-yorkais écoute la démo de *L'Homme de nulle part*. Le type avait adoré, et un déjeuner à New York aurait eu lieu si Jim n'était pas mort.

Je me demandai tout à coup si M. Joshua n'avait pas été amoureux de Jim. Ou était-ce autre chose ? S'était-il imaginé que, grâce à l'étoile montante qu'était Jim, il allait remporter un aller simple loin d'ici ? Jim, son crack, son ticket de loto, ses espoirs et ses perspectives d'un coup réduits à néant ?

– Vida ne peut que se souvenir de Jim, déclara Whitley en souriant puis en inclinant la tête, un sourcil haussé. Chaton, ma chérie ? C'est le moment de demander à tes parents de quitter la pièce si tu souhaites leur épargner des détails un peu glauques. (Elle s'installa dans un fauteuil à l'autre bout de la table, une jambe sur l'accoudoir, et attrapa un haricot vert.) On veut tout savoir, dit-elle en croquant dedans. Qui a commencé ? Qui a rompu ? Où est-ce que vous êtes allés tous les deux après être sortis du campus ? Pourquoi tu as quitté la ville à la nanoseconde où la mort de Jim a été annoncée ?

Vida se contentait de la regarder, bouche bée.

– Je t'en prie, n'insulte pas notre intelligence en niant tout, ma fille, dit Kipling avec son accent traînant. Parce que, déjà, un, Beatrice ne ment jamais. C'est la personne la plus honnête de la création. Son petit nom, c'est la Bonne Sorcière du Nord. Et deux, on n'a pas beaucoup de patience. On revit la même journée, qui s'appelle une veillée, jour après jour. Alors, ça finit par nous porter sur les nerfs.

– C'est juste un petit inconvénient qu'il faut gérer, ajouta Cannon.

– Je vous demande pardon ? lança Mme Joshua. Mais que se passe-t-il ici ? Paul ? Paul ?

M. Joshua semblait incapable de réagir. On aurait dit un roitelet perché sur un banc, qui regarde des miettes tomber.

– Vous êtes cinglés, dit Vida. Je ne sais même pas de quoi vous parlez.

En souriant, Whitley s'empara d'un plat et le lança en l'air comme un Frisbee. Du poulet, du maïs, du riz volèrent dans la pièce, et le plat heurta une fenêtre.

Un instant, tout le monde fut trop ahuri pour réagir. Puis Mme Joshua se précipita vers une petite table pour attraper un téléphone. Et composa le numéro d'urgence de la police.

– Je voudrais signaler une intrusion.

– Dis-lui de raccrocher, demanda Cannon à Vida en se grattant le nez.

– Vous devez venir tout de suite. Des adolescents, non, de jeunes adultes, ont débarqué chez nous...

– Si tu n'aimes pas les combinaisons orange, dis-lui de raccrocher, lança Whitley à Vida.

Celle-ci la regarda sans comprendre.

– Ou les douches communes, ajouta Cannon en se laissant à son tour aller dans un fauteuil.

– Ils cherchent à nous terroriser. Ce sont d'anciens élèves de mon mari. Venez vite.

– Maman, raccroche, cracha Vida.

– Je déteste quand les filles manquent de solidarité entre elles, déclara Whitley. Et quand l'une pique le petit ami de l'autre comme si c'était juste un cube de gouda planté sur une pique qu'on t'offre au supermarché. C'est impardonnable. Et tellement passé de mode...

– Pensionnat de Darrow...

– Si j'étais toi, je ferais taire mon pitbull de mère, avertit Cannon.

– Maman, lança sèchement Vida.

Mme Joshua fit mine de ne pas entendre.

– 545, dans l'allée de service. Je vous en prie, faites vite.

Vida bondit sur sa mère, lui arracha le téléphone des mains et le balança dans la pièce. Il heurta le petit tableau d'un renard qui jouait du violon, lequel se décrocha du mur, révélant un rectangle de papier peint couvert de moisi.

Tout le monde était stupéfait.

Vida nous regardait d'un air affolé, le souffle coupé.

– Qu'est-ce que tu as encore fait ? lui demanda son père.

—

– Je ne sais pas combien de fois il faudra que je vous le répète, grogna Vida. On était amis, c'est tout. Il m'a juste demandé de le conduire quelque part. Il voulait que je le fasse sortir du campus. Il s'est caché sous une couverture sur la banquette arrière pendant que je passais devant Moses. Et c'est tout. Je ne vois vraiment pas le problème. Vous êtes vraiment cinglés.

– On te croit pas, déclara Cannon.

– C'est votre problème.

– Où est-ce que tu as emmené Jim ? demanda Martha.

– Je l'ai déjà dit.

– Redis-le, ordonna Whitley.

– Je ne sais plus. Un centre commercial ?

– De Newport ?

– Ouais.

– Tu te souviens lequel ? Comment il s'appelait ? demanda Martha.

– Non.

– De quoi tu te souviens, alors ? demanda Cannon.

Vida haussa les épaules.

– C'était un endroit pourri. Avec un bazar qui vend des trucs à un dollar. Et une animalerie. Sur le parking, il y avait un type déguisé en poulet qui offrait des ballons en forme de cœur.

– Pourquoi Jim voulait aller là-bas ? demanda Martha.

– J'en sais rien, putain ! Peut-être qu'il avait envie de *chicken wings* et d'un iguane de compagnie ?

– Tu dois bien avoir une idée, insista Wit.

Vida haussa de nouveau les épaules d'un air agacé.

– J'ai cru qu'il voulait acheter de l'herbe. Il y avait des petits dealers sur le parking.

– Il était quelle heure ?

– Huit ou neuf heures du soir ? soupira-t-elle. Je lui ai proposé de l'attendre pour le ramener, mais il m'a dit qu'il se débrouillerait. C'est tout. Je vois vraiment pas le problème, je suis pas impliquée dans sa mort. Je vous le jure.

Ça faisait vingt minutes que, quoique narquoise et boudeuse, Vida s'en tenait à la même version des faits : Jim lui avait demandé de le conduire ce soir-là. Rien de plus. Et il ne s'était rien passé entre eux. Ils ne couchaient pas ensemble. Ils se connaissaient juste comme ça. Elle n'en démordait pas. J'avais tendance à la croire, mais c'était malgré tout pour moi un coup de couteau en plein cœur parce que, même s'il n'y avait rien entre eux, ça signifiait que Jim avait choisi de ne pas se confier à moi, qu'il réglait ses problèmes dans mon dos. Puisqu'il m'avait menti à ce sujet, je ne pouvais m'empêcher de me demander au sujet de quoi d'autre encore.

– Je trouve ça troublant qu'il t'ait demandé ce service alors que vous étiez à peine amis, déclara Whitley.

Vida la fusilla du regard.

– Je te l'ai déjà dit. On discutait de temps en temps. Il me rendait visite à la galerie et, des fois, il me donnait des conseils. Jim était un génie. Il comprenait tout. Dès que je lui ai parlé de mes problèmes, en dix minutes, il a eu des avis plus pertinents que le docteur Milton Yeskowitz en six ans, malgré son bouc, ses ongles longs et ses étagères remplies de manuels de développement personnel des années 1970, du genre *Apprendre à s'aimer soi-même.*

À ces mots, elle jeta un regard méprisant à son père, qui n'eut pas de réaction. M. et Mme Joshua écoutaient leur fille comme si elle s'exprimait dans un dialecte dont ils ne comprenaient qu'un mot sur trois.

– Jim me rappelait que j'avais une vie à vivre, que je devais me prendre en main. C'est pour ça que j'ai décidé de partir pour Chicago. Quand je lui ai parlé de ce stage, il m'a conseillé de l'accepter. De sauter sur l'occasion, même si ça me faisait peur. Jim disait que quand on est face à un fossé, il faut se débrouiller pour sauter par-dessus. Il me donnait du courage. Moi aussi, je l'aidais. Il se faisait beaucoup de souci pour sa comédie musicale. Il voulait qu'elle soit géniale. Qu'elle devienne aussi connue que *Cats*. Il aspirait à la gloire. Il voulait marquer l'histoire. Et il aurait réussi. Il m'avait montré ses cahiers. Ses paroles de chanson étaient juste dingues. C'est horrible, ce qui lui est arrivé. Mais c'est la vie, non ? Les génies meurent toujours trop tôt.

– Quand est-ce que tu l'as vu pour la dernière fois ? questionnai-je.

– Vous n'écoutez pas, ou quoi ? Je vous l'ai déjà dit. En le déposant à ce centre commercial.

– Tu ne lui as pas parlé le soir de sa mort ? Il ne t'avait pas demandé de le rejoindre à la carrière du Volcan ?

Elle grogna.

– Mais qu'est-ce que vous racontez ? Ça fait des siècles que je suis pas allée là-bas. (Elle renifla un grand coup et reprit :) Dès que j'ai appris ce qui s'était passé, pas seulement sa mort, mais aussi qu'il dealait, ou je sais quoi, je suis allée voir la police pour leur dire que c'était faux. La drogue retrouvée dans sa chambre ? Elle était pas à Jim.

– Comment tu le sais ? demandai-je.

– Parce qu'il m'a dit à qui elle appartenait.

– Pardon ? lâcha sèchement Martha avec un regard surpris à mon intention. Quoi ?

– Ouais, confirma Vida. Deux semaines avant sa mort, il ne parlait que de ça. Il avait découvert que l'une de ses meilleures amies vendait de la drogue aux élèves depuis des années.

– Il t'a dit qui c'était ? demanda Kipling.

– Il n'a pas eu besoin. Pendant qu'il me racontait ça, elle a appelé. « Quand on parle du loup… », il a soufflé. J'ai vu le nom sur son téléphone. Un drôle de surnom.

– Quel surnom ? la pressa Cannon.

– Madame Terreur.

Aussitôt, des voix hurlèrent dans ma tête. *Non. Non. C'était impossible.*

Personne ne bougea.

Whitley regardait fixement la moquette. Elle était blême.

– J'ai donné ce nom à la police, reprit Vida. Je leur ai tout dit. Et aussi que cette personne avait un lien avec la mort de Jim. J'en étais sûre. Son secret allait être révélé, alors elle a essayé de se débarrasser de lui. Pour le faire taire. Mais la police n'en a rien eu à cirer. Il faut croire que les flics avaient mangé trop de bonbons pour lever leur cul de leur chaise, parce que j'en ai plus jamais entendu parler. Le seul qui connaissait cette fille, c'était Jim. Et maintenant, il est mort.

Elle se tut. Un ange passa.

Soudain, Whitley bondit et sortit de la maison en courant.

Chapitre 12

On s'élança à ses trousses.

Comme Cannon et les autres fonçaient sous la pluie, je m'arrêtai pour jeter un dernier regard aux Joshua, qui paraissaient accablés, comme trois personnes dans une cellule au tribunal en attente de leur condamnation. Puis je repartis en courant.

Whitley filait dans l'allée.

– Whitley ! cria Kip.

– Reviens ! gueula Cannon. Où tu vas ?

Elle les ignora et franchit un talus. Quand je les revis, ils étaient loin, Whitley à peine une silhouette derrière les courts de tennis et le terrain de football, Martha, Cannon et Kip sur ses talons.

– Attends ! cria Martha.

– Il faut qu'on parle !

– Whitley Lansing ! Stop !

Je courais derrière eux aussi vite que possible quand j'entendis des sirènes de police. *Whitley ? Le Lapin Blanc ?* Comment était-ce possible ?

Dehors, c'était le déluge. On aurait dit que des munitions explosaient dans le ciel pour me cribler la tête et les bras. Je ne voyais pas où je mettais les pieds. Des branches d'arbre craquaient, le tonnerre grondait. Au pied du talus, j'atteignis un marais de boue épaisse comme du goudron où mes baskets s'enfoncèrent sur plusieurs centimètres. Je voyais toujours Wit et les autres loin devant. Leurs ombres étirées comme de longs doigts dans la lumière jaune des réverbères, ils passèrent devant les bâtiments des filles : Slate Hall, Stonington Manor avec ses arches gothiques sombres et massives. En coupant par le jardin derrière Morley House, je faillis piétiner Martha. Qui, visiblement, était tombée tête la première dans la boue.

– Ça va ? lui criai-je.

– M'attends pas.

Je repris ma course. Comme je longeais le centre aquatique, un immense bâtiment de verre et d'acier, je me rendis compte qu'une porte avait été brisée avec une pierre. J'entrai tandis que des cris désincarnés et des pas résonnaient dans l'obscurité. Je filai le long des vitrines remplies de coupes et de plaques, ainsi que de photographies en noir et blanc des équipes de natation. Je remontai le couloir à damier malgré mes baskets boueuses qui glissaient sur le linoléum, et j'ouvris d'un coup la double porte donnant sur le bassin olympique.

Kipling et Cannon étaient déjà là. Whitley avait plongé, et ils suivaient sa silhouette sombre qui nageait sous l'eau.

Au bout d'une minute, elle réapparut, haletante, à la surface.

– Qu'est-ce que tu fabriques ? demanda Cannon. On veut juste te parler.

– Tu nous échapperas pas, ma chérie, dit Kipling.

Elle leur lança un regard noir et replongea.

– Elle se dirige vers les portes, dit Cannon en courant vers moi.

Effectivement, Whitley agrippa l'échelle et me repoussa si fort que je m'affalai sur une chaise, ce qui lui permit de se précipiter vers les portes.

Mais elle fut interceptée par une Martha couverte de boue. Surprise, Whitley essaya de la bousculer, mais Martha brandit un trophée récupéré dans une vitrine. Et frappa Whitley à la tête. Celle-ci s'effondra par terre en hurlant.

– Le Lapin Blanc, dit Martha, hors d'haleine.

Elle attrapa les portes et coinça le trophée de façon à les bloquer.

– C'était donc toi ! hurla Cannon en regardant Whitley à terre. Depuis tout ce temps. Comment tu as fait pour ne jamais rien nous dire ? Comment tu as pu me tromper jour après jour ?

– Au début, je n'avais pas l'intention de vendre plus de quelques fois, murmura-t-elle en se relevant et en se frottant la tête. Mais mon numéro de téléphone a circulé. Le mythe du Lapin Blanc était né. Ensuite, impossible d'arrêter.

– Mais comment tu as pu faire ça ? soufflai-je.

Whitley me lança un regard assassin.

– Oui, Bee, nous savons tous que même en un million d'années, tu ne ferais pas ce genre de choses. Toi, tu es parfaite. Ta boussole morale n'indique que la sainteté. Mais on n'a pas tous cette chance.

Elle renifla en fixant le sol d'un air sombre.

On ne disait rien, on se contentait de regarder l'eau bleue de la piscine se refléter sur nos visages.

Je n'en revenais pas qu'elle ait pu mentir ainsi. Depuis des années. Je ne l'avais jamais soupçonnée. Au vu de son air furieux, Cannon non plus.

Et pourtant, ça faisait sens. Linda, la mère de Whitley, dirigeait un empire pharmaceutique. Il n'était pas rare d'entendre Whitley parler avec admiration de la femme d'affaires qu'était sa génitrice. Armée de son vison, de son absence de diplômes, de son bon sens de fille de ferme du Missouri, elle était capable de tenir tête à des conseils d'administration new-yorkais et à des assemblées d'actionnaires, ou de remettre des banquiers machos à leur place avec une remarque cinglante dans les gencives. « Si la bêtise pouvait voler, vous seriez un Airbus A350. » En vérité – et ça me donnait envie de pleurer –, j'avais beau ne jamais en avoir parlé à Wit, Linda n'aimait pas sa fille, en tout cas pas comme Whitley l'aurait voulu. Wit avait passé son enfance entre des nourrices et des jeunes filles au pair, puis son adolescence entre des camps d'été et des pensionnats, telle une valise égarée. Whitley était devenue le Lapin Blanc pour se prouver, ou bien pour prouver à sa mère, qu'elle aussi, elle était capable de faire quelque chose.

Mais selon Vida, le Lapin Blanc était lié à la mort de Jim. « Je leur ai tout dit. Et aussi que cette personne avait un lien avec la mort de Jim. J'en étais sûre. Son secret allait être révélé, alors elle a essayé de se débarrasser de lui. Pour le faire taire. » Même si je n'avais pas envie de l'admettre, cette remarque luisait du vernis impeccable de la vérité.

– Comment Jim t'a découverte ? lui demandai-je.

Wit me lança un regard noir.

– Il m'a prise sur le fait.

– Quand ça ?

– Quelques semaines avant les examens. Je sortais chaque nuit à trois heures du matin faire mes dépôts. Lui rentrait de la carrière du Volcan. Il m'a vue me glisser dans l'observatoire, et il m'a suivie. Quand il a compris ce que je fabriquais, il a pété un câble. Il en a fait toute une histoire. Alors qu'on était sur le point de quitter le lycée : de toute façon, c'en était fini du Lapin Blanc. Il protestait au nom de la responsabilité civique. Il disait qu'on n'avait pas le droit de faire ça. Il voulait que j'aille me dénoncer à l'administration.

– Du coup, tu as décidé de lui tendre un piège, dit Martha. Tu as mis tes drogues dans sa guitare pour qu'il soit arrêté à ta place.

– Non, fit Whitley en secouant la tête d'un air catégorique. Ça ne s'est pas passé comme ça. Je gardais mon stock derrière la vieille cabane au bord de Drury Field. Vous savez, l'endroit dont tout le monde dit qu'il est hanté ? C'est juste une vieille remise remplie de matériel de sport dont personne ne se sert plus. Un jour, j'ai vu un entrepreneur rôder autour, et j'ai appris qu'on allait la démolir pour construire une serre. Alors, ce soir-là, au cours du dîner, je me suis éclipsée pour récupérer mes provisions. Je voulais les mettre dans ma chambre, mais il y avait des ouvriers qui repeignaient les murs partout dans le couloir. J'ai pris peur. Si je me faisais arrêter avec ce gros sac… Alors j'ai foncé vers la première chambre de Packer, celle de Jim. Je savais qu'il laissait sa clef sous son paillasson. Et j'ai caché mon stock dans sa guitare. Je voulais le récupérer le lendemain. Mais là, on a annoncé qu'il avait disparu. Et quand j'ai eu la possibilité d'y retourner, les flics avaient déjà tout trouvé.

Martha la regardait fixement. Puis elle déclara :

– La disparition de Jim a été signalée le jeudi matin. La police a retrouvé son corps le vendredi soir. Quand est-ce que tu as caché la drogue dans sa guitare, exactement ?

Whitley paraissait mal à l'aise.

– Le mercredi soir ?

– Arrête de mentir, lui dit Martha.

– Je ne mens pas.

– Ton histoire aurait pu coller, à un détail près.

– Lequel ?

– C'est moi qui avais la guitare de Jim.

On se tourna tous vers elle.

– Il me l'avait prêtée pour que je répète en vue des Vêpres de printemps. Elle était dans ma chambre depuis deux semaines. La disparition de Jim a été annoncée le jeudi matin. Jeudi très tard, j'ai rapporté sa guitare dans sa chambre. Ça signifie une seule chose : tu étais déjà au courant de la disparition de Jim quand tu as mis la drogue dans sa guitare. (Martha regardait Wit d'un air implacable.) Tu as saisi l'opportunité de sa disparition pour ne pas subir les conséquences de tes actes. Tu lui as tendu un piège.

Whitley la fusillait du regard.

– La nuit de sa mort, demandai-je d'une voix brisée, tu étais avec lui à la carrière ?

– Non ! affirma Whitley en secouant la tête. Bee, je te le jure. Je l'aimais autant que vous. (À ces mots, elle fondit en larmes.) C'est vrai, j'ai mis la came dans sa chambre après sa disparition. J'avais peur. Je croyais qu'il était allé voir l'administration pour me dénoncer. J'ai fait ça pour sauver ma peau. C'est affreux. Mais ça n'a rien à voir avec sa mort, je le jure devant Dieu. (Elle me regarda de ses yeux rouges.) Tu peux me croire.

Tout à coup, on entendit du bruit dehors.

– Cannon Beecham, tu es là ?

C'était Moses.

– Je vous en prie, murmura Wit. Je ne savais rien sur la mort de Jim. Je ne sais toujours rien, je le jure…

– Ouvre ! La police est avec moi.

– Ici la police de Warwick ! Vous avez pénétré dans une propriété privée.

La double porte trembla mais ne céda pas.

– Il faut qu'on y aille, déclara Martha.

Alors que les flics continuaient à tambouriner, on fila à l'autre bout du bassin, Whitley sur nos talons. Mais il n'y avait que des gradins et les vestiaires.

Une voie sans issue.

J'étais sur le point de suggérer qu'on se rende et qu'on passe la fin de la veillée en garde à vue quand Cannon attrapa la chaise du maître-nageur, la fit tournoyer et la lança sur la baie vitrée. Qui se fendilla à peine.

– Ouvrez cette porte !

Cannon récupéra la chaise pour frapper de nouveau. Dehors, je voyais les policiers courir partout avec leurs lampes-torches. Encore un coup de chaise. Tout à coup, le verre céda. On fila tous les cinq en poussant un cri de triomphe dans la nuit.

– Police ! Ne bougez plus !

– La guerre est déclarée ! leur lança Kipling. Allez en enfer, et revenez-en, vous verrez !

Quelque part derrière moi, Kipling hurlait. Whitley aussi. Cannon chantait. Je courus à l'aveuglette, mon rire se transformant en hoquets alors que je rêvais d'être engloutie par les ténèbres. Je vis l'un des policiers sortir son arme. Je m'attendais à ce qu'il me tire dessus. Là, ça risquait de virer à l'apocalypse des zombies. Je me dirigeai vers la partie la plus sombre de la pelouse, j'obligeai mes jambes à courir encore plus vite. Mes poumons me faisaient mal, la pluie dégoulinait sur moi. En me retournant, je vis des gyrophares et des silhouettes qui s'agitaient dans le centre aquatique.

Personne ne m'avait suivie. J'étais seule.

Je passai au petit trot, puis au pas tandis que les gouttes

de pluie me piquaient le visage. Je me rendis compte que j'avais atteint le bois. Je m'y enfonçai. Bientôt, je ne fus plus consciente que de mes pas et de la boue collante et noire comme du goudron.

Jim.

Il faisait tellement noir que je sentais presque sa présence à mes côtés.

J'avais envie de hurler pour qu'il m'entende, d'exiger la vérité. *Pourquoi tous ces secrets ?* Jusque-là, Jim était pour moi un chef-d'œuvre unique. Et voilà que je découvrais qu'il existait de lui de nombreuses versions – des aquarelles, des esquisses et même des affiches vendues quatre-vingt-dix-neuf cents à la boutique du musée. Aucune n'avait la beauté de l'original, mais elles montraient toutes la même scène, ce qui la rendait moins singulière. Vida avait sa version ; M. Joshua une autre ; Whitley la sienne. Même Martha avait une drôle de voix quand elle avait annoncé : « C'est moi qui avais la guitare de Jim. » Tout à coup, ses sentiments avaient affleuré, puis elle les avait de nouveau refoulés dans les profondeurs.

La pluie tombait encore plus fort, et l'orage redoublait.

Je continuai à marcher. De temps en temps, il me semblait voir, entre les arbres, le Gardien avec son imperméable de jardinier mais, chaque fois que je m'arrêtais, le cœur battant, en scrutant les bois, il n'y avait rien.

Je sentis le couvercle en acier du Neverworld s'abattre sur moi, le chatouillis à présent familier dans mes pieds, qui remontait le long de mes mollets.

Le chemin déboucha sur une clairière où le vent soufflait si fort que plusieurs arbres étaient à terre. Stupéfaite, je vis un chêne imposant osciller à quelques mètres devant moi.

Puis il s'effondra avec un craquement assourdissant, et toute la forêt trembla.

Je me figeai sur place.

Il y eut un nouveau craquement. En me retournant, je vis un autre chêne sur le point de s'abattre. Je voulus l'éviter, mais mes pieds étaient pris dans la boue comme dans du ciment. Je réussis à les libérer juste à temps pour me jeter en avant comme l'arbre tombait. Il me rata de quelques centimètres, et ses branches me fouettèrent le visage.

Mais qu'est-ce qui se passait ?

Je redressai la tête et voulus ramper, mais je retombai, face contre terre.

La fin de la veillée approchait. Les onze point deux heures. Je réussis à rouler sur le dos en cherchant mon souffle tout en clignant des yeux vers le ciel et la pluie. J'avais l'impression d'être enterrée vivante sous le poids d'un million de pièces de monnaie. Bientôt, je sentirais mes membres se briser.

Un autre arbre commença à se déraciner à quelques mètres.

Ma dernière pensée ne fut que panique : panique de mourir sans savoir ce qui était arrivé à Jim. Les aveux de Vida Joshua et de Whitley ne résolvaient rien. Saurais-je un jour ce qui s'était passé ? Comment pourrais-je jamais remporter le vote et revenir à la vie ?

À cet instant, je vis une silhouette sombre au-dessus de moi avec une expression cruelle sur le visage.

Le Gardien.

Un arbre pousse dans les bois. La tour du château n'abrite que toi. Tout cela s'arrêtera-t-il avant que je sois aux abois ? Il n'y a de poison que pour moi.

Je hurlai, le chêne s'abattit sur moi, et tout devint noir.

Chapitre 13

Je me réveillai en cherchant de l'air sur la banquette arrière de la Jaguar, entre Kip et Martha.

Mon cœur battait toujours la chamade à cause de l'immense arbre qui s'était abattu sur moi, de cette boue semblable à des sables mouvants, de la brusque apparition du Gardien, de ce poème inquiétant qu'il avait récité.

J'étais prise de nausée, mais je n'avais pas le temps de m'attarder là-dessus. Martha et Kipling s'extrayaient déjà de la voiture pour courir vers la maison. Je les suivis. Comme moi, ils semblaient craindre que Whitley ait décampé. Qu'humiliée par la révélation de l'identité du Lapin Blanc, inquiète qu'on lui attribue la mort de Jim, elle ait fui.

Mais on la trouva avec Cannon dans la cuisine. À leur brusque silence, je compris qu'ils étaient en grande conversation, peut-être même en pleine dispute.

Whitley était rouge et maussade. Mais elle paraissait soulagée, aussi.

– Whitley a quelque chose à vous dire, nous annonça Cannon.

Elle releva les yeux avec un faible sourire.

– Je suis désolée. Je suis désolée de ce que j'ai fait à Jim. Et aux autres élèves. De vous avoir menti, aussi. C'était horrible. Et stupide. J'aurais pu gâcher ma vie. Ça a bien failli arriver. Mais je jure de chaque fibre de mon corps que je n'ai rien à voir avec la mort de Jim. Je peux comprendre que vous n'ayez plus confiance en moi. Alors on va chercher à découvrir ce qui s'est passé cette nuit-là. Comme ça, vous saurez que je suis innocente.

Kipling et Martha parurent accepter sa proposition. Ils acquiescèrent. Moi aussi.

Et pourtant, elle nous avait menti pendant si longtemps que je ne devais pas oublier ce dont elle était capable. Si je ne l'imaginais pas faire du mal à Jim, je ne pouvais pas non plus ignorer qu'au cours de ses colères, elle ne se contrôlait plus. D'autant qu'elle avait un mobile, maintenant. Si Whitley craignait que Jim révèle son secret et ainsi que l'administration, mais par conséquent aussi Linda, découvrent ses méfaits, ce n'était pas idiot de l'imaginer prête à tout pour empêcher ça.

Soudain, je me rendis compte que tous me regardaient.

– Quoi ? balbutiai-je.

– On se demandait ce que tu pensais des aveux de Vida, dit Martha.

Je haussai les épaules.

– Je pense que je la crois.

– Moi aussi, fit Kipling avec un sourire ironique. Une fille comme Vida n'est pas capable de mentir. Combien de fois elle a répété que Jim était un génie ? Je suis étonné qu'elle ne le croie pas capable de ressusciter d'entre les morts. (Il me regarda.) Tu sais que j'adorais Jim. Mais parfois, c'était pénible, toute cette agitation autour de lui. Son ego était un bébé qui criait sans cesse famine.

– Ce n'était pas sa faute si les gens étaient attirés par lui.

– « Ce n'était pas sa faute si les gens étaient attirés par lui », répéta Kipling. Bien sûr. Et si je brandis une tige en métal sur un terrain de foot en plein orage, je peux dire que c'est pas ma faute si j'ai attiré la foudre ?

– Elle était particulièrement impressionnée par les dernières chansons de Jim, fit remarquer Martha.

– C'est vrai. Tout à coup, l'éclair de génie. Il n'écrivait plus rien depuis des semaines, à part quelques mauvais couplets pompés sur MC Hammer. Il n'arrêtait pas de se plaindre qu'il était fini, vidé. Il nous prenait la tête avec ça. Et là, tout à coup, il pond un chef-d'œuvre. Il enfile les couplets comme les perles d'un collier. Tout ça sur l'immense douleur d'être jeune et en vie, fit Kip.

– Ces paroles étaient géniales, protesta Whitley.

– La représentation aux Vêpres de printemps a été un grand succès, insista Cannon d'un air songeur en entrelaçant ses doigts. Le producteur new-yorkais que M. Joshua avait contacté adorait la démo. Le destin de Jim était tout tracé. La machine s'emballait, comme il l'avait toujours espéré. Alors, qu'est-ce qui s'est passé ?

– C'est la vie, répliqua sèchement Kipling.

– Ou alors, dit Martha, il y a un rapport avec la virée en voiture en compagnie de Vida Joshua. (Elle se mordillait un ongle.) Je me demande si on peut retrouver ce centre commercial.

– Les seules indications que Vida nous a données, c'est une animalerie et un fast-food spécialisé en poulet frit, rappela Wit.

– Quand, pour la dernière fois, as-tu parlé à Jim ? me demanda tout à coup Martha en clignant des yeux.

– Le mardi après-midi, répondis-je en m'éclaircissant la gorge. Le deuxième soir des Vêpres. Quand je lui ai demandé pourquoi il m'avait menti au sujet de l'infirmerie.

– Tu n'as pas du tout vu Jim le lendemain ? Le jour qui a précédé sa mort ?

Je secouai la tête.

Ils restèrent tous silencieux. Ils étaient sans doute en train de penser combien ça avait dû être douloureux pour moi que notre dernière conversation ait été une dispute.

Le mercredi, je m'étais réfugiée au quatrième étage de la bibliothèque Marksman, dans la section « Histoire de l'Amérique du Sud », que les élèves fréquentaient rarement. Elle sentait le moisi et servait de pouponnière à une colonie de papillons de nuit géants. J'avais passé la journée à réviser mon histoire européenne et ma littérature anglophone devant l'unique fenêtre aux carreaux sales, avec des écouteurs sur les oreilles qui hurlaient la bande-son de *Suicide Squad* et en m'obligeant à me concentrer sur la Révolution française et la Seconde Guerre mondiale, puis sur *Pour qui sonne le glas*. J'avais éteint mon téléphone : je ne voulais pas que Jim puisse me joindre. Je n'avais fait qu'une seule apparition sur le campus, vers 23 heures, pour les quatre minutes de trajet entre la bibliothèque et ma chambre de Creston Hall.

J'avais attendu d'être dans mon lit et en pyjama pour rallumer mon téléphone. Là, j'avais été assaillie par une avalanche de sms. Quelques-uns de Kipling, de Cannon et de Wit. Vingt-sept de Jim. Ça commençait à 8 heures du matin par des messages qui allaient de ??? à Allez, Bee. Mais pourquoi tu le prends comme ça ? suivis d'appels ayant atterri sur ma boîte vocale avec un ton qui allait de moqueur à désespéré, en passant par furieux, et qui me brisaient le cœur à mesure que je les écoutais.

Appelle-moi.

Bee, appelle-moi.

Il faut qu'on parle.

S'il reste de l'amour pour moi dans ton cœur, appelle-moi.

Mais pourquoi tu te conduis comme ça ?

J'ai besoin de toi. Tu sais que j'ai besoin de toi pour vivre.

Je te déteste. Je te déteste tellement. C'est parce que je t'aime.

Ne fais pas ça.

Je vais à la carrière. Rejoins-moi.

Le dernier sms que j'avais reçu de lui. À 23 h 19.

Je l'avais effacé. Comme tous les autres.

Après la découverte du corps de Jim, je m'attendais à ce que la police vienne m'interroger au sujet de ses messages. J'avais l'intention de leur répondre que je n'avais pas quitté ma chambre de la nuit.

Mais je n'avais jamais été questionnée par la police. Ni par personne d'autre.

Maintenant, j'avais envie d'avouer que je savais que Jim allait à la carrière du Volcan. Mais que se passerait-il si les autres ne croyaient pas que je n'avais pas bougé de ma chambre de toute la nuit ?

Je serais condamnée au Neverworld pour l'éternité. Je n'aurais plus aucune chance, strictement aucune, de sortir de là vivante.

– Et si on allait voir la police ? proposa Cannon.

– Quoi ! fit Whitley.

– Et si on allait demander des explications sur Jim à la police de Warwick ? On pourrait mettre la main sur son dossier. Ils doivent bien avoir le relevé de ses communications. On en apprendra beaucoup sur ses derniers jours, où il est allé, et avec qui.

– La police n'a jamais rien trouvé qui laisse penser que la mort de Jim était autre chose qu'un suicide, fit remarquer Martha.

– Sauf si le conseil d'administration du lycée l'a obligée à cacher ce qu'elle avait découvert, s'interposa Whitley.

– Ou sa famille. Et si Edgar Mason craignait que quelque chose soit révélé sur son fils bien-aimé ? La prunelle de ses yeux ? Il aurait fait n'importe quoi pour que ça reste secret. Vous vous souvenez du bunker ?

On ne dit rien, mais on y pensait tous.

L'année de terminale, aux vacances de Noël, Jim nous avait tous invités dans sa maison familiale de Water Mill à New York. On avait été ahuris de découvrir toutes les mesures de sécurité que son père avait mises en place.

Edgar Mason était un paranoïaque avéré. Jim surnommait d'ailleurs son père Hoover, en référence à J. Edgar Hoover, le type à l'origine des premiers enregistrements sur bandes par le FBI. Edgar Mason employait depuis des années une société de sécurité privée du nom de TorchLight. Autrement dit, dès qu'ils sortaient de chez eux, Jim et les membres de sa famille étaient escortés par deux anciens membres des forces spéciales de la marine.

Lors de ces vacances de Noël, on avait découvert que l'obsession d'Edgar avait franchi un nouveau cap. Chaque centimètre carré des nombreuses maisons des Mason était à présent surveillé, et les images transmises à une salle souterraine. Une équipe de cybersécurité basée à Washington contrôlait les serveurs de la famille vingt-quatre heures sur vingt-quatre.

Sans oublier le bunker.

– Pour se réfugier en cas de guerre, d'attaque terroriste ou d'une faille *zero day*, avait dit Jim en désignant la masse sombre, semblable à un dos de crocodile, qui dépassait de la colline au bout de la propriété. Il contient des générateurs, un circuit d'eau autonome et une ligne téléphonique sécurisée pour joindre le directeur de la Sécurité intérieure nationale en trois secondes. Quand la fin du monde aura lieu, rendez-vous ici.

À ces mots, tout sourire avait disparu de son visage. Rien que d'y penser, ça le mettait mal à l'aise. Il avait paru réticent à en dire plus. Après tout, c'était à cause de lui que son père avait augmenté le niveau de sécurité. Edgar Mason avait toujours été parano, mais c'était pire depuis l'accident en mer de Jim.

– Je propose qu'on aille y faire un tour, dit Cannon. Histoire de leur poser quelques questions. De voir ce que sait la police.

– Ou ce qu'elle tente d'oublier, ajouta Whitley.

– Bee ? lança Martha.

Tout le monde se tourna vers moi, comme si la décision me revenait.

Je soutins leur regard.

Jeter un coup d'œil au dossier de la police sur Jim, ça signifiait révéler les derniers sms qu'il m'avait envoyés. J'aurais alors plein de choses à leur expliquer. Mais qu'est-ce que ce dossier contenait d'autre ?

Alors, cette décision n'en fut pas vraiment une.

Chapitre 14

– En quoi puis-je vous aider ? demanda le policier.

D'après son badge, il s'appelait Polk.

– Nous venons voir l'inspecteur Calhoun, déclara mielleusement Whitley.

Calhoun avait été en charge de l'enquête sur Jim. C'était lui qui avait donné les quelques conférences de presse et fait les déclarations publiques, alors on avait décidé de commencer par lui. Il avait une grosse barbe grise, des yeux de raton laveur, et était tellement gêné face aux caméras qu'une rougeur envahissait chaque fois son cou : il ne souhaitait visiblement rien de plus que se débarrasser de cette affaire brûlante pour retourner aux petits délits ordinaire, tels les bancs vandalisés.

– Pourquoi vous voulez voir Calhoun ? demanda un collègue.

Sur son badge, figurait son nom : McAndress.

– Nous souhaitons lui parler d'une affaire sur laquelle il a travaillé, déclara Martha.

– Quelle affaire ?

– La mort de Jim Mason, dis-je.

– Ce dossier est clos, déclara un troisième policier.

Au bout de dix minutes d'une série de questions méfiantes,

ils nous introduisirent dans le bureau de Calhoun. Le type était planqué derrière des piles de dossiers comme une grenouille taureau géante dans un marais.

Je ne savais pas trop à quoi m'attendre. J'imaginais sans doute un vieil inspecteur ronchon qu'on vient enfin interroger sur l'affaire-qui-le-hante-encore-après-toutes-ces-années et qui commence à parler sans plus s'arrêter.

Tout au contraire, l'inspecteur Calhoun fut un mur en béton.

– L'affaire Mason est résolue. Suicide, lâcha-t-il.

– Qu'est-ce qui vous a fait conclure au suicide ? demanda Martha en fronçant les sourcils. En général, dans ce cas-là, il y a des préparatifs avant le passage à l'acte. On laisse une lettre. On enlève ses lunettes, ou bien ses chaussures et ses chaussettes. Y a-t-il eu des traces de ce genre avec Jim ?

Calhoun fit un sourire qui vira au ricanement.

– L'affaire est close.

—

« L'affaire est close. »

En bordure d'autoroute, le commissariat de Warwick se composait d'un vieux bungalow jaune banane avec des volets blancs et, sur le panneau d'affichage, cette phrase : « La vie est plus belle avec un café. » Un endroit bien mal approprié pour résoudre des crimes. On se serait presque cru dans un salon de thé qui vend des muffins faits maison.

On ignorait encore combien cet endroit allait devenir terrifiant, et à quel point nos multiples incursions finiraient par nous traumatiser.

Et pourtant.

On essaya toutes les attitudes possibles : la gentillesse, l'intimidation, la supplication, le charme – Wit en minirobe rouge perchée sur un bureau. L'effet de surprise, aussi : on débarqua chez Calhoun alors que sa femme était déjà au lit et qu'il buvait des bières en se gavant de bonbons devant *Better Call Saul*. Mais quoi qu'on dise, où qu'on soit, quelle que soit la façon dont on s'y prenait, Calhoun refusait de parler de l'affaire de Jim.

– Peux rien pour vous.

– Le club des cinq, vous dégagez d'ici.

– Comment osez-vous vous pointer chez moi !

– Les gamins, vous vous tirez sinon je m'arrange pour que chacun de vous passe le reste de sa vie à bosser dans un fast-food minable, parce qu'une fois que je vous aurai pris à part, vous serez juste bons à manier la friteuse et le mixeur à milk-shakes. PIGÉ ?

On décida d'abandonner Calhoun pour soudoyer Frederica, la fille en charge de l'administratif.

On attendit qu'elle sorte du commissariat en tenue de travail, un soir. Là, son parapluie se retourna à cause du vent. Comme elle cherchait les clefs de sa Kia dans son sac sous la pluie battante, Cannon s'approcha avec un parapluie de golf et un grand sourire.

Bien à l'abri dans la Mercedes, on le regarda débiter son laïus : dix mille dollars en échange du dossier de Jim Mason. Frederica rougit, acquiesça et rentra à grands pas dans le poste de police.

Cannon se retourna avec un sourire et le signe de la victoire. Puis Frederica réapparut avec l'effectif au complet de la police de Warwick – huit flics qui se précipitèrent sur Cannon en hurlant :

– Police ! À terre !

Avec un cri aigu, Whitley passa la marche arrière pour récupérer Cannon. Les flics s'éparpillèrent pour ne pas se faire écraser, et Cannon bondit sur la banquette arrière. On traversa la pelouse à vive allure, on monta sur un trottoir, on brûla le feu rouge à un carrefour à douze voies, provoquant des crissements de pneus dans tous les sens. On évita de peu un camion-toupie béton.

– Fonce ! hurlait Cannon. Fonce !

—

On passa les veillées suivantes au stand de tir de Roscoe, ce qui nous laissa le temps de manigancer un nouveau plan : on allait prendre d'assaut le poste de police de Warwick. On proposa cinquante dollars à un gars de chez Easy Cash pour obtenir le nom d'un type qui vendait des armes dans son camping-car. À Big Bobby, on acheta deux pistolets Ruger LC9 et un semi-automatique Heckler & Koch HK45.

On avait prévu d'attaquer à 23 h 15, le moment où, apparemment, il ne restait plus que Polk et McAndress au commissariat. On les surprendrait et on les enfermerait dans le placard à balais. Ensuite, on aurait les locaux pour nous et on partirait à la recherche du dossier de Jim.

À notre première tentative, McAndress, qui avait apparemment beaucoup pratiqué les arts martiaux dans sa jeunesse, balança à Kip un uppercut en pleine face, envoya balader Wit d'un coup de coude dans les côtes puis, en se retournant, donna un coup de pied dans le ventre de Cannon, qui s'effondra, la respiration coupée. Entre-temps, Polk m'avait plaquée au sol et, le pied gauche sur mon dos, il maintenait Martha clouée sur un fauteuil.

– La police de Warwick n'est pas une vraie police, déclara Kipling à la veillée suivante avec un étonnement sans bornes. C'est le bras armé de Satan.

Il n'avait pas tort. Combien de fois, à minuit, à 1 heure du matin, 2 heures, 3 heures, avons-nous tenté de prendre le commissariat d'assaut ? Cent fois ? Cent mille fois ?

Combien de formations on essaya, tirées du *Manuel des opérations de reconnaissance au sol* destiné à l'entraînement des marines ?

Simple file, double file, double file renforcée, avec des variantes : par la porte principale, celle de service, les fenêtres, les issues de secours, les bouches d'aération, le toit des bâtiments voisins. On avait téléchargé *Le Guide du criminel* sur le Darknet, un manuel rédigé à la main par Martin Quidam : des polycopiés qui détaillaient toutes les stratégies permettant de maîtriser les personnes agressives, hystériques, qui se prenaient pour Superman au cours d'une attaque terroriste, d'un hold-up ou d'un cambriolage. Combien de masques avions-nous essayés (clowns, cochons, *droogs* d'*Orange mécanique*) ? Combien de balles avions-nous tirées dans le plafond ? Combien de menaces avions-nous proférées ?

Pourtant, ç'aurait dû être simple de mettre la main sur ce dossier.

Veillée après veillée, notre bande d'adolescents désorganisée qui jouait une version improvisée de *Mission impossible* se transforma en un peloton de cinq membres expérimentés. On était désormais capables de se déplacer sans bruit et de deviner les pensées les uns des autres d'un seul coup d'œil.

Mais veillée après veillée, on échouait.

Pas à cause de Polk et de McAndress, mais de leur joker : Victoria Channing, la fille en charge de la circulation. Elle passait sa vie dans les toilettes des femmes et surgissait de nulle part avec une envie de tuer qui se révéla pathologique.

– Prenez ça, petits connards ! hurlait-elle.

On avait beau être immortels, elle n'en restait pas moins effrayante.

Même si Cannon et Whitley avaient appris à maîtriser Polk et McAndress, Channing leur échappait toujours. Elle était capable d'apparaître dans l'escalier du fond ou d'un panneau du plafond et de tirer sans sommation en plein torse de Cannon.

En plein ventre de Kip.

En plein front de Whitley.

Quand elle toucha Martha à la tempe, on aurait dit qu'elle se contentait de tourner la poignée d'un distributeur de chewing-gums. Je restai ahurie à regarder cette femme face à mes amis étendus sur la moquette du commissariat, dont le sang giclait comme d'une pompe à incendie.

– Haut les mains, sinon tu les rejoins en enfer ! hurla l'agent Channing en me visant.

—

– La mort, ça revient juste à se glisser dans un bain chaud, déclara Martha à la veillée suivante.

J'étais toujours celle qui restait en vie. C'était dû au fait que je n'avais rien d'une guerrière. Je me figeais sur place quand j'aurais dû agir, si bien que Cannon finit par me charger de localiser le dossier de Jim.

Localiser le dossier de Jim était devenu ma seule mission.

Les affaires closes se trouvaient au sous-sol : des néons verts qui grésillaient, une odeur de moisi, des tuyaux qui crachaient de la vapeur. Des rangées et des rangées d'étagères en métal du sol au plafond, qui ployaient sous le poids de boîtes en carton. Chacune avec le nom d'une victime.

APPLETON, JANICE
AVERY, JENNIFER
AZELLA, ROBERT P.

À chaque tentative, quelle que soit la tournure des événements au rez-de-chaussée, je disparaissais par l'escalier du fond, j'ouvrais la double porte en bois ornée de la plaque ARCHIVES et je filais dans le labyrinthe des étagères à la recherche des *M*. Mes baskets grinçaient sur le linoléum orange. Mais à chaque fois, je me faisais coincer par Channing, et je passais le reste de la veillée dans une cellule à l'écouter raconter aux autres policiers qu'elle avait tué tous ces jeunes gens en légitime défense.

Et pourtant, à chaque nouvelle veillée, tandis que mes amis se faisaient assassiner au rez-de-chaussée, je gérais mes propres tourments dans ce sous-sol aux néons verts vrombissants, une épreuve qui n'avait rien à voir avec l'agent Channing.

D'abord, je fis tomber par accident une boîte d'une étagère.

HENDREWS, HOLLY

Elle cracha par terre un sac en plastique estampillé « Scellés judiciaires ». Il contenait une écharpe avec un motif de bonshommes de neige et de rennes tachée de sang. Mais ce qui me frappa, c'est que le sachet était couvert de moisi.

Et qu'un liquide imbibait la boîte en carton.

Je m'approchai. Ce liquide épais comme de l'huile laissait

penser que l'un des scellés était percé. Mais en levant les yeux, je compris qu'il ne s'agissait pas que de cette boîte. Au moins quatre ou cinq autres étaient tachées.

Et puis, il y avait le problème des étagères.

Elles étaient larges et métalliques. Pourtant, parfois, j'avais beau à peine les frôler en cherchant frénétiquement la boîte MASON, JIM, elles s'effondraient comme si elles étaient en papier. Elles s'abattaient alors dans un bruit assourdissant, chacune tombant sur sa voisine à la manière de dominos, projetant des centaines de dossiers par terre. Là, je n'avais plus qu'à me plaquer contre un mur en espérant ne pas me faire écraser.

Ensuite, je fouillais les documents éparpillés, à la recherche de la boîte de Jim avant que l'agent Channing m'attrape, ce qu'elle finissait toujours par faire.

Je ne mentionnai jamais cet incident aux autres. J'avais déjà bien trop peur comme ça.

– Comment ça se passe au sous-sol ? me demandait Cannon. Tu vas bientôt trouver le dossier de Jim ? J'ai entendu beaucoup de bruit, la dernière fois.

– Il y a plein de bordel. J'y suis presque.

L'astuce, c'était de courir le plus vite possible au milieu des étagères pour qu'elles tombent derrière moi tout en essayant d'atteindre la rangée des *M*. J'avais trouvé le meilleur chemin à travers le labyrinthe mais, un jour, en allant trop vite, je ratai la bonne rangée et dus rebrousser chemin en faisant attention à ne pas toucher d'étagère. Je ralentis, tout essoufflée. D'habitude, il y avait du bruit en haut, des coups et des cris. Cette fois, tout était calme.

Trop calme.

MACHINSKY, TINA D.
MAHMOODI, WAFAA
MALVO, JED

J'aperçus la boîte de Jim tout en haut d'une étagère. Presque incrédule, je me mis sur la pointe des pieds pour l'attraper sans faire tomber le reste.

MASON, JIM LIVINGSTON

– Je te tiens, espèce de petite peste, siffla une femme. Mains en l'air ! Retourne-toi très lentement.

Channing s'avançait vers moi, son Glock pointé sur ma tête.

– Je vous en supplie, ne tirez pas.

Elle était toute rouge. Ses lèvres tremblaient. Elle pressa sur la détente.

Ce qu'elle n'avait encore jamais fait.

Une allumette géante flamba dans mon esprit. Je tombai et roulai sur le dos en écartant les bras, ce qui fit basculer une étagère.

– Mais qu'est-ce que… ? cria Channing.

À mesure que les étagères s'abattaient l'une après l'autre, je clignai des yeux en direction des tubes verts des néons qui clignotaient comme s'ils émettaient un mystérieux code en morse. Je fus assaillie par une douleur qui, ensuite, se dissipa totalement.

Mourir n'était pas aussi atroce que je l'aurais cru. Parce que j'avais beau être au Neverworld, mon corps et mon esprit réagissaient toujours normalement.

Il n'y eut pas de lumière blanche. Ni de tunnel.

À la place, comme les étagères s'écroulaient tout autour de moi, j'eus un sentiment d'émerveillement, comme si, au moment où ma vie était arrachée à ses racines terrestres – aussi fragiles que la tige qui relie la feuille à la branche –, tout ce qui était permanent, factuel, réel, tout ce dont j'aurais juré que c'était vrai, devenait l'opposé de ce que j'avais toujours imaginé.

Mon dernier sentiment ne fut ni du regret, ni de la douleur. Mais de la joie.

C'était ça, le plus terrifiant.

Je vais retrouver Jim, fut ma seule pensée avant que ma vie s'arrête.

Si je meurs, je vais voir Jim.

—

– Je n'ai pas envie de me prendre une balle dans la tête aujourd'hui, déclara joyeusement Kipling comme on rentrait à la queue leu leu dans Wincroft au début de la nouvelle veillée. Et si on s'inspirait plutôt du manuel de vie de maman Greer ?

– C'est quoi ? demanda Cannon.

– Quand tu ne peux réduire ton ennemi à néant, eh bien, offre-lui une fête.

Si bien qu'on arriva au poste de police de Warwick non pas avec nos armes, mais avec des costumes de Barry le clown loués au magasin de déguisements.

– En quoi puis-je vous aider ? demanda Frederica à l'accueil.

– On est la société new-yorkaise Ballon au gramme, dis-je en souriant. Où voulez-vous qu'on organise la petite fête ?

– Quelle fête ?

– L'anniversaire surprise pour les soixante-dix ans de l'inspecteur Calhoun.

Frederica était ahurie. De même que Polk, McAndress, Cunningham, Leech, Ives et Mapleton. Ainsi qu'Art Calhoun lui-même, qui sortit de son bureau en grognant. Mais on était déjà presque prêts. Le haut-parleur en bluetooth passait déjà *Margartaville*. Wit avait disposé trois douzaines de *cupcakes*, des paniers de bonbons et des décorations. Debout sur des chaises pliantes, Cannon et Kip accrochaient une guirlande « Bon anniversaire », et Martha plaçait des bouteilles de bière dans une glacière.

– Attendez.

Calhoun se tut en voyant la bière.

– Qu'est-ce qui se passe ? demanda Polk.

Je fis exprès de mettre du temps à retrouver le faux bon de commande, en réalité le reçu de location de nos costumes.

– Nous avons été engagés par Elizabeth Calhoun, dis-je en fronçant les sourcils.

– C'est Lizzy qui a fait ça ? murmura Calhoun en écarquillant les yeux.

Liz Calhoun était sa fille avec qui il était brouillé, et qui habitait à San Diego. Elle n'avait pas parlé à son père depuis trois ans, ce qui signifiait qu'il y avait peu de chances qu'elle décroche quand il l'appela pour la remercier de cette surprise. Quand bien même son anniversaire n'aurait lieu que trois semaines plus tard.

J'avais un peu de temps pour trouver le dossier de Jim.

– J'adore les *cupcakes*, déclara l'agent Channing en souriant alors qu'elle en attrapait un.

– Que la fête commence, les amis ! s'écria Kipling avec une révérence si basse que son nez rouge tomba et roula sous un bureau. Voulez-vous bien vous prendre par la main ? Allez, ne faites pas les timides.

C'était à moi de jouer.

Je filai jusqu'au sous-sol, ouvris les portes en bois et fonçai entre les rangées sombres de boîtes.

Je longeai le mur du fond près des toilettes et de la photocopieuse, puis je pris l'allée des *G*, *J* et *L* en faisant attention à ne pas frôler d'étagères malgré mes grandes chaussures de clown qui claquaient sur le sol et ma culotte bouffante.

Huitième allée. Au fond à gauche. MASON, JIM LIVINGSTON.

Mon cœur bondit. La boîte était là. Je dus sauter trois fois pour l'attraper sans tout faire tomber. Je la posai soigneusement par terre.

– Tu l'as ?

Stupéfaite, je découvris Martha qui s'approchait.

Elle n'était encore jamais descendue au sous-sol. C'était comme si elle ne me faisait pas confiance, qu'elle ne voulait pas me laisser seule avec la boîte. Ou alors, espérait-elle que je ne la localise jamais ?

J'arrachai le scotch et je soulevai le couvercle.

Et là, je passai une minute incapable de parler.

Non. Non. Non. Ce n'est pas possible.

– Tu te moques de moi ? souffla Martha, apparemment sous le choc en regardant par-dessus mon épaule. Tout ça pour ça ? M'être pris des milliers de balles dans la tête ?

Elle attrapa une autre boîte.

– Peut-être que le dossier de Jim a été déplacé, murmura-t-elle.

J'avais le regard fixe. J'étais incapable de respirer.

La boîte était vide.

Elle contenait uniquement un bon de réduction : « 5 $ sur un seau de *chicken wings* au miel d'amour. Offre exceptionnelle réservée aux vrais amoureux ! »

En haut, les chants et les applaudissements s'étaient tus.

Martha attrapait toutes les boîtes autour d'elle et en arrachait les couvercles. Elles étaient remplies de dossiers et de scellés. Et de ce liquide noir.

Il s'était à nouveau infiltré partout.

– Comment on peut retrouver quelque chose là-dedans ? Il y a tellement de bordel. En plus, il y a un truc qui fuit.

Martha examinait l'huile sur ses doigts en fronçant le nez, mais quand elle croisa mon regard, son expression me glaça le sang.

On passa dix minutes à inspecter les boîtes tandis que Martha ne cessait de répéter :

– Il est forcément quelque part.

La seule boîte vide, c'était celle de Jim.

Martha savait quelque chose. De toute évidence. Mais quoi, je l'ignorais.

Chapitre 15

– Edgar Mason et TorchLight sont dans le coup, déclara Cannon quand on revint à Wincroft et qu'on alla s'effondrer sur les canapés de la bibliothèque. À part eux, qui pourrait faire disparaître un dossier ?

– Ils ont tout fait disparaître, renchérit Kipling. C'est pour ça que Calhoun et les autres étaient toujours nerveux quand on voulait les interroger sur l'affaire. Ils ont dû toucher des pots-de-vin.

– Mais pourquoi ? demandai-je.

– Tu ne comprends donc pas ? dit Cannon. Son dossier contenait sans doute quelque chose qui incriminait Jim.

– Exact, fit Wit avec un hochement de tête. Et la famille ne voulait pas que ça se sache. Alors ils ont envoyé l'un de leurs anciens marines piquer le dossier au commissariat.

– Ce qui signifie que les Mason, eux, connaissent la vérité, dit Kipling.

– Et si les flics n'ont arrêté personne, s'ils ont gardé le silence, ça signifie que ce qu'ils ont découvert était gênant pour la famille, reprit Cannon.

Tandis qu'on réfléchissait tous en silence, mon regard croisa celui de Martha.

Elle avait l'air sceptique, ou alors distraite. Je n'arrivais pas à oublier sa brusque apparition au sous-sol et son expression lorsqu'elle avait découvert le liquide huileux. Je me demandai si elle me soupçonnait, si elle savait que j'avais reçu un dernier sms de Jim me demandant de le rejoindre à la carrière.

– Bee, dit-elle tout à coup, de nous tous, c'est toi qui connaissais le mieux les Mason. Est-ce qu'ils t'ont dit ce qui, selon eux, était arrivé à leur fils ?

Je secouai la tête en haussant les épaules.

– Je n'ai plus jamais eu de contacts avec la famille.

Souvent, au cours de l'année précédente, je m'étais demandé comment les Mason avaient pris la mort de Jim. Question sans réponse. Je n'avais pas pu me rendre à l'enterrement. Inquiets pour ma santé mentale, mes parents me l'avaient interdit. Si plusieurs élèves de Wincroft, dont Whitley, Cannon et Kip, avaient obtenu la permission de prendre le train pour New York afin d'assister à la cérémonie, moi, j'étais restée à Darrow. Mon absence avait été vécue comme un soulagement, je le savais. Ses parents aimaient beaucoup plus leur collection d'art moderne que moi. Sa mère Gloria, une femme aussi fine qu'une flûte de champagne, avec des cheveux blond platine, des jambes interminables et une voix grave, me regardait comme si j'étais une fenêtre qui donnait sur une cour aveugle. Il avait fallu me présenter trois fois au père de Jim pour qu'il se souvienne de moi. Et même là, il continuait à m'appeler Barbara.

– Je propose de faire une visite surprise aux Mason, lança Whitley.

– Il va falloir les *water-boarder* pour obtenir quelque chose mais je suis partant, déclara Kipling.

– Il y a un problème, déclarai-je.

– Lequel ? demanda Martha.

– La veillée.

– Eh bien ?

– Elle ne dure que onze point deux heures. C'est trop court.

– Qu'est-ce que tu racontes ? demanda Kip en fronçant les sourcils. On prend un avion jusqu'à East Hampton. On sera à Water Mill, la propriété des Mason, en moins de deux heures.

– Ils ne sont pas à Water Mill. Les Mason passent toujours l'été sur Amorgos, une île de la mer Égée. À onze heures d'avion. Plus trois heures de bateau. Et ensuite, la maison est située tout en haut d'une falaise.

Comme ils n'avaient pas l'air de me croire, je composai le numéro de l'appartement des Mason sur la Cinquième Avenue. Leur gouvernante confirma que la famille était absente.

– Sont-ils à la villa Anna Sophia sur l'île d'Amorgos ? demandai-je.

– Tout à fait. Souhaitez-vous laisser un message à M. et Mme Mason ?

Jim appelait la propriété familiale grecque « le milk-shake », tant elle semblait déborder de la falaise au-dessus de la mer. Au grand dam de mes parents, j'y avais passé cinq jours, l'été entre mes années de seconde et de première. Cinq jours de plage de sable blanc, de fêtes, de sorties en bateau au coucher du soleil et de musique grecque, Jim travaillant, lui, d'arrache-pied à sa comédie musicale dans cette propriété verticale à vous donner le vertige. C'était l'un des endroits les plus surréalistes et les plus beaux que j'avais jamais vus.

– On pourrait les appeler sur Skype, suggéra Kipling. Bonjour, on est les anciens amis de Jim, on vous appelle du purgatoire. Vous êtes dans l'obligation de tout nous révéler sur la mort de votre fils.

– Dit comme ça, ça a l'air simple, fit Whitley d'un air sombre.

– J'ai une autre solution, proposa Martha.

Je me tournai vers elle avec un frisson de terreur.

– C'est le moment que je vous avoue tout, reprit-elle.

– De quoi tu parles ? s'écria Whitley.

Martha s'éclaircit la voix.

– Le Neverworld est plus complexe que vous le croyez. Vous n'y avez jamais remarqué des choses étranges ?

– Pas du tout, c'est d'une banalité confondante, dit Kipling avec un sourire.

– Des choses étranges comme quoi ? questionnai-je.

– Des événements anormaux. Des phénomènes magnétiques. Une instabilité générale.

Je songeai aussitôt à la moisissure, au papier peint qui se décollait, aux arbres et aux étagères qui s'écroulaient, aux boules de neige qui explosaient, à cette huile noire qui avait suinté sur les dossiers.

Martha, elle, semblait ne pas s'en être tenue là. Elle fouilla dans son gros sac pour en extraire un petit calepin noir.

Celui avec lequel elle se promenait au cours des premières veillées, quand elle s'arrêtait pour gribouiller à la hâte dans le parc avant de reprendre sa route.

– 18 h 39, lut-elle. Un hibou aux plumes pourpres perché sur un érable. Espèce non répertoriée. (Elle tourna la page.) Des chansons de The Cure dans chaque voiture qui passe sur la route et chaque maison des environs.

Elle referma le calepin et nous observa.

– Souvenez-vous de ce qu'a dit le Gardien. « Imaginez que l'on place vos cinq esprits dans un mixeur à la vitesse maximale. Le smoothie qui en résulte, c'est cet instant. »

– Oui, et ? lança Whitley, nerveuse.

– Il faisait allusion à la physique du Neverworld. J'ai l'honneur de vous annoncer qu'elle est basée sur le chef-d'œuvre révolutionnaire de J.-C. Gossamer Madwick. À cause de moi.

– Mais de quoi tu parles ? demanda Cannon.

– J'avais rédigé un mémoire de deux cents pages sur ce roman. Pour ça, je suis allée chercher les écrits les plus obscurs à ce sujet. Tous les blogs, même les moins connus. J'ai interrogé des professeurs, des experts, des scientifiques. J'ai même rendu visite à la fille de Madwick sur Bello Costa Island, dans les Keys de Floride. J'ai dû ramer jusqu'à son cabanon de plage en ruine dans un endroit infesté d'alligators. Elle m'a autorisée à consulter les carnets de Madwick, ce que personne d'autre que moi, à part la famille, n'avait jamais pu faire – y compris les gens de Harvard qui la harcèlent pour qu'elle leur cède ses archives. J'ai lu tous ses carnets, que j'ai traduits du lurroscript, la langue inventée par Madwick.

Elle cessa de nous abreuver de son discours incompréhensible et reprit son souffle.

Je compris qu'elle faisait allusion à *La Maison des ténèbres*, ce roman de fantasy qui l'obsédait, dont personne n'avait jamais entendu parler à part elle et quelques fans sur le Net.

– Ma passion pour cet ouvrage en a fait notre réalité. J'ai vécu, respiré par ce livre. Si bien que, maintenant, il compose la structure du Neverworld.

– Et qu'est-ce que ça signifie, ma chérie ? demanda Kipling d'un ton trop aigu. Qu'on va tous flotter dans l'espace ? Se transformer en androïdes ?

Martha inclina la tête en souriant, la lumière se reflétait dans les verres de ses lunettes.

Je me sentais mal. Quoi qu'elle nous dise maintenant, je savais que je ne pourrais pas lui faire confiance.

Mais j'avais aussi compris que, dans cet univers en mode *repeat*, tout ce qu'on connaissait était sur le point de changer.

Chapitre 16

– Déjà, reprit Martha avec excitation, plutôt que d'entamer chaque nouvelle veillée à Wincroft, on peut surgir à n'importe quel moment du passé, du présent ou du futur.

– Et comment ? demanda Cannon.

– Il suffit de passer par la fenêtre.

On la regarda sans comprendre.

Elle poussa un soupir.

– Bon, d'accord, je vais trop vite. Leçon numéro 1 : J.-C. Gossamer Madwick était un auteur de science-fiction. Il n'a écrit qu'un seul livre, intitulé *La Maison des ténèbres, au virage d'ailleurs*. Souvent abrégé en *La Maison des ténèbres*. C'est un roman d'aventures qui se déroule dans un monde parallèle et qui n'a rien à voir avec tout ce que vous avez jamais pu lire. Pendant très longtemps, il est resté confidentiel. Il existait juste quelques exemplaires photocopiés, troués à la perforeuse et reliés avec des attaches de sac-poubelle. Il passait de main en main entre voyageurs et routards qui séjournaient dans les auberges de jeunesse. Une fois qu'on l'avait lu, il fallait signer l'exemplaire et le laisser sur un banc dans un parc, une couchette, un siège d'avion, dans le compartiment d'un train. Pendant longtemps, les seuls exemplaires à être en vente se trouvaient chez des bouquinistes ou sur eBay. Certains comportaient des centaines de milliers de signatures. Dont des noms célèbres comme Marilyn Monroe, Leonard Bernstein et Frank Sinatra. Ceux-là se sont ensuite écoulés au prix de quatre ou cinq mille dollars. Désormais, *La Maison des ténèbres* est un classique régulièrement réimprimé que même des gens comme E.S.S. Burt possèdent dans leur bibliothèque.

À ma grande surprise, Martha se précipita sur les étagères pour en sortir un gros livre argenté. Elle me le tendit. Sur la couverture, on voyait un collage à base de cages à oiseaux, de trains à vapeur, de personnages portant hauts-de-forme et masques de bal typiques de l'Angleterre victorienne.

La Maison des ténèbres, au virage d'ailleurs
J.-C. Gossamer Madwick
« La saga culte du passé et du futur. Mystère garanti.
L'amour éternel jusqu'à la fin des temps. »

Je regardai la photo de l'auteur sur la quatrième de couverture. C'était un cliché granuleux en noir et blanc. Vêtu d'un costume froissé, Madwick était un homme peu avenant : il avait une tête de Gremlin, des oreilles impressionnantes et un dos voûté qui laissait penser qu'il préférait vivre retiré que sous les feux de la rampe.

Jeremiah Chester Gossamer Madwick (2 décembre 1891-18 mars 1944) est un romancier américain originaire de Key West, Floride. Son œuvre unique, publiée de façon posthume, La Maison des ténèbres, au virage d'ailleurs, *a remporté le prix Gilmer-Hecht de la fantasy en 1968. Il a été pendant trente-sept ans chauffeur de bus pour la municipalité de Key*

West. Il conduisait chaque jour les passagers en provenance et en partance de Stock Island, et rédigeait chaque nuit son chef-d'œuvre de 1 397 pages sur des calepins d'hôtel. Il a été retrouvé mort à l'âge de cinquante-trois ans à l'entrée du Bar de la retraite hâtive avec son harmonica, sa boîte à tabac et le dernier paragraphe de son roman en poche.

– Madwick est mort pauvre et dans l'anonymat le plus complet, reprit Martha. Maintenant, il est considéré comme l'un des plus grands auteurs de fantasy. Harvard lui consacre chaque année un séminaire intitulé « Vagabonds, étrangers et clochards dans l'œuvre de Madwick ». Et à cause de sa théorie du temps, les chercheurs en physique lui vouent un culte.

Elle s'interrompit pour chercher quelque chose dans son calepin. Et montra le croquis d'un train.

– Ce qui m'amène à la leçon numéro 2 : le voyage dans le temps. Pour Madwick, le temps n'est pas linéaire, il ne file pas comme une flèche, il ne ressemble pas non plus à un tricot, contrairement à la théorie d'Einstein. Pour lui, le temps est une locomotive. Dans *La Maison des ténèbres*, si on veut voyager dans le temps, il faut sortir par la fenêtre du compartiment d'un train en marche et gagner le toit à la manière d'un bandit de western. Puis avancer avec prudence vers l'avant du train pour visiter l'avenir, ou vers l'arrière pour repartir dans le passé. Il est essentiel de ne pas se déplacer trop vite, car ça provoque de l'instabilité, ce qui peut tout faire dérailler. Le train peut aussi percuter un obstacle, perdre des wagons ou prendre la mauvaise direction à un embranchement.

Apparemment terrifiée à l'idée d'un tel scénario, Martha prit une profonde inspiration et remit ses cheveux derrière ses oreilles.

– Si ça se produit, le voyageur dans le temps est maudit. Il ne peut plus jamais remettre le train sur les bons rails, ni regagner le présent, à savoir son compartiment. Techniquement, il peut vivre toute sa vie dans le passé ou le futur. Mais son wagon d'origine, c'est là d'où il vient. Là où la vie se déroule, où il peut connaître l'amour. Une vie vécue dans un autre temps sera rude et difficile. On peut se déplacer dans le passé et le futur, mais on ne peut pas y rester. Sauf à renoncer au bonheur.

– Mais quel est le rapport avec le Neverworld? insista Cannon d'un air inquiet.

– On veut interroger les parents de Jim, non? Eh bien, je crois que c'est possible. Il nous suffit de choisir un jour dans le passé ou le futur proches où on peut les atteindre pendant les onze point deux heures de la veillée. Puis on passe par la fenêtre de notre train. Cette fenêtre, elle est… (elle se mordilla un ongle)… quelque part. Je ne sais pas encore où, juste qu'il s'agit de la conjonction entre la vie et la mort. Peut-être en lien avec un suicide. Dans *La Maison des ténèbres*, le protagoniste découvre sa fenêtre au chapitre un en essayant de se tuer. Mais que je sache, dans le monde réel, aucun de nous n'a jamais attenté à ses jours.

Je secouai la tête. Whitley, Cannon et Kipling m'imitèrent.

– Ça exclut donc cette possibilité, dit Martha. Il faut qu'on trouve notre propre fenêtre. Ce qui m'amène à la leçon 3. (Elle s'éclaircit la voix.) Le Neverworld n'a pas été seulement créé par moi, mais par chacun de vous. Ma contribution la plus importante est, de toute évidence, *La Maison des ténèbres*. Mais quelle est la vôtre? Plus on étudie le Neverworld, plus on y découvre des choses sur soi. Ses secrets les plus sombres. Ses pires cauchemars. Ses angoisses et ses rêves. Ce qu'on n'ose avouer à personne. Tout est là, il suffit de regarder de près.

Un frisson me parcourut l'échine.

Il y avait quelque chose de menaçant dans la façon dont elle disait ça. Les autres semblaient mal à l'aise, eux aussi. Whitley était immobile sur son canapé, Kipling très pâle, et Cannon regardait par terre.

Martha examina son calepin avec un petit sourire.

– Bon, Kipling, commença-t-elle, je voulais te demander. (Elle montra un dessin de guêpe rouge.) La guêpe à corps écarlate. Originaire de Louisiane. J'en ai repéré trois à Wincroft. Deux au grenier, une autre derrière un radiateur. Elles ne peuvent normalement pas survivre dans un climat froid. Tu les reconnais ?

– Mais comment tu as..., bégaya Kipling en gloussant nerveusement. Maman Greer les capturait pour les mettre dans des bocaux qu'elle disposait partout dans la maison. « Ce sont des démons en cage », elle disait. Elle prétendait que leur piqûre était mortelle et qu'elle en libérerait dans ma chambre pendant mon sommeil si je ne me tenais pas tranquille à l'église.

Martha hocha la tête. Elle ne semblait pas du tout étonnée.

– Cannon. Tu as sans doute remarqué les mélèzes du Japon ?

– Les quoi ?

– Les mélèzes du Japon et les peupliers blancs dans le parc de Wincroft. En fait, ils sont tous morts. Ce sont juste des troncs noirs qui s'élancent vers le ciel. Ce n'est pas une espèce autochtone du Rhode Island. Ils viennent des régions de Chubu et de Kanto au Japon. Mais si on creuse sur quinze centimètres de profondeur, une eau bleue et crayeuse jaillit. Tu vois où je veux en venir ? (Cannon se contentait de la regarder fixement.) Le papier peint *Blue Pond,* suggéra-t-elle. La *Cannon's Birdcage.* Le bug que tu as découvert dans OS X. Cette combinaison accidentelle de touches qui fout en l'air ton disque dur et affiche la photo du papier peint *Blue Pond* sur ton écran ? Cette photo représente un lac bleu étincelant presque surréaliste avec des arbres morts recouverts de neige.

Il était déconcerté.

– Oui, et alors ?

– Cette image est partout au Neverworld.

Cannon ne dit rien, il se contenta de se lever et de traverser la bibliothèque jusqu'à la fenêtre.

– À Whitley, maintenant, reprit Martha d'un ton solennel. La météo abominable du Neverworld, ça vient de toi.

– Quoi ? s'exclama Wit.

– Les bourrasques de vent. La pluie, l'orage, la foudre. C'est ton caractère.

Whitley lui décocha un regard incendiaire.

– Le soir où on est retournés à Darrow, insista Martha. Quand on était poursuivis par la police. Le vent a retourné toutes les voitures sur le parking. C'était à cause de tes aveux sur le Lapin Blanc.

Whitley souffla furieusement, et ses yeux se dirigèrent d'un air inquiet vers les fenêtres.

– Ces détails sont issus de nous tous, dit Martha. Plus on approche de la vérité, de nos racines, plus ce monde devient instable. Ce qui me mène à Beatrice.

Elle me fit face avec un visage de marbre. Mon cœur se mit à battre très fort.

– Eh bien, je n'ai aucune piste.

Tout le monde fronça les sourcils en nous regardant l'une après l'autre.

– Ta contribution au Neverworld est quelque part, mais je n'ai pas encore trouvé en quoi elle consistait.

Je déglutis. Qu'est-ce que Martha essayait de faire ? De m'intimider ? De m'effrayer, même ? Eh bien, c'était réussi.

Elle continua en soupirant :

– Ce que je sais, en revanche, c'est que si on veut changer la veillée, il faut qu'on reste ensemble.

– Et pourquoi ? demanda Cannon.

– Parce qu'on ignore quelles peuvent être nos réactions. Le passé, c'est comme une drogue. Le futur, ça vous secoue comme la chaise électrique. Revivre de bons souvenirs, ça peut être aussi destructeur que d'en revivre des mauvais. C'est addictif. Dans *La Maison des ténèbres*, le voyage dans le temps n'est pas sans risques. Mais au Neverworld, il y a des éléments supplémentaires qu'on ne peut anticiper, des détails qui sont les vôtres, issus de votre histoire. On n'a aucune idée de ce que ça peut entraîner.

Elle agita la tête. Sa voix tremblait tellement que j'avais l'impression de voir un pasteur évangélique faire un sermon au sujet de la fin du monde sur une chaîne de télévision publique face à un auditoire captivé.

– Ça pourrait virer à la catastrophe. Si on se retrouve dans des compartiments différents, dans des trains différents qui partent dans des directions différentes, on ne réussira jamais à tous revenir ici. À Wincroft. Ensemble. Pour le vote. Et là, on serait vraiment coincés à jamais au Neverworld.

On la regarda tous. Personne ne dit mot.

Je baissai les yeux vers l'énorme livre sur mes genoux. Je ne parvenais plus à respirer.

Qu'est-ce qu'elle préparait ? Essayait-elle vraiment de nous aider, ou ces révélations n'étaient-elles que des pions soigneusement disposés sur son échiquier personnel, un piège dans lequel on allait tous tomber pour finir par voter pour elle ?

Ce que je savais, ou en tout cas ce que je soupçonnais fortement, c'est qu'elle connaissait ma contribution au Neverworld. Je l'avais vu à la façon dont elle me regardait, et à son explication plate et peu plausible : « Je n'ai pas encore trouvé en quoi elle consistait. »

Martha trouvait toujours tout ce qu'elle cherchait. Allez savoir pourquoi, elle avait juste décidé de ne pas nous délivrer cette information.

Pour le moment.

Chapitre 17

Les veillées suivantes, on resta à Wincroft pour en apprendre davantage sur *La Maison des ténèbres, au virage d'ailleurs*. On voulait comprendre tout ce dont Martha nous avait parlé.

On téléchargea le livre audio et on passa des heures à l'écouter, blottis sous des couvertures en mohair avec du thé. Le narrateur, un jeune acteur anglais de la Royal Shakespeare Company avec une voix de stentor et une capacité presque surréaliste à incarner des personnages masculins ou féminins, jeunes ou vieux, pauvres ou aristocratiques, nous raconta cette terrible histoire d'amour et de perte. C'était un récit fascinant, l'un des meilleurs que j'avais jamais entendu, un mystère qui vous faisait battre le cœur très fort, bourré de retournements de situation incroyables.

L'intrigue se déroulait dans un futur très lointain. Jonathan Elster, le héros, était un professeur empoté et distrait qui enseignait à l'université pour les exclus située sur l'Ancienne Terre. Il y donnait un cours de philosophie alternative, « Introduction à l'inconnu », dans lequel il évoquait, entre autres sujets, les ressorts du voyage dans le temps. Pendant des années, Elster avait été fou amoureux d'une mystérieuse femme qui s'appelait Anastasia Bent et enseignait au département d'histoire.

Quand Anastasia avait par hasard découvert que toute l'histoire du monde avait été mystifiée, elle s'était volatilisée – elle avait été vue pour la dernière fois par un pêcheur alors qu'elle se promenait au bord d'une falaise, ce qui laissait penser à un suicide, même si on n'avait jamais retrouvé son corps –, et Jonathan était parti à sa recherche dans un périlleux voyage à travers l'espace-temps.

À mesure qu'on écoutait le roman, on plongeait dans un silence lugubre. La violence vécue au commissariat de Warwick nous avait rapprochés, rouvrant d'un coup les portes de ce manoir immense qu'avait été notre amitié, retirant les draps qui protégeaient les meubles, rallumant les lampes. Mais suite aux révélations de Martha, on restait à nouveau chacun dans notre coin, on se faufilait dans des escaliers en colimaçon, on se réfugiait derrière des portes fermées avec pour seule trace de présence des autres un craquement occasionnel du parquet à l'étage.

Je ne savais pas ce qui les inquiétait le plus. Ils avaient visiblement décidé de ne pas se confier à qui que ce soit, et surtout pas à moi.

Mon anxiété était directement en rapport avec Martha. Ses révélations sur J.-C. Gossamer Madwick et sur le Neverworld, qui était notre propre reflet, m'avaient poussée à décortiquer encore plus que d'habitude chacun de ses regards et commentaires. À mon grand étonnement, je me rendis compte que, depuis que je l'avais surprise en compagnie du professeur Beloroda à l'université Brown, elle avait réussi à prendre l'ascendant sur le groupe. Pendant des années, elle était restée en retrait. C'était la suiveuse, l'amie de Jim, la fille bizarre qui réagissait aux campagnes pour les droits des animaux avec un commentaire cynique tel que : « Ah, la propagande... » ou, quand un couple se formait à la fin d'une comédie romantique : « Eh bien, finalement, c'était un film d'horreur. » On haussait les yeux au ciel en rigolant. Or, à présent, c'était à elle qu'on demandait un conseil, un avis, une explication. À plusieurs reprises, j'avais essayé de glisser à Kip, Whitley et Cannon que je n'avais pas confiance en la direction dans laquelle elle nous poussait. Mais ils ne partageaient pas mes inquiétudes.

– Qu'est-ce que tu veux dire par « elle prépare quelque chose » ? me demanda Kipling en fronçant les sourcils.

– Je ne sais pas. C'est une impression, c'est tout.

– Mais c'est toujours notre bonne vieille Martha. Notre Rain Man à nous. Incapable du moindre complot. Elle est trop honnête et trop niaise.

– Je ne pense pas.

– Mais si.

– Je suis sérieuse. Elle en sait plus qu'elle ne le dit.

– Et alors ? souffla Kipling. Qu'est-ce qu'on peut faire d'autre, Bee ? Je ne sais pas pour toi, mais moi, j'ai besoin de changement. N'importe lequel. Même si ça implique de...

– De quoi ?

Il haussa les épaules, le sens derrière cette phrase laissée en suspens était tellement évident.

Même si ça implique ne jamais revenir à la vie.

—

Le soir, on discutait avec animation du moyen de modifier la veillée et de rejoindre les Mason.

Dans *La Maison des ténèbres*, Jonathan Elster découvre par hasard le moyen de voyager dans le temps quand il se désespère de retrouver la trace d'Anastasia Bent. La police croit qu'elle s'est suicidée en sautant d'une falaise. Alors Jonathan saute exactement de l'endroit où elle a été vue pour la dernière fois, se destinant à une mort certaine trente mètres plus bas. Pourtant, il finit non pas écrasé sur les rochers, mais dans la Tamise en 2122.

– Pour voyager dans le temps, il faut frôler la mort, dit Martha, ce qui est la raison pour laquelle si peu de gens y parviennent. Il faut être prêt à voir la fin en face. Comment on peut faire ça, au Neverworld ? Je sais que je vous ai déjà posé la question, mais l'un d'entre vous a-t-il déjà essayé, avant l'accident, de se suicider ?

À nouveau, on secoua la tête.

Martha semblait perplexe, mais elle se contenta de se mordiller un ongle d'un air songeur. Elle reprit :

– Un autre fait à ne pas oublier, c'est que pour arriver tous au bon endroit au bon moment – le même compartiment dans le passé ou dans le futur –, il faut que cet endroit soit notre ultime pensée juste avant la mort. On va viser la villa Anna Sophia sur l'île d'Amorgos dans un passé récent. Hier. Le 29 août. On va commencer par là.

– Pourquoi dans le passé et pas dans le futur ? demanda Cannon.

– Parce qu'on ne sait pas ce qui nous attend demain. Dans le futur, il peut se produire une catastrophe naturelle, un attentat, une invasion de petits bonshommes verts. Avec le passé, on sait à quoi s'attendre.

– Mais si on peut visiter le passé, pourquoi ne pas aller directement à la carrière du Volcan la nuit de la mort de Jim ? Comme ça, on verra ce qui s'est passé de nos propres yeux, m'interposai-je.

– Bee a raison, appuya Cannon.

– Non, fit Martha en secouant la tête. On n'est pas prêts. Dans *La Maison des ténèbres*, à chaque voyage dans le temps, le train perd quelques wagons. Nos veillées vont donc raccourcir. Et puis, ça entraînerait beaucoup trop d'instabilité d'aller si loin. On pourrait ne plus avoir le temps de revenir pour voter. Il faut y aller à pas prudents.

Je ne fus pas convaincue par ses explications : elle avait été trop prompte à condamner ma proposition. En revanche, les autres semblaient d'accord avec elle. Je décidai de ne pas m'opposer à elle. Le moment n'était pas encore venu.

J'étais la seule d'entre nous à être déjà allée à Amorgos. Lors de ce fameux été, les autres n'étaient pas là. Pour qu'ils se fassent une idée de l'endroit, je leur montrai des photos sur mon téléphone et je leur racontai mes souvenirs : la blancheur éblouissante de l'île, les Jeep qui permettaient aux Mason de se déplacer en vrombissant sur les chemins comme une armée d'occupation. Edgar Mason qui, à toute heure du jour, s'enfermait dans son bureau futuriste, d'où il émergeait tel Zeus descendant de l'Olympe (un Zeus bronzé avec une coupe en brosse qui lui faisait des cheveux aussi piquants qu'un hérisson et qui se levait chaque matin à 4 heures pour une séance de yoga Ashtanga par vidéo). Accompagnés de leurs amis, les frères et sœurs de Jim dévalaient les escaliers, tel un troupeau d'antilopes. Jim avait deux sœurs jumelles, Gloriana et Florence, et deux frères adoptifs originaires d'Ouganda : Cal et Niles. J'avais découvert avec ahurissement qu'ils disposaient à demeure d'un précepteur qui parlait swahili (Jim appelait ça un attaché culturel). Jim et moi passions tout notre temps ensemble à lire à voix haute des biographies de John Lennon, à sauter du ponton dans la mer, à explorer la côte dans une barque bleue du nom de *Petit Oiseau*. On plongeait avec des masques et des tubas et on mangeait du poisson grillé avec du citron qui giclait et me piquait les yeux. On donnait du pain aux chiens errants qui patrouillaient comme des gangs dans les rues la nuit, on assistait jusqu'au petit matin à des repas arrosés autour de tables montées sur tréteaux sous un ciel bleu étoilé, avec des lanternes en papier jaune au-dessus de nos têtes.

Jim m'avait proposé de passer tout l'été avec lui, mais mes parents ne m'avaient laissée y aller que cinq jours. Même pour un séjour si court, il m'avait fallu déployer des efforts diplomatiques dignes du département des Affaires étrangères. Ces cinq jours avaient filé en un clin d'œil, baignés d'une lumière splendide mais presque irréelle : l'univers de Jim était tellement improbable. J'y avais à peine plongé que j'avais dû en ressortir pour regagner la paisible Watch Hill et aider mes parents au Crow. À mon retour, distraite et morose, je laissais trop longtemps les milk-shakes dans le mixeur, je servais des sandwichs œuf-salade quand on m'avait demandé dinde-fromage. J'étais comme la Wendy de *Peter Pan* qui rêve du pays imaginaire. Je passai le reste de l'été à calculer le décalage horaire pour me figurer ce que Jim était en train de faire. Quand il téléphonait, je traversais la maison en rugissant pour décrocher, tel un lion en cage à qui on vient de lancer une carcasse.

Obéissant à Martha, je décrivis du mieux possible la pièce centrale de la maison : le grand salon avec ses rideaux en mousseline, son mobilier d'un blanc immaculé et sa vue éblouissante sur la mer Égée. Ainsi, ils auraient eux aussi l'impression de le connaître et pourraient y penser juste avant de basculer vers la mort. Quoi que ce moment implique…

—

Quand on n'était pas dans la bibliothèque à discuter de *La Maison des ténèbres*, je prenais un parapluie pour arpenter le parc de Wincroft sous la pluie.

Là, hantée par cette idée lancinante, je repensais aux paroles de Martha : « Ta contribution au Neverworld est quelque part. »

Un jour, lors d'une marche solitaire, comme j'empruntais l'escalier étroit qui menait au ponton, je remarquai que les arbres s'agitaient anormalement. L'océan était houleux, noir et couvert d'écume. Les voiliers amarrés dans la crique tintaient. Leurs filins détachés des mâts s'entortillaient comme des serpents dans le vent. Une corne de brume lançait son appel lugubre.

Tout à coup, j'entendis un cri de femme.

Je crus avoir confondu avec le vent.

Puis un autre cri. Masculin, cette fois.

Des gens se disputaient. Les voix venaient de derrière moi. Je refermai mon parapluie et me cachai dans le fossé entre le rivage et les marches en bois.

Quelques instants plus tard, j'entendis de nouveau des cris. Je me rendis alors compte qu'ils ne venaient pas de Wincroft, mais de l'un des voiliers. Des silhouettes sombres se déplaçaient sur le pont du bateau ancré non loin du ponton de la propriété voisine.

Andiamo, tel était son nom.

Je me souvenais d'avoir entendu Whitley dire qu'il appartenait à E.S.S. Burt. Une lumière dorée scintillait à la proue.

Puis un autre cri.

J'attendis encore. Et quelques minutes plus tard, je perçus un bruit de moteur. Un canot approchait. En regardant entre les marches, je reconnus Whitley à son bord. Elle était seule. Elle amarra le canot à toute vitesse puis sauta sur le ponton et gravit les marches en courant. Je vis un instant son visage à la lueur d'un réverbère. Elle avait l'air furieuse.

Quand il n'y eut plus de bruit, je revins au manoir. J'entrai dans la bibliothèque juste après avoir frappé pour découvrir une Whitley trempée sur le canapé en compagnie de Martha. Elles sursautèrent en me voyant. J'eus l'impression de prendre deux adolescentes en flagrant délit avec un joint.

– Qu'est-ce qui se passe ? demandai-je.

– Rien, fit Whitley.

Martha sourit en me disant :

– Tu veux bien nous laisser une minute, Beatrice ?

Je jetai un dernier regard à Whitley. Jamais elle n'avait préféré se confier à Martha plutôt qu'à moi. Jamais. N'avions-nous pas renoué nos liens d'amitié au Neverworld ? N'étions-nous pas de nouveau intimes ? Elle se contenta de me lancer un regard maussade.

Le cœur serré, je refermai la porte.

Presque aussitôt, j'entendis Whitley parler de nouveau tout bas.

Mais qu'est-ce qui se passe ?

Je pris l'escalier. À l'étage, je ne trouvai trace ni de Cannon, ni de Kipling, ce qui laissait penser qu'ils se trouvaient eux aussi à bord du voilier avec Whitley. Une réunion secrète se serait-elle tenue dans mon dos ? Pourquoi ? J'attrapai le parapluie et retournai au ponton.

Il n'y avait aucun signe de vie sur le voilier, et plus le moindre éclat de voix.

Je restai là une heure, puis je décidai de rentrer à Wincroft. Sur le chemin du retour, j'aperçus le Gardien.

Ma gorge se serra. La dernière fois que je l'avais vu, c'était dans les bois de Darrow. Depuis, il était introuvable. Et tout à coup surgissait cette silhouette en imperméable noir penchée sous la pluie battante. Il creusait avec énergie en envoyant des pelletées de terre en l'air.

Pour l'éviter, je quittai le chemin et partis en courant sous les arbres. Mais en atteignant le manoir, je ne pus m'empêcher de me retourner.

Il ne semblait pas m'avoir vue. Je compris alors qu'il creusait quatre trous dans la boue. Des tombes.

Le plus étrange, c'était qu'il portait des lunettes noires d'aveugle.

—

Je n'eus pas le temps de réfléchir à ce que le Gardien était en train de faire, ni à la signification de son geste, parce qu'à la veillée suivante j'obtins ma réponse quant à la mystérieuse dispute sur le voilier ainsi qu'à la conversation privée de Whitley et Martha.

– Kipling a quelque chose à nous dire, annonça Martha comme on se rassemblait dans la bibliothèque. Whitley a attiré mon attention à ce sujet lors de la dernière veillée, et je pense que ça pourrait nous aider.

– Tu n'as pas fait ça, lança Cannon à Whitley d'un air furieux.

– Je n'avais pas le choix, répondit-elle.

Il lui lança un regard noir. Il était livide.

– Oh, ça va. Arrête de faire ton flic. Tu veux sortir de là, non ? Tu ne veux pas savoir ce qui est vraiment arrivé à Jim ?

– Ce n'était pas à toi de révéler son secret, siffla-t-il.

– Si ça nous offre la possibilité de changer la veillée, si.

– Bon, on se calme, les interrompit Martha en posant une main sur l'épaule de Cannon. Kipling, parle.

C'est là que je remarquai son état. Il pleurait. Il pleurait à chaudes larmes comme je ne l'avais jamais vu faire. Le genre de crise qui ressemble plus à de l'essorage qu'à des pleurs. Assis sur le canapé, il se tenait la tête dans les mains, et les larmes dévalaient le long de son menton.

– On appelait ça « le tapis sioux aux pieds noirs », cracha-t-il sans quitter le sol des yeux. C'est de la mise en danger de soi, une « tentative vaine de résoudre des difficultés personnelles », comme disent les psys. C'est maman Greer qui avait inventé ce nom. Un jour, elle avait trouvé un tapis super-bizarre dans une boutique d'antiquités qui portait ce nom. On faisait ça tous les deux. Un truc mère-fils. Jusqu'à plusieurs fois par semaine. Le vendredi soir, quand il n'y avait rien de bien à la télé, elle m'emmenait sur les routes de campagne. La première fois, j'avais cinq ans. On s'allongeait côte à côte sur la route en se tenant la main et on attendait qu'une voiture arrive. « Quand je dis bingo, tu roules très vite le plus loin possible, elle m'expliquait. Ça nous dira à quel point Dieu nous aime. Parce que je ne prononcerai bingo que si c'est Dieu qui me l'ordonne. C'est ça, le miracle », récita Kipling en tremblant. Je me pissais dessus tellement j'avais peur. Car je ne récitais pas mes prières. Je me demandais : *Est-ce que Dieu existe vraiment? Est-ce qu'il m'aime?* Il ne devait pas trop m'aimer pour m'avoir donné cette tête et ce corps. Je serrais de toutes mes forces la main de maman Greer. C'était ma bouée de sauvetage. Quand une voiture approchait, on sentait d'abord le goudron vibrer. Maman attendait le tout dernier moment pour crier bingo, mais elle finissait toujours par le faire. Alors je roulais-boulais sur le bas-côté en fermant les yeux de toutes mes forces, échappant aux pneus de quelques centimètres à peine. Quand je les rouvrais, c'était pour voir maman Greer danser en sautant, en criant et en se déshabillant. « Tu vois ? Dieu nous aime. Même après ça, il continue à nous aimer. » Ça la mettait toujours de bonne humeur. Avec un peu de chance, ça pouvait durer une semaine.

Il se tut et se frotta les yeux. Je le regardais fixement. Je savais que maman Greer était quelqu'un de dangereux mais là, ça dépassait mon entendement.

– C'est devenu une drogue, tellement c'était excitant, reprit Kipling. Je ne pouvais plus arrêter. Dès que je me sentais mal, que j'avais un problème, je filais hors du campus et j'allais faire le tapis sioux aux pieds noirs. Après, je me sentais mieux. En première, j'en ai fait un juste avant les vacances de Noël qui a failli très mal se terminer. Trask m'avait annoncé que je ne pourrais pas revenir à la rentrée. Que j'étais viré. J'étais un élève qui – comment il avait formulé ça ? – avait besoin d'un environnement moins compétitif. Genre, je me destinais au pénitencier de Sing-Sing. Cette fois-là, mon tapis sioux aux pieds noirs a bien failli me transformer en œufs brouillés sous les pneus d'un camion d'une marque de café, dit-il en relevant la tête et en reniflant. Au moins, ç'aurait donné tout son sens à leur slogan : « La meilleure façon de réveiller un mort ».

J'étais bouche bée. Certes, Kipling n'avait jamais brillé par ses notes en classe. Chaque année, on se demandait s'il allait redoubler. En revanche, j'ignorais qu'il avait failli être viré. Puis, en terminale, tout avait changé. Il avait réussi à se concentrer sur ses études. Et il avait finalement fait une année honorable.

– C'est Cannon qui m'a sauvé, dit Kip avec un petit sourire. Il a compris ce que je m'efforçais désespérément de cacher.

– Tu n'étais pas très doué pour ça non plus, renchérit Cannon avec un grand sourire. Ça se voyait comme le nez au milieu de la figure que tu souffrais le martyre.

Kipling me regarda fixement.

– Tu te rappelles mon absence de deux mois pour « raisons familiales » ?

J'acquiesçai. Je me souvenais vaguement de l'histoire touchante et confuse d'une tante qui avait des problèmes cardiaques.

– C'était un mensonge. En vrai, j'ai passé deux mois en clinique psychiatrique à Providence à faire du tai-chi, à peindre des natures mortes et à trouver un moyen de dompter le flux ininterrompu de pensées en moi. C'est Cannon qui m'a poussé à aller là-bas. Qui venait me rendre visite. Qui faisait le point avec les psys. Qui a convaincu Darrow de me laisser une dernière chance. Il m'a aidé à remonter mes notes, aussi. Et à préparer mes dossiers de candidature à la fac. Il a passé une nuit entière à relire mon texte sur maman Greer que j'avais appelé *Ma Mère bipolaire, ou comment survivre sous la garde d'une cinglée.* Grâce à ça, j'ai été pris à l'université de Louisiane. Sans Cannon, aujourd'hui, je serais incrusté dans les pneus d'un camion UPS.

Je n'en revenais pas. Je songeai à cette année de terminale. Cannon était toujours très occupé, le sac à dos et les bras chargés de livres. Je ne m'étais jamais doutée qu'il faisait tout ça. D'un autre côté, je n'étais pas étonnée. Il arrangeait toujours tout pour tout le monde. « L'eau trouve toujours un passage », disait Whitley. Je me sentais blessée qu'ils m'aient tenue à l'écart de tout ça sans que j'en aie la moindre idée.

– Pourquoi tu ne m'en as jamais parlé ? demandai-je à Kipling.

Il jeta un coup d'œil à Cannon, et je vis entre eux un éclair de complicité.

Kipling haussa les épaules.

– Il y a un moment où votre folie n'est supportable par personne. Même vos meilleurs amis.

– Ce n'est pas toute la vérité, s'interposa Whitley en inclinant la tête.

Kipling eut l'air penaud.

– Ouais, d'accord. Mes bonnes notes de terminale, celles qui m'ont permis d'intégrer l'université ? Le fait que je sois finalement considéré comme un élève correct alors que, jusque-là, il n'en avait juste rien à foutre ? Il y a une astuce.

– Mais de quoi tu parles ? demandai-je.

Il garda le silence.

– Cannon s'est infiltré dans le système informatique de Darrow, jeta Whitley. Toute l'année de terminale, Kipling avait les interros des profs à l'avance. Y compris les examens.

– Pas tous, la corrigea Cannon.

– C'était quand même de la triche, conclut-elle avec un regard noir.

– C'était une preuve d'amitié, dit-il froidement.

Whitley prit une mine vexée.

– On pourrait dire la même chose à propos du Lapin Blanc. Vous pensez tous que je suis mauvaise ? Regardez ce que vous, vous faisiez pendant ce temps.

Cannon ne répondit pas. Durant ses quatre années à Darrow, il épaulait le service informatique, légendairement archaïque. Il n'était pas rare qu'on vienne le chercher en classe pour résoudre un bug ou une erreur système. Il avait beau regarder Whitley d'un air gêné, il ne semblait pas embarrassé par cette révélation.

– Comment tu as fait ça ? lui demandai-je.

Il haussa les épaules.

– L'ingénierie sociale. Le maillon faible d'un réseau, c'est toujours l'humain. J'ai profité d'un mailing à tous les profs pour une mise à jour obligatoire de l'intranet. Pour les profs de Kipling, j'ai ajouté dans l'e-mail un outil d'administration à distance. Une fois qu'ils ont eu téléchargé le cheval de Troie, je suis devenu administrateur de leur compte. C'était aussi simple que de défaire un lacet.

Il fronça les sourcils en voyant mon regard interloqué.

– Allez, sœur Bee. Plus que n'importe qui, tu devrais comprendre. Darrow-Harker se dressait comme un obstacle en travers de l'avenir de Kipling. S'il avait vraiment été viré en première, il aurait atterri dans un lycée de merde. Loin de nous. Avec, en plus, un dossier pourri pour la fac. Un Kipling, ça ne se mesure pas avec des A, des B ou des C. Un Kipling, c'est une expérience en soi. Je me devais de l'aider. C'est comme ça que fonctionne le monde. Quand la vie s'acharne contre vous, il faut savoir réagir.

Cannon avait un regard si pénétrant que je ressentis des frissons jusque dans mes bras. J'avais oublié à quel point il pouvait être intense, comment, quand il était concentré, il semblait davantage composé d'énergie que de chair et d'os.

– Alors c'est ça, le squelette dans mon placard, conclut Kipling.

– Maintenant, reprit Martha, on va voir si ce squelette nous permet de changer la veillée.

Puis elle eut l'air de se perdre dans ses pensées. Pendant une minute, personne ne dit rien.

C'était la technique de Martha : laisser une question en suspens pendant plusieurs minutes, voire des heures, puis annoncer la réponse alors que tout le monde avait oublié le problème.

Chapitre 18

C'est ainsi qu'on se retrouva garés dans les rosiers du Japon qui bordaient la route côtière à 4 h 47 du matin. Quatre minutes avant la fin de la veillée.

Pile à l'endroit où on avait eu notre accident et où, selon le Gardien, un certain M. Howard Heyward, âgé de cinquante-huit ans et résidant 281, Admiral Road, South Kensington, avait percuté notre voiture avec sa dépanneuse, nous condamnant au Neverworld. Car, dans une dimension du temps plus réelle que la nôtre, nous étions prisonniers d'une voiture détruite, à l'intérieur d'une unique seconde qui attendait de pouvoir se dérouler.

Martha connaissait l'endroit exact : un virage en épingle à cheveux en plein milieu d'une forêt de pins. Elle avait admis y être revenue à l'époque où elle étudiait le Neverworld.

Comment s'était passé l'accident ? Je n'avais presque aucun souvenir. Des phares aveuglants. Une haie de rosiers du Japon sous la pluie torrentielle. Des essuie-glaces qui s'agitaient comme pour nous prévenir du désastre. Une nuit liquide. Nos rires enivrés. Des coups de Klaxon. Un tourbillon. La voiture qui quitte la route et plonge dans le noir. L'absence de gravité.

– C'est un ivrogne, déclara Martha. Il s'enfile douze bières dans un bar de Warwick. *Douze* bières. Puis il prend le volant. Il a du mal à garder les yeux ouverts. Il manque de percuter un poteau téléphonique. Au Neverworld, il se contente de passer sur les lieux de l'accident, mais ça marque la fin de nos onze point deux heures.

La pluie tambourinait sur la voiture. Le pare-brise et les vitres étaient embués. J'avais l'impression d'être dans un sous-marin au fond de la mer. La radio bégayait un morceau de musique classique.

Une seule voiture était passée, un pick-up bleu. En nous apercevant dans les buissons sur le bas-côté, le conducteur avait freiné, puis reculé jusqu'à nous. Martha avait descendu sa vitre.

– Vous avez un problème ? nous demanda le type d'une cinquantaine d'années en veste de chasseur. Besoin d'un coup de main ?

– Non, merci, répondit Martha. Tout va bien. On cherche juste notre chien.

Il fronça les sourcils face à ces cinq adolescents en poncho vert à capuche qui souriaient d'un air gêné. Puis, avec une grimace perplexe, il se remit en route.

– Trois minutes, dit Martha en jetant un coup d'œil à sa montre.

J'étais au bord de la nausée. Les révélations de Kipling et de Cannon, si étonnantes soient-elles, avaient apporté plus de questions que de réponses. Mes amis étaient tous bizarres, même si je ne savais pas pourquoi. Irritables et distants. Quand ils ne voyaient pas que je les surveillais, Kipling et Cannon échangeaient de longs regards entendus à la signification vaguement menaçante. Qu'est-ce qu'ils préparaient ?

Martha passait son temps à nous répéter que tout allait

bien se passer. « Tout ce que vous avez besoin de vous rappeler, c'est le 29 août, à 9 h 35, villa Anna Sophia, île d'Amorgos, Grèce, d'accord ? » Mais le fait qu'elle dirige les opérations ne faisait qu'empirer les choses. Qu'est-ce qu'elle mijotait ? Nous poussait-elle sur les traces des personnages de *La Maison des ténèbres* afin, allez savoir comment, de nous bloquer dans un compartiment du train du temps ? Ou voulait-elle seulement qu'on finisse par voter pour elle ?

Le vote. Le vote. Le vote.

Blottie contre Whitley sur la banquette arrière, je sentais la fin de la veillée arriver, cette vague d'une intensité océanique qui m'envahissait par les pieds avant de remonter le long de mes tibias. Tout à coup, il y eut des parasites dans la radio, qui se mit à crachoter *Boys don't cry*, de The Cure.

La pluie se fit encore plus forte, comme si on avait ouvert toutes les vannes du ciel.

– Je me sens pas bien, dit Kip en mettant une main sur sa gorge.

Martha se tourna vers lui.

– Moi non plus. Ce n'est pas simplement la veillée. C'est le voyage dans le temps. C'est en train de se produire.

Elle était tout excitée, autant que peut l'être quelqu'un d'aussi impassible que Martha.

– Vous le sentez venir, vous aussi ? demanda-t-elle.

J'avais comme une charge électrique entre les mains, à croire que j'avais traversé une moquette épaisse en chaussettes. J'approchai une main de la vitre embuée, où elle dessina une empreinte. Comme par magie, dès que je l'agitai, elle l'effaça. Quand je la plaçai à quelques centimètres des cheveux de Whitley, ses mèches dorées sautèrent dans ma paume, tels les tentacules d'une étrange créature marine.

– Deux minutes, annonça Martha. On y va.

Elle sortit de la voiture en nous faisant signe. Cannon et Kip la suivirent sans un mot. Dès que j'ouvris la portière, je sentis la pluie. Whitley m'attrapa par le bras.

– Bee, je n'y arrive pas. Je suis incapable de me concentrer.

– Quoi !

Elle pleurait. Jamais dans ma vie je ne l'avais vue aussi effrayée.

– Je vais me perdre dans le passé. Je le sais.

Je la pris par les épaules.

– Mais non. Écoute-moi bien. 29 août. 9 h 35. Villa Anna Sophia. Répète.

– Villa Anna Sophia.

– Pense à la mer. Au ciel. À la beauté du paysage. Aux rideaux en mousseline. À l'odeur des orangers.

– Les orangers. D'accord.

– Tu vois.

Mais elle n'avait toujours pas l'air rassurée. Je lui tendis la main. Elle l'attrapa, et on s'avança toutes les deux sous le déluge.

Je n'avais pas imaginé à quel point ça serait le chaos. La pluie tombait à verse, et une force gravitationnelle nous ramenait vers la voiture. Mes pensées, devenues liquides, éclaboussaient l'intérieur de ma tête. Tout ce que j'avais à faire, c'était m'approcher de l'endroit de l'accident et faire mon tapis sioux aux pieds noirs, comme nous l'avait expliqué Kipling. Pour l'instant, seule Martha avait réussi : elle était allongée sur le dos par-dessus la ligne blanche presque effacée. Je tentai de la rejoindre en entraînant Whitley, mais j'étais prise de vertiges. Chacun de mes pas revenait à soulever quatre parpaings attachés à mes pieds. Kip tournoyait sur la route comme un bouchon pris dans une chasse d'eau. À quatre pattes, Cannon essayait de ramper. J'obligeai mon esprit à se calmer et je fis deux grands pas sans lâcher Whitley. On atteignit enfin le milieu de la route et on se coucha près de Martha. Une minute après, Cannon nous rejoignait avec Kipling.

Je clignais des yeux à cause des gouttes qui rebondissaient sur mon visage. Je n'y voyais plus rien. La pluie tombait si fort que je finis par les fermer. Les signes de la fin de la veillée avaient atteint mes genoux et me clouaient au sol.

29 août. 9h35.

Je voyais la falaise, la maison blanche et moderne perchée là comme un nid d'aigle et, dans le verre des fenêtres, le reflet de la mer.

– Cinquante secondes ! s'écria Martha.

Villa Anna Sophia.

– Je ne peux pas ! hurla Whitley.

Je crus que quelqu'un me griffait le visage, puis je me rendis compte qu'il s'agissait d'une branche qui venait de s'abattre sur nous.

Whitley sanglotait en essayant de se relever. Cannon la maintenait au sol.

– Calme-toi ! hurlait-il.

– Laisse-moi ! Je ne peux pas !

– Mais si ! cria Martha.

– Je ne peux pas ! Je n'arrête pas de penser à d'autres choses ! Je suis incapable de contrôler mes pensées !

J'entendis le moteur de la dépanneuse. Howard Heyward, cinquante-huit ans, saoul et à moitié endormi, n'était plus qu'à quelques secondes. Je tremblais de tout mon corps. Je fermai les yeux très fort en agrippant le bitume.

Île d'Amorgos. Grèce.

Quelqu'un hurlait : Kipling.

– Arrête ! Arrête ! Non !

– Mais qu'est-ce que tu fais ? On va tous se perdre !

– C'est un piège ! C'est un guet-apens !

Le tonnerre explosa comme une bombe. Mes oreilles sifflèrent, des cris perçants et des gémissements résonnant étrangement autour de ma tête. La veillée pressait à présent si fort sur mon cœur que je mis un instant à me rendre compte que j'avais une vive douleur au cou. Là, je hurlai, et mes doigts engourdis et froids palpèrent ma nuque pour y trouver un petit objet dur, que j'arrachai avec un cri.

C'était la broche abeille que Jim m'avait offerte, et qu'on m'avait ensuite volée.

Tout arriva d'un coup. Je fus transpercée par des phares. La dépanneuse klaxonnait en fonçant droit sur nous. La pluie tombait comme au ralenti. Un crissement de freins. Des cris. En ouvrant les yeux, je vis une silhouette en poncho disparaître dans les bois. Puis j'entendis un bruit de métal qui se froisse. La dépanneuse fit une embardée, ses gros pneus glissant sur la chaussée humide vers mon crâne. Une odeur de caoutchouc brûlé. L'enfer.

Un… deux…

La broche abeille.

Jim.

PARTIE 3

Chapitre 19

Quand je rouvris les yeux, il faisait jour.

J'avais la tête dans l'herbe. Je me redressai. Mon cœur battait à tout rompre. Prise de nausée, je vomis dans une série de spasmes. Il me fallut une minute pour me calmer. Je m'essuyai la bouche en regardant autour de moi. La lumière me faisait mal aux yeux.

Je n'étais plus sur la route côtière. Je n'étais pas sous les pneus de la dépanneuse de Howard Heyward, en tout cas, plus maintenant. Je n'étais pas blessée.

Je n'étais pas non plus à l'arrière de la Jaguar. Et, pour la première fois depuis des siècles, il ne pleuvait pas : le soleil brillait. J'étais étendue par terre au milieu d'un bois, sur des feuilles mortes. Il faisait frais, et le ciel était très bleu. J'ouvris les mains. Elles étaient vides.

La broche abeille. Où était-elle ?

Je regardai autour de moi. Je n'étais pas à la villa Anna Sophia, ni même sur une île grecque.

J'étais dans un bois. Je baissai les yeux vers mes vêtements.

Je portais le manteau en laine bordeaux Ann Taylor que ma mère m'avait déniché bien des années plus tôt dans une friperie de Woonsocket, des collants noirs et une robe en laine noire. Des escarpins, noirs eux aussi, en cuir éraflé.

Je me relevai sans comprendre. Mes chaussures étaient trop petites et ma robe me grattait. Je titubai en découvrant une clairière à travers les arbres. Il y avait là un immense bassin couvert de petits voiliers blancs avec des gens autour. Je me dis qu'on allait me prendre pour une folle, mais comme je sortais des bois et m'approchais de l'eau, personne ne me prêta attention. Des enfants et quelques adolescents pilotaient les voiliers miniatures avec des télécommandes.

Je reconnus l'endroit : j'étais à Central Park. Au Conservatory Lake. J'y étais allée une seule fois, des années plus tôt, avec Jim.

– Ah, te voilà !

Au son de sa voix, ce fut comme si le sol se dérobait sous mes pieds. J'en eus le souffle coupé. Je fermai les yeux, mon esprit au ralenti. Je chutai dans un puits sans fond.

– Où tu étais passée ? Tu essayais de te débarrasser de moi, ou quoi ?

Il était en vie, juste devant moi, une main sur mon épaule. Il avait son odeur habituelle : pastille de menthe et linge séché au soleil.

– Je venais tout le temps ici quand j'étais petit. Un jour, ma télécommande est tombée en panne, et mon voilier s'est coincé au milieu du bassin. J'ai fondu en larmes. Mon père m'a dit : « Si tu veux le récupérer, eh bien, va le chercher. » J'ai dû entrer tout seul dans l'eau. C'était sans doute encore l'un de ces tests pour éliminer les plus faibles, le genre de truc qu'on pratique en séminaire d'entreprise, directement issu des écoles de commerce. Hé, mais qu'est-ce que tu as ?

Il me fit pivoter face à lui.

Comment même commencer à répondre à cette question ?

– Regarde-moi.

J'ouvris les yeux.

Voir Jim Mason à quelques centimètres de moi, sous le soleil, avec les oiseaux qui gazouillaient, les enfants qui criaient, était tellement improbable que j'avais l'impression d'être dans la cinquième dimension.

Ce n'était pas possible.

Et pourtant. C'était bien lui. Il était à la fois pareil et différent. En l'observant, je fus frappée par le fait qu'on ne regarde jamais vraiment quelqu'un. La mémoire est fainéante, elle cherche toujours à en faire le moins possible. Quand vous vivez auprès d'une personne, votre mémoire ne se donne pas la peine d'enregistrer chaque détail. Et quand cette personne meurt, eh bien, la mémoire efface chaque petit souvenir : le dessin des taches de rousseur, le sourire tordu, les plis au coin des yeux.

– Allez, viens, dit Jim. Il ne faut pas qu'on soit en retard.

Et il glissa ma main au creux de son bras. J'avais oublié qu'il faisait toujours ça. Il m'entraîna dans le parc. Quand on croisait des femmes qui promenaient des enfants en poussette, toutes le regardaient avec des degrés divers d'admiration. On vit aussi un homme qui poussait un chariot rempli de bouteilles en plastique.

Apparemment, la veillée m'avait ramenée à l'une de mes visites à la famille de Jim à New York.

Pourtant, ce n'était pas Noël. Et il faisait trop froid pour Pâques.

Alors quand était-ce ?

J'avais envie de lui demander à quoi il ne fallait pas être en retard, mais ce n'était pas une bonne idée. Chaque fois que je le regardais, je n'en croyais pas mes yeux. Je voulais tout retenir à son sujet, chaque clignement d'œil, chaque froncement de nez, chaque petit sourire. J'étais terrifiée. J'avais une sorte de grosse boule de chewing-gum dans la gorge, qui menaçait de jaillir à tout instant. Et là, je risquais de me mettre à déblatérer sur le Neverworld et le fait que Jim allait bientôt mourir.

Tu es mort, mon amour. Il te reste si peu de temps à vivre.

Alors je me mordis la lèvre et le laissai m'entraîner dans la Cinquième Avenue. On pénétra en courant dans son immeuble. « 944 Cinquième Avenue », était-il écrit en lettres élégantes sur l'auvent vert. Le hall était empli de bouquets d'hortensias et de roses, comme des astéroïdes qui invitaient au silence. Jim s'approcha du portier.

– *Hola*, Murdoch.

Puis on prit l'ascenseur. Jim s'adossa à la paroi en bois pour m'observer. J'avais oublié la façon dont il étudiait les gens comme si c'étaient des œuvres d'art.

– Ne t'inquiète de rien, me dit-il.

Il m'attrapa de nouveau la main et posa ses lèvres sur mes doigts en m'attirant, à reculons, jusqu'à l'appartement. J'avais également oublié à quel point ce lieu était grandiose comme un musée, avec ses sculptures en bronze et ses peintures à l'huile austères, ses fauteuils qui ressemblaient davantage à des mantes religieuses qu'à des sièges. En baissant les yeux, je remarquai les éraflures sur mes vieux escarpins, les bouloches sur mes collants, et je me sentis gênée. Comme on se glissait entre les gens dans le salon, je m'aperçus que tout le monde était en noir. Robes noires, foulards en soie noir, blanc et rouge, costumes bleu sombre. Et, tout à coup, je reconnus ce moment.

Cinq ans auparavant. Classe de troisième à Darrow. Fin septembre.

Jim m'avait demandé de l'accompagner aux funérailles de son grand-oncle Carl. Je connaissais à peine Jim, à l'époque.

Il ne s'était présenté à moi qu'une semaine plus tôt.

—

– Jim Mason.

Il était assis derrière moi en cours d'anglais. Il rapprocha sa chaise si près que je sentis son haleine parfumée à la menthe sur ma joue alors que j'essayais de trouver une rime pour une chanson que j'écrivais.

– Qu'est-ce que tu fais ? demanda-t-il en fronçant les sourcils, le regard posé sur mon carnet. C'est quoi, *La Faillite de la buanderie Fenfang : B.O.* ?

Gênée, je cachai le carnet sous mon ordinateur.

– Rien.

– Ça a pourtant l'air sérieux.

Je m'éclaircis la gorge. Je ne savais pas comment me tirer de cette situation.

– J'invente des bandes originales pour des films qui n'existent pas. C'est un hobby, c'est tout. Ne me demande pas pourquoi.

– Je comprends, dit-il d'un ton très sérieux. Et l'internement en hôpital psychiatrique, c'est pour quand ? La semaine prochaine ? Dans un an ?

J'éclatai de rire.

Il me tendit la main.

– Jim Mason. Ravi de faire ta connaissance avant qu'on t'enferme dans une cellule capitonnée.

– Beatrice Hartley.

Il me fit un clin d'œil.

– Moi aussi, je suis un poète un peu fou.

Je souris. Il y eut un silence gêné au cours duquel Jim se contenta de m'observer. Je me retournai vers mon ordinateur en essayant de ne pas rougir et en faisant mine de taper quelque chose d'important. Je pensais qu'il allait se remettre à sa lecture et me laisser tranquille.

Mais, sans même essayer de prendre une attitude cool, il commença un beatbox – puis improvisa :

– Il y a dans ma classe une fille éblouissante / Craintive comme un agneau, et pourtant époustouflante / J'ai peur de la quitter des yeux et qu'elle ne disparaisse / Il faut que je l'épouse, que j'en fasse ma princesse.

Tout le monde se tut. Derrière moi, un garçon ricana.

J'ignorais encore ce que c'était que d'être au cœur de l'attention de Jim. Ça revenait à se transformer en bombe atomique avec des retombées radioactives. Toutes les filles populaires aux cheveux ondoyants de sirène et au regard méprisant voulurent aussitôt devenir mes amies.

– D'où tu connais Jim Mason ?

– Tu es de New York ?

– Tu étais avec lui à Spence ?

– Je viens de Watch Hill. Où j'allais au collège public. Et c'est la première fois que je lui parle.

C'est ainsi que je fis la connaissance de Whitley. Elle avait rencontré Jim lors d'un camp d'été consacré aux Indiens dans les montagnes Blue Ridge.

– Jim Mason a un *crush* pour toi, furent les tout premiers mots qu'elle m'adressa.

Je filai dans le couloir en serrant la lanière de mon sac comme une bouée de sauvetage pour éviter de couler.

– Mais non.

– Mais si, rétorqua-t-elle en fronçant les sourcils alors qu'elle m'examinait de la tête aux pieds. Il dit que tu es fascinante. Passée de mode. Innocente. À croire que tu débarques des années 1940 grâce à une machine à voyager le temps. C'est un compliment.

– Merci.

Le lendemain, quand Jim apparut près de moi sur le terrain de sport, mon cœur sautilla comme un poisson hors de l'eau.

– Tu as grandi dans une ferme amish où tu trayais les vaches à l'aube ? me glissa-t-il.

– Euh, non.

– C'est pourtant l'impression que tu donnes.

– Si tu le dis.

– Tu veux m'accompagner à New York dimanche ?

Il me demandait ça aussi négligemment que s'il m'offrait de partager son sandwich.

Je refusai. Le dimanche suivant était la première sortie autorisée de l'année, ce qui signifiait que les élèves allaient passer la journée en famille ou sinon visiter un musée. Cela faisait un mois que je n'avais pas vu mes parents, et ils avaient prévu de faire une petite fête avec des lasagnes au dîner. Bien sûr, en réalité, je refusai parce que toute cette attention, cette insolence avec laquelle Jim pointait les projecteurs sur moi pour me mettre au centre du monde, eh bien, ça me terrorisait.

Je ne savais pas encore que dire non à Jim, ça revenait juste à différer un oui.

– Beatrice ! commença-t-il à rapper au début du cours

d'anglais, si bien que le professeur me lança un regard agacé. Tu es une fille qui a les pieds sur terre. Et des secrets. Les pieds sur terre et la tête dans les étoiles. Oh, Beatrice…

Il glissait des petits mots dans mon casier : « Dis oui (pour sauter de la falaise avec moi). » Il inventa une chanson qui fit le tour de l'école.

– *Le Port de tête de la musicienne* ? Oh non, par pitié ! entendis-je une fille dire pendant l'office religieux.

– Dis-moi oui ! criait Jim quand il me croisait dans un couloir.

– À quoi ? Porter ses enfants ? cracha la capitaine de l'équipe de volley à ses copines.

Jim téléphona à mes parents pour se présenter, discuter des horaires des trains à l'arrivée et au départ de Penn Station, leur assurer que je serais en sécurité avec lui et qu'il était un vrai gentleman.

Avec quelqu'un d'autre que Jim Livingston Mason, ce déluge d'attentions, ç'aurait été trop. Mais c'était Jim, avec son épaisse chevelure noire en bataille, ses yeux couleur chocolat, son petit sourire.

– Il a l'air adorable et original, déclara ma mère.

C'était l'époque où les vieilles fortunes de Darrow et le petit côté roi de la jungle de Jim l'impressionnaient encore.

– C'est formidable que tu aies déjà fait des rencontres aussi intéressantes, ajouta mon père.

Le dimanche avec Jim, le dimanche des funérailles, s'était pourtant terminé de façon désastreuse.

Time lapse de cinq heures. Je suis seule à bord d'un train qui me ramène de New York à Providence. Ce qui restera un motif de discorde éternel entre Jim et moi. Jusqu'à ce jour, j'avais du mal à me souvenir de ce qui s'était vraiment passé. Qu'est-ce qui m'avait tant mise en colère ? Je ne parvenais jamais à faire la part des choses entre ma timidité, mon malaise causé par mes vêtements usés, et la vérité. Au cours du buffet qui avait suivi les funérailles, dans l'appartement couvert de dorures d'une tante, Jim m'avait abandonnée pendant ce qui m'avait paru une éternité, me laissant seule et mal à l'aise dans un endroit où je ne connaissais personne. Alors j'avais fini par récupérer mon manteau dans l'entrée et j'étais partie sans rien dire. J'avais pleuré jusqu'à l'école. Et juré – quoique sans grande conviction car, déjà, mes sentiments pour Jim m'envahissaient comme l'eau une barque trouée – que ça marquerait la fin de notre amitié à peine entamée.

Le lundi matin, au début du cours d'anglais, il déposa une petite boîte rouge sur le carnet où je dessinais en disant :

– Pardonne-moi.

Elle contenait une broche en forme d'abeille incrustée de diamants.

—

La broche abeille.

Qui avait ensuite mystérieusement disparu de mon tiroir à chaussettes pour réapparaître des années plus tard, plantée dans mon cou alors qu'on était tous les cinq étendus au milieu de la route. C'était un sabotage, un moyen de chercher à se débarrasser de moi en me faisant penser à Jim pour que je prenne le mauvais compartiment du passé. Le coupable me voulait du mal, il cherchait à dessein à ruiner nos chances de voter et ainsi de quitter le Neverworld.

Lequel d'entre eux était-ce ?

– Tu veux un biscuit ?

Je sursautai et me rendis compte avec stupéfaction que

je me trouvais dans un salon, à regarder Central Park par la fenêtre ; de si haut qu'on aurait dit une maquette avec des arbres en fil de fer. L'un des deux frères adoptifs de Jim, Niles, alors âgé de neuf ou dix ans, me présentait une pile de biscuits qu'il tenait entre le pouce et l'index.

J'en pris un en le remerciant.

Il cligna des yeux et me demanda :

– Tu es la nouvelle petite amie de Jim ?

– Non. Juste une amie de l'école.

– Alors fais attention à toi, sinon tu vas finir comme toutes les autres !

Sur ce, le petit garçon loucha avec une grimace.

J'éclatai de rire.

– Mais qu'est-ce qui se passe ? s'exclama-t-il en s'approchant d'un immense tableau de Rothko qui venait de tomber du mur, découvrant ainsi un carré noir couvert de moisi. On est dans un film d'horreur ou quoi ?

Je me forçai à sourire et partis rejoindre Jim et sa mère.

– Maman, voici la jeune fille dont je t'ai parlé. Je te présente Beatrice Hartley.

– Bonjour, très chère.

Mme Mason était magnifique dans son tailleur noir qui lui allait comme un gant. Elle me tendit la main comme si elle me faisait un cadeau. J'avais oublié à quel point elle pouvait être glaciale : ce sourire sans émotion, ce regard qui ne vous regardait pas vraiment, au cas où il y aurait derrière quelque chose de plus intéressant, par exemple des dauphins en train de bondir dans la mer.

– Chérie, as-tu parlé du tableau de Currin à Artie Grossman ?

M. Mason avait surgi près de nous. Il était petit et bronzé, avec des cheveux en brosse et le regard fixe des empereurs. Ses dents, très grosses et artificiellement blanches, brillaient sans doute même pendant une coupure d'électricité.

– Papa, s'interposa Jim, je te présente Beatrice.

M. Mason me fit un sourire chaleureux en me serrant la main.

– Vous êtes pensionnaire à Darrow-Harker avec Jimmy, c'est ça ? Alors, que dites-vous de ces traditions vieux jeu et de ces sourires à la Kennedy ?

– Ça me plaît.

– Bien, bien. Glory, as-tu parlé à Artie ?

– J'y vais tout de suite, répondit Mme Mason.

Elle sourit à nouveau, déjà ailleurs.

– J'ai été ravie de faire votre connaissance, lança-t-elle d'un air peu convaincant par-dessus son épaule.

Je les observai en me demandant quelle avait été leur réaction à la mort de Jim. Qu'avaient fait ces gens polis au parfum élégant ? Avaient-ils hurlé à tue-tête comme moi, ou leur vie avait-elle continué presque comme avant ?

Jim était mort, maintenant. Couché dans un cercueil sous une pierre tombale qui portait l'inscription « À la vie, à la mort » au cimetière de Sleepy Hollow. Mais là, dans cet appartement ensoleillé aux murs couverts de toiles de maître et au sol en marbre, cette idée était inconcevable.

Jim souriait. Il sembla prendre mon regard pour de l'admiration et me dit :

– Ils se sont rencontrés sur la ligne R du métro de New York quand ils avaient vingt ans. Et au bout de vingt-huit ans, ils sont toujours follement amoureux. C'est incroyable. Allez, viens.

Il me prit à nouveau par la main. On se faufila entre les gens, passant devant des gouvernantes en tailleur gris, un serveur qui portait un plateau de sandwichs triangulaires comme des petits paquets-cadeaux. Il m'entraîna loin du salon. On surprit ses frères et sœurs en train de jouer au baseball dans le hall (« Totalement inapproprié ! » leur cria Jim), puis on traversa une bibliothèque tapissée de panneaux de bois où une échelle permettait d'accéder à des milliers d'éditions originales reliées en cuir, une salle à manger avec un lustre en acier qui ressemblait à une tarentule géante. Deux ans plus tard, j'assisterais au dîner de Noël dans cette même salle sans que sa mère m'adresse une seule fois la parole. Quant à son père, il persisterait à m'appeler Barbara.

Jim me fit franchir une dernière porte, qu'il referma derrière moi. Nous étions dans sa chambre, une véritable tanière de rock star, avec des guitares électriques au mur et des partitions partout, les noires et les demi-pauses décorant les barres de mesure. Il possédait aussi des synthétiseurs, une chaîne Mcintosh et trois ordinateurs portables connectés. Partout, des piles de carnets vomissaient des paroles de chansons dans une écriture en pattes de mouche. *Lost Little Blue.* Une biographie de Janis Joplin. *Sweeny Todd : son score final.* Une *setlist* encadrée du concert de Bruce Springsteen au Madison Square Garden où le chanteur avait écrit : « Amitiés, Jimmy. N'arrête jamais d'écouter de la musique. Bruce. » Des posters roulés encombraient tous les coins de la pièce.

Jim chercha quelque chose sur une étagère.

– J'avais écrit une chanson sur une fille que je ne connaissais pas encore, dit-il en sortant un carnet. Elle s'appelle *L'Immortelle.* Elle parle d'un amour éternel qu'on peut continuer à porter à quelqu'un même si on est très loin, et même si on est séparés par la mort ou par le temps.

La boule dans ma gorge était à nouveau là. Semblable à un tas de gravats.

Il se mit à lire les paroles comme, par la suite, il le ferait un nombre incalculable de fois. Je finirais par connaître par cœur cette chanson, l'une des meilleures qu'il avait jamais écrites. Je la lui chanterais lors d'un pique-nique de fin d'année. Il me la chanterait certains soirs à Wincroft avant que je m'endorme.

Je me souvenais très bien de ce moment. Je l'avais raconté des dizaines de fois à Whitley, c'était devenu l'emblème de « La Ballade de Jimmy et Bee », un classique. C'était la première fois qu'on se retrouvait seuls tous les deux, notre première vraie conversation. Le premier baiser aurait lieu quelques secondes plus tard. Mais là, à l'avoir de nouveau avec moi, je me sentais paralysée. Il lisait en butant parfois sur un mot ou bien en s'interrompant pour se gratter le nez, et il était si beau et si jeune, encore plus que dans mes souvenirs. Il levait le menton et insistait d'un ton étrange sur certains mots comme des javelots qu'on lance à l'aveugle par-dessus un mur.

– C'est magnifique, dis-je.

Il fit une drôle de tête, reposa avec soin le carnet sur son bureau et s'assit près de moi.

– J'avais prévu d'attendre des semaines. Je voulais me conduire en parfait gentleman, te faire la cour comme un chevalier de l'époque médiévale. Mais je ne suis pas un chevalier. Je ne suis même pas un gentleman. En revanche, je suis dévoué. Si je me dédie à toi, c'est pour toujours. Je te le promets, Beatrice.

Et il m'embrassa. Ce baiser contenait un univers. Toute la tristesse, les regrets, la solitude depuis sa mort disparurent d'un coup. Il m'avait tellement manqué, ce dont je ne prenais vraiment conscience que maintenant. Comme il glissait ses mains dans mon dos, je me dis que j'allais lui parler du Neverworld, du Gardien, du vote, de sa mort. Si je lui posais la question, peut-être me dirait-il ce qui s'était passé ? Et si on s'enfuyait, là, maintenant, qu'on prenait une voiture pour passer la veillée dans une chambre de motel à la lumière blafarde et à la moquette couverte de miettes de biscuit ?

Et à la veillée suivante, on recommencerait.

Et encore.

Et encore.

Il était là, avec moi. J'allais tout lui dire. Lui et lui seul serait capable de comprendre. Et tout recommencerait comme avant entre nous, avant ses sautes d'humeur, ses colères, ses mensonges.

Quand il s'écarta de moi, j'entendis un petit bruit. Jim eut l'air ahuri.

– C'est vraiment bizarre. (Il se leva pour s'approcher des guitares accrochées au mur, les yeux écarquillés.) Toutes les cordes viennent de sauter d'un coup. Toutes. Ça doit être l'effet que tu me fais, dit-il en souriant.

Je lui rendis un faible sourire.

—

Ma résolution de tout dire à Jim et de fuir l'enterrement comme dans un film de gangsters s'émoussa, puis s'envola à l'instant où il me prit par la main pour qu'on aille rejoindre sa famille.

Il y avait là tellement d'oncles, de cousins, de femmes en vison noir perchées sur des talons fins comme des cure-dents, avec des chevelures blondes semblables à des décors en sucre sur un gâteau à trente-quatre dollars. On sortit tous ensemble – une procession glamour jusqu'à la chapelle Frank E. Campbell.

– La dernière fois que je suis venue ici, c'était pour cette actrice si célèbre, comment s'appelle-t-elle, déjà ? me glissa une femme.

Je n'en avais pas la moindre idée.

La messe fut longue, ponctuée de pleurs, de citations de Dylan Thomas, de Bob Dylan, de *Let It Be* des Beatles. Une femme aux yeux rougis qui n'arrêtait pas de s'éclaircir la gorge lut un texte. Des enfants ricanèrent quand un vieux bonhomme assis au premier rang lança tout fort : « Ça pue la pisse de chat, ici. » Une infirmière l'emmena discrètement. Jim me sourit en me prenant la main. Je me surpris à observer une photo plastifiée du grand-oncle Carl dans un cadre posé sur un chevalet en cuivre près du cercueil. Il avait la peau rouge et vérolée, ainsi qu'un sourire faux et l'air perdu. Avait-il lui aussi atterri dans une sorte de Neverworld ? J'étais plus près de l'état de ce grand-oncle que n'importe laquelle des personnes présentes.

Il fallait que je trouve un moyen de parler à Jim.

Mais une fois la messe terminée, tout le monde se retrouva sur le trottoir devant huit limousines noires en file indienne. Les gens se saluaient en murmurant des condoléances et des remarques sur Carl, qui savait y faire, « ce salopard ». Chaque fois que j'allais dire à Jim : « Il faut que je te parle », on lui tapait sur l'épaule en demandant de ses nouvelles, pour quand était prévue la première de sa comédie musicale sur Broadway. Il répondait poliment mais, dès qu'il croyait pouvoir me rejoindre, il était happé par quelqu'un d'autre. Quand il réussit enfin à se libérer, ce fut néanmoins avec deux filles dans son sillage. Qu'il avait connues à l'école primaire.

– Beatrice, je te présente Delphine et Luciana.

Dans mon souvenir, ces deux filles étaient intimidantes et surréalistes. Cette fois, je ne les trouvai pas si extraordinaires, malgré leurs cheveux comme des crinières de poney et leur air blasé de personnes faussement intelligentes. Jim avait passé un bras autour de mes épaules, mais, à force de les entendre parler de Millicent, Castman et Ripper – était-ce des gens, des cabinets d'avocats ou des boîtes de nuit où il était impossible d'entrer ? –, je me sentais comme un vieux canapé abandonné sur un trottoir.

Ce sentiment s'intensifia quand on dut s'entasser dans une limousine. Jim fut obligé de s'asseoir à côté de Luciana. Quant à moi, je me retrouvai près d'une vieille dame en taffetas rouge qui puait l'alcool.

– Et voilà, c'est reparti, marmonna-t-elle.

On nous conduisit à l'appartement d'une tante de Jim sur Park Avenue. Là-bas, il m'installa sur une causeuse près d'un carlin en porcelaine et partit à la recherche d'un Coca. Au bout de quarante-cinq minutes, je me levai pour examiner les livres et les photos, puis me faufilai dans les couloirs. Je jetai un coup d'œil à la cuisine, où des cuisiniers en sueur s'affairaient au-dessus des fourneaux et des plateaux de petits fours, puis à une salle de bains dont le papier peint semblait en or vingt-quatre carats. Tout à coup, la tristesse et le sentiment d'abandon dans ce milieu qui n'était pas le mien resurgirent. J'avais envie d'être à Watch Hill et de manger des lasagnes avec mes parents en écoutant mon père raconter un documentaire qu'il avait vu sur Netflix.

Cinq ans plus tard, je n'étais pas aussi paniquée, mais toujours aussi contrariée par la disparition de Jim. Où était-il donc passé ? Il m'avait expliqué à l'époque qu'il s'était fait coincer par un membre de sa famille, et je l'avais cru.

Pourtant, de nouveau, cette question me taraudait.

Je passai d'une pièce à l'autre, découvrant des chambres

dignes des plus beaux hôtels, des bureaux ressemblant à des bibliothèques, une galerie en marbre avec des vitrines remplies de vieilles pièces d'avion de collection. Jim était introuvable. Plus inquiétant encore, les deux filles aussi. Comme j'ouvrais un placard rempli de jeux de société, Edgar, le père de Jim, surgit d'un bureau. Il me vit et, remarquant sans doute mon air penaud, me fit signe.

– Barbara, me dit-il avec un sourire chaleureux en glissant à son poignet ce qui ressemblait à une petite clef USB attachée à un bracelet en caoutchouc couvert de symboles, avant de rabattre sa manche dessus, puis-je aller vous chercher quelque chose à boire, ma chère ?

– Non merci, monsieur Mason.

– Appelez-moi Edgar. Venez que je vous présente à Craig, mon associé, et à sa fille Greta. Greta rentre tout juste de l'hôpital universitaire de Colombo, au Sri Lanka, où elle était invitée en tant que neurochirurgienne.

De toute évidence, Craig et sa neurochirurgienne de fille n'avaient aucune envie de faire la conversation à une gamine muette si bien que, au bout de quelques secondes, ils se retournèrent pour saluer quelqu'un d'autre. J'en profitai pour m'éclipser.

Je ne pouvais pas appeler Jim : je n'avais pas de sac et encore moins de téléphone. Je n'avais plus qu'à attendre là où il m'avait laissée. Il finirait bien par revenir, n'est-ce pas ?

Une heure s'écoula. À chaque seconde, mon projet de tout lui avouer et de m'enfuir avec lui devenait de plus en plus irréalisable. Quand je fus pour la troisième fois bousculée par une femme avec un immense sac à main en alligator, les mots de Martha me revinrent en tête.

« On ignore quelles peuvent être nos réactions. Le passé, c'est comme une drogue. Le futur, ça vous secoue comme la chaise électrique. Revivre de bons souvenirs, ça peut être aussi destructeur que d'en revivre des mauvais. C'est addictif. »

Peut-être étais-je sous le choc à l'idée que Jim m'ait de nouveau abandonnée, ou bien obnubilée par ses mensonges sur Vida Joshua, peut-être était-ce la conviction que l'un de mes amis avait essayé de me faire disparaître en me plantant la broche dans le cou, espérant que je sois trop amoureuse de Jim pour le quitter et que je reste à jamais avec lui au Neverworld.

Je balayai une dernière fois la foule du regard et allai chercher mon manteau au vestiaire. Qui, dès que j'approchai, s'effondra, envoyant quantité de visons par terre. Je pris le plus gros et le plus lourd, et me sentis submergée par une vague de parfum. Puis je quittai l'appartement en courant. Je voulus appeler l'ascenseur, mais le bouton se fendilla sous mon doigt, alors je m'élançai dans l'escalier. Les ampoules explosaient à mesure que je franchissais les paliers. Je surgis dans le hall de l'immeuble sous le regard éberlué des portiers.

Comment avais-je pu oublier où je me trouvais et ce que je devais faire ?

Ne voulais-je pas vivre ?

Je sortis dans la rue. Le vent était fort, trop fort ; l'auvent claquait dans les bourrasques. Je m'avançais sur le trottoir pour héler un taxi quand j'entendis un rire aigu. Je me retournai et là, je vis Jim.

Il était devant l'immeuble voisin en compagnie de Delphine et Luciana. Ils discutaient avec le portier qui, apparemment, imitait Marlon Brando dans *Le Parrain*. Ils riaient tellement qu'ils ne me virent pas.

Je restai là, pétrifiée, espérant que Jim finisse par relever la tête.

Mais non. Et enfin, je compris. C'était évident : il m'avait tout simplement oubliée.

Peut-être qu'il en serait toujours ainsi.

J'avais envie de hurler, histoire d'effacer le sourire sur leur visage, telle la sorcière dans un conte de fées qui déclenche un orage : « Jim Mason, profites-en bien car, dans quatre ans, tu seras mort ! »

Il avait l'air tellement heureux, un bras autour des épaules de Luciana, que j'eus l'impression que mon cœur se brisait littéralement en deux.

J'avais été tellement stupide, tellement aveugle.

Des larmes jaillirent de mes yeux. Je me jetai dans la rue et faillis être renversée par un taxi. Le chauffeur freina en klaxonnant.

Je montai dedans.

– Eh, ça va pas ? Mais qu'est-ce qui... ? Oh, mon Dieu !

Il cligna des yeux, ébahi. L'auvent de l'immeuble venait de se détacher. Gonflé d'air comme un parachute, il dévalait Park Avenue avec un bruit terrible. Il heurta un pare-brise de ses poteaux dorés, puis s'envola. Les passants criaient en voyant cet étrange monstre dans le ciel.

Non, ça n'allait pas du tout.

—

Martha nous avait dit qu'en cas de problème il fallait essayer de rallier Wincroft.

« Vous devez toujours revenir à la veillée originelle. C'est le seul espoir de se retrouver dans l'espace-temps, si nécessaire.

Pour changer de veillée, il faut gagner la route côtière et s'y coucher en attendant l'accident. Si c'est impossible, trouvez un moyen de vous suicider. »

Je pris un train pour Newport. Quand j'arrivai là-bas, il était plus de 22 heures. Je montai dans un taxi et donnai l'adresse de Narragansett au chauffeur. C'était à une demi-heure de route et je n'avais pas d'argent, mais je me dis que je trouverais bien une solution à Wincroft.

La grille était ouverte, tous les lampadaires allumés. Comme le taxi remontait l'allée, je vis le chauffeur m'observer d'un air curieux dans le rétroviseur en se demandant à quel point j'étais riche. Les fenêtres de la salle à manger brillaient, et il y avait huit voitures de luxe dans l'allée. Je gravis les marches en courant et sonnai.

Ce fut E.S.S. Burt en personne qui vint ouvrir. Il n'était pas aussi vieux que dans mon souvenir. C'était un type comme un autre en pull pastel. Des voix résonnaient dans le salon, des verres tintaient. Apparemment, j'interrompais un dîner.

– En quoi puis-je vous aider ? demanda-t-il.

– Je cherche Whitley.

– Elle n'est pas là. Elle est au pensionnat. À Darrow-Harker.

– Mais elle m'a donné rendez-vous ici.

Il eut l'air surpris.

– Vous avez essayé de l'appeler ?

– Oui, mais elle ne décroche pas.

Je lui expliquai que je n'avais pas assez d'argent sur moi pour les quarante-huit dollars de course. En clignant des yeux, Burt sortit son portefeuille et alla payer le chauffeur.

– Je crois que je vais rentrer à mon hôtel et essayer de joindre Whitley un peu plus tard, dis-je.

Il hocha la tête.

– Comment avez-vous dit que vous vous appeliez déjà ?

– Beatrice.

Burt semblait désemparé face à cette jeune fille empotée, vêtue d'un énorme manteau de vison. Je fis un geste de la main et repartis dans l'allée. Il disparut à l'intérieur, apparemment trop occupé par son dîner pour se demander où je pouvais bien aller sans véhicule. Là, je gagnai le garage de voitures de collection et tapai les quatre chiffres du code de sécurité. Heureusement, c'était déjà le même que cinq ans plus tard. La porte s'ouvrit en grinçant. Je me dirigeai vers la boîte à clefs et pris celles de la Rolls.

Je m'attendais à avoir des voitures de police à mes trousses, mais non. Comme j'atteignais la route côtière, mon cœur se mit à battre très fort. Je sentais la fin de la veillée arriver. Je m'aperçus avec surprise qu'elle était avancée : elle avait commencé huit heures plus tôt à peine et, pourtant, je sentais sa force écrasante dans mes jambes. J'appuyai sur l'accélérateur. Le moteur rugit. À l'idée de me retrouver de nouveau dans Central Park avec Jim si j'échouais à changer de veillée, je me sentis pousser des ailes. Dans un virage, la voiture parut décoller sous moi. Des branches se jetaient sur le pare-brise comme une foule en colère. Au bon virage, je m'arrêtai dans les buissons, manquant un arbre de peu. Je sautai de la voiture et me précipitai vers la route malgré le vent violent.

Je roulai sur le dos. Le ciel était d'un bleu nuit profond tacheté d'étoiles.

J'ignorais si ça allait marcher. Réussirais-je à monter dans un compartiment du voyage dans le temps ? Je calmai mon esprit et fermai les yeux. *29 août. Villa Anna Sophia. Île d'Amorgos, Grèce.* J'attendis qu'une voiture arrive, mais il n'y avait que le vent assourdissant dans mes oreilles, le chant des grillons, le bruit lointain de la mer, aussi régulier qu'un métronome. J'entendis un sifflement : un vélo. Le cycliste tourna le guidon au dernier moment pour m'éviter, allant s'écraser dans les buissons dans un bruit de métal. Il n'était pas blessé. Après avoir repris son souffle et ses esprits, il se releva.

Et me regarda. Dans la nuit, je ne voyais pas son visage.

– Mais qu'est-ce qui… ? s'exclama-t-il en redressant la tête, pris dans les phares d'une voiture comme dans le flash d'un appareil photo.

Il s'écarta de la route à l'instant où tout devint noir.

Chapitre 20

Quand je rouvris les yeux, j'étais couchée sur un ponton. Un bleu vif s'imposa à mes pupilles : la mer. Je levai la tête en clignant des paupières. Je portais un short en jean et un T-shirt rose délavé à l'effigie du Crow, et j'étais pieds nus. En tournant la tête, je vis un escalier en bois blanc dessiner des zigzags sur trente mètres de falaise à pic.

Villa Anna Sophia. Cette fois, j'y étais.

Folle de soulagement, je me relevai d'un coup, mais fus prise de vertiges. Je titubai et vomis, comme dans Central Park, manquant de tomber à la mer. Puis je réussis à tenir debout.

Je commençai à gravir l'escalier. À chacun de mes pas, de petits cailloux se détachaient de la falaise pour dégringoler dans la mer. Je continuai mon ascension sans regarder en bas. Quand j'atteignis le sommet des marches, hors d'haleine, la maison, cette merveille architecturale de verre et d'acier, se dressait devant mes yeux. Elle paraissait déserte. Je longeai la piscine où dérivait un cygne gonflable et j'essayai d'ouvrir une baie vitrée. Elle était fermée, les stores baissés. Je commençais à craindre de m'être trompée de date quand j'entendis un cri de femme. Je dévalai le sentier pavé qui traversait l'oliveraie jusqu'à l'arrière de la maison, où je découvris Kipling devant la massive double porte en chêne. Il semblait monter la garde.

Je fus tellement heureuse de le voir que je me jetai à son cou.

– Dieu merci, murmurai-je.

– Mais… Ça alors… Mais comment tu as fait ? Martha pensait qu'on t'avait perdue à jamais.

Ce n'était pas le moment d'en discuter. En observant Kipling, je pensais que ça pouvait être lui qui m'avait planté la broche dans le cou. Pourtant, il semblait sincèrement heureux de me voir.

– J'ai fait une erreur. Où sont les autres ?

– À l'intérieur, répondit-il avec une grimace. On a ligoté toute la famille, et on essaie de les faire parler, mais ils ne lâchent rien. Au début, je te jure qu'on a été gentils. On s'est pointés en racontant qu'on était des anciens amis de Jim en vacances et qu'on se posait des questions sur sa mort. Mais ils savent y faire, les Mason. Ils nous ont servi du poulpe grillé et du sorbet au basilic, puis ils nous ont invités à la piscine. Avant qu'on s'en rende compte, quatre heures avaient passé, on avait bu trop d'ouzo et on n'avait jamais pu aborder le sujet de Jim. Ça a énervé Whitley. Alors depuis plusieurs veillées, on pète les plombs. Là, elle est en train de leur servir le Deluxe Special Lansing, tu vois le genre, avec cris, coups de poing dans les murs et assiettes cassées. Il y a des gardiens vingt-quatre heures sur vingt-quatre, mais ils sont feignants. Les équipes changent à midi, c'est là qu'on intervient. Il y a deux gardes ligotés au bout de l'allée.

Je fronçai les sourcils.

– Mais combien de veillées vous avez déjà passées ici ?

– Cinq. Chacune dure à peu près cinq heures. Et toi, combien tu en as eu ?

– Une seule.

Ça devait être l'instabilité dont Martha avait parlé, les trains qui filaient dans des directions différentes à des vitesses différentes, au risque de ne plus jamais se retrouver au même endroit au même moment pour le vote.

Mais il y avait plus urgent. Kipling avait ouvert la porte et me fit entrer.

M. et Mme Mason étaient attachés avec leurs quatre enfants sur les canapés. Ils étaient muets, avaient l'air horrifiés et les yeux rouges. Whitley ressemblait à une guérillera mexicaine avec son bandana, son T-shirt noué sur la hanche et son regard fou. Elle pointait une arme sur M. Mason, qui avait un côté du visage enflé. C'était un choc de voir les parents de Jim dans cet état, alors qu'à la dernière veillée, lors de l'enterrement du grand-oncle Carl, ils resplendissaient, tel un bouquet de fleurs, envoyant des baisers à tout le monde.

Whitley écarquilla les yeux de surprise et courut à moi.

– Beatrice ! Mais où étais-tu passée ?

Je lui résumai ce qui m'était arrivé : j'avais atterri à une autre date et dans un autre lieu, mais réussi à regagner la route côtière pour changer de veillée.

– Donc tout va bien ?

Je hochai la tête.

– Où est Martha ?

– Elle essaie de pirater l'ordinateur d'Edgar. Sans grand succès jusqu'à présent.

– Et Cannon ?

– Disparu.

– Quoi ! m'écriai-je.

Elle prit un air de chien battu.

– Il n'est jamais arrivé à bon port. On n'a aucune idée d'où il se trouve.

Je me souvins de la silhouette que j'avais vue disparaître en courant dans les bois. C'était donc Cannon.

– *Hello?* Oh, mon Dieu. Est-ce bien *vous*?

Je ne l'avais jamais vue désemparée. Elle était presque méconnaissable, toute rouge, ses cheveux blonds d'habitude parfaitement lissés ressemblant à une plante abandonnée près d'un radiateur.

– Qui est-ce? demanda M. Mason.

– Mais si, tu sais bien, cette gamine que fréquentait Jim. Tu la connais. (Elle me décocha un regard noir.) Vous aussi, vous êtes dans le coup? Il faut nous détacher tout de suite. Nous ne savons rien sur Jimmy.

Je pris l'arme des mains de Whitley et la pointai sur Mme Mason. Elle eut l'air révulsée.

– Dites-moi tout ce que vous savez sur la mort de Jim, ordonnai-je.

Elle jeta un coup d'œil à son mari et se mit à gémir. C'était un son étrange, un peu comme un ballon de plage percé.

– Laissez-la tranquille! beugla tout à coup Edgar. Gloria n'a rien à voir avec ça, espèce de petits arnaqueurs à la noix!

Je pointai l'arme sur lui en demandant :

– Qu'est-il arrivé à Jim?

– Je l'ai déjà dit un nombre incalculable de fois, dit-il avec hargne. On n'en sait rien.

– Je ne vous crois pas.

– La police a déclaré que c'était un suicide.

– Jim n'aurait jamais fait ça, et vous le savez très bien.

– Non. Non, je ne le sais pas, dit M. Mason en donnant l'impression de pleurer alors qu'il regardait fixement le sol.

Tout à coup, j'eus une idée.

Je m'approchai de lui et inspectai ses poignets ligotés avec un collier de serrage. Puis je remontai la manche de sa chemise. Il devait savoir ce que je cherchais, parce qu'il se tortilla pour essayer de dégager ses mains.

– Comment osez-vous ! s'offusqua-t-il.

J'étais à la recherche du bracelet en caoutchouc noir que j'avais vu à son poignet lors de la veillée précédente. Cinq ans plus tard, il le portait toujours, dans une version toutefois plus sophistiquée, avec des symboles numériques. Je n'arrivais pas à le détacher, alors j'allai chercher un couteau à la cuisine et sectionnai le bracelet.

– Je vous interdis de faire ça ! Chère demoiselle, vous pouvez dire au revoir à votre avenir, car vous allez passer le reste de votre vie dans un trou tellement puant que vous supplierez qu'on vous jette en prison !

– J'en serai ravie, rétorquai-je.

Je me tournai vers une Whitley ahurie.

– Mais qu'est-ce que tu fabriques ? me souffla-t-elle.

– Je vais rejoindre Martha dans le bureau de M. Mason, dis-je en filant vers l'escalier.

—

Martha fut stupéfaite de me voir.

– Oh, mon Dieu ! Qu'est-ce qui s'est passé ?

– C'est une longue histoire. Mais je vais bien.

J'attrapai une chaise pour m'installer près d'elle à l'immense bureau. Elle était incapable de détacher son regard de moi. Je me demandai si elle était responsable de la broche abeille plantée dans mon cou. Pourtant, ce n'était pas le moment de m'en inquiéter.

– J'essaie de me connecter à l'ordinateur d'Edgar, dit-elle en désignant l'écran. Mais c'est impossible. Il y a trois mots de passe différents.

Je regardai les symboles et les lettres sur le bracelet. Ils s'effaçaient et changeaient toutes les quinze secondes. Je tapai une séquence dans les trois cases dédiées.

Le bureau de l'ordinateur apparut.

– Tu es sérieuse ? s'exclama Martha, ahurie. Juste comme ça ? Comment tu as fait ?

– Je t'expliquerai plus tard.

Je masquai la webcam avant de commencer. J'ignorais ce qui allait se passer quand la faille dans la sécurité serait découverte, mais je savais qu'on devait agir vite. Edgar Mason avait une interface TorchLight. Dès que j'ouvris le programme, une pendule apparut dans le coin supérieur droit de l'écran.

La première chose à faire, c'était chercher des e-mails de Jim.

Il n'y en avait tout simplement pas. Si on tapait le nom de ses frères et sœurs, on en trouvait des quantités, mais pas un seul message de Jim ou adressé à Jim.

– Jim n'existe plus dans la boîte mail de son père, souffla Martha. Mais pourquoi ?

– Peut-être parce qu'il a écrit des choses gênantes.

Elle haussa les épaules.

Le disque dur contenait deux mille dossiers. Je tapai « Jim Mason ». Aucun résultat. En revanche, il y avait quantité de tableaux Excel avec des listes de holdings comme Redshore Capital America ou Groundview Fund domiciliées dans les îles Caïmans ou au Panamá. Des virements et des transactions en provenance d'une banque turque vers une banque suisse avec tellement de chiffres qu'on aurait pu croire à une faute de frappe. S'il y avait quelque chose d'illégal là-dedans en rapport avec la mort de Jim, eh bien, la vérité gisait sous des tonnes de noms, de chiffres, de symboles dont aucun ne serait facile à déchiffrer.

– Peut-être qu'Edgar tire sa fortune d'activités illégales, suggéra Martha. D'ateliers textiles clandestins. Du travail des enfants. Peut-être que Jim l'a appris, et qu'ils ont eu une dispute.

– Si Jim avait découvert quelque chose de ce genre, il aurait été dans tous ses états. Mais il n'aurait pas mis fin à ses jours.

Elle haussa les épaules.

– Et si Edgar avait engagé quelqu'un pour tuer Jim ?

Je la regardai, stupéfaite.

– Son propre fils ?

– S'il craignait de perdre tout l'empire qu'il avait construit ? Va savoir…

Puis elle fronça les sourcils en me montrant les parois en verre du bureau. Avec horreur, je me rendis compte que chaque panneau était en train de se fendiller. Partout autour de nous, les vitres se fissuraient.

– C'est l'instabilité du Neverworld, souffla Martha.

Je hochai la tête et me concentrai de nouveau sur l'ordinateur. Je ne voulais pas que Martha s'interroge sur la raison de ces fissures, car je savais en être la cause. Je clignai des yeux face à l'écran.

– La plupart des e-mails d'Edgar viennent d'une certaine Janet, dis-je. Son assistante. Elle prend ses communications et lui prépare des résumés.

– « Chris Endleberg, doyen de Princeton, a appelé, lut lentement Martha. Il vous remercie pour la façon dont vous avez réglé l'affaire S.O. Il suspend toutes les mesures disciplinaires. » Et sinon ?

On examina tous les e-mails dans les semaines qui avaient suivi la mort de Jim.

Il n'y avait là rien d'anormal. Un membre du comité de direction posait problème : « Patrick doit être exclu. » Un agent immobilier proposait à Edgar une propriété à Bedford pour quarante-huit millions de dollars : « Une affaire. » Un gérant de fast-food demandait un nouveau prêt : « Je comprends vos inquiétudes, mais c'est le moment de développer le marché des *chicken wings* au miel d'amour congelées pour des dîners romantiques à la maison. » Des e-mails sur l'organisation des funérailles de Jim, des livraisons de fleurs, le chœur de garçons du West Side, la liste des invités et des personnes qui prendraient la parole au cours de l'office religieux. C'était terrible de voir la mort de Jim par ce prisme : un événement comme un autre dans les e-mails de son père. Mon nom figurait sur la liste.

– Je ne comprends pas, souffla Martha en fronçant les sourcils face au message qu'elle venait d'ouvrir.

– Quoi ?

– Dans un autre e-mail, Janet écrit : « S.O. souhaite changer de chambre. Il faut que vous appeliez le doyen, car c'est normalement interdit en première année. » Bizarre.

– Qu'est-ce qui est bizarre ?

– Dans la famille Mason, qui va à Princeton ?

C'était une bonne question. Jim était l'aîné. Ses frères et sœurs fréquentaient toujours l'école primaire.

– Qui est ce S.O. ? demandai-je.

On fit une recherche par initiales. Un e-mail apparut. Quand on l'ouvrit, un pan de verre s'effondra, et des millions d'éclats glissèrent sur le flanc de la maison. Une bourrasque de vent s'engouffra dans la pièce, faisant voler les papiers sur le bureau.

– On n'a plus beaucoup de temps, dis-je.

Martha acquiesça en se mordant la lèvre et lut l'e-mail.

– « S.O. souhaite vous voir demain à déjeuner pour discuter. J'ai réservé à 13 heures chez Jean-Georges. » Cherche « Princeton ».

Ce que je fis. Un autre e-mail apparut.

– « Chris Endleberg, doyen de Princeton, voulait vous remercier en personne pour votre donation. Il vous a invité à dîner le 24 février. J'ai décliné, car vous serez à Buenos Aires. »

– C'est peut-être un cousin dont Edgar paie les études, suggérai-je.

– Ou son animal de soutien émotionnel, qu'il emmène partout avec lui vêtu d'un manteau jaune ?

Cela semblait être de l'humour même si, avec Martha, on ne savait jamais.

– Ou bien un ami d'enfance imaginaire, proposai-je.

– Ou sa sixième personnalité, car il souffre depuis des années de schizophrénie.

On sourit, mais juste un instant. On savait très bien pourquoi : on n'était jamais à l'aise en compagnie l'une de l'autre.

À ce moment-là, une deuxième baie vitrée s'effondra, et un fort coup de vent balaya tout sur son passage.

À cet instant, Whitley apparut dans l'embrasure.

– La veillée se termine dans trois minutes. Mais qu'est-ce qui se passe ici ?

Martha bondit sur ses pieds.

– Il faut qu'on parte. Tout de suite.

Elles m'expliquèrent le plan : rentrer à Wincroft pour retrouver Cannon car, maintenant, c'était sûr que les Mason ne parleraient pas. Alors il valait mieux qu'on se retrouve tous plutôt que de perdre du temps à les questionner. Cet interrogatoire ne menait à rien.

– Passe par la falaise, m'ordonna Martha avant de disparaître.

Je restai à fouiller l'ordinateur d'Edgar malgré le vent qui soufflait autour de moi, les papiers qui tourbillonnaient comme dans un cyclone, et les derniers panneaux de verre debout près de s'effondrer. Moins d'une minute plus tard, une alarme retentit en provenance de l'ordinateur, et l'écran s'éteignit. Je me levai d'un coup et, en regardant dehors, je vis Martha, Kipling et Whitley courir le long de la piscine en direction de la falaise.

Passe par la falaise.

Éberluée, je les regardai s'arrêter au bord.

Se donner la main. Et sauter.

—

Quand je regagnai le rez-de-chaussée, les Mason avaient l'air terrifiés.

Ils venaient d'assister à la même scène que moi. Ils devaient penser qu'on était fous.

Je les interrogeai encore pendant une heure. Le téléphone de M. Mason sonnait sans arrêt, de même que la ligne fixe. Une imprimante grésillait non loin. Sans doute TorchLight qui essayait par tous les moyens de le prévenir d'une intrusion. En braquant l'arme vers lui, je lui demandai pourquoi Jim et lui s'étaient disputés juste avant sa mort.

– Mais qu'est-ce que vous racontez ? protesta-t-il. On ne s'est pas disputés. On ne se disputait jamais.

– Qui est S.O. ?

– S.O. ? répéta-t-il d'un air perplexe.

– L'étudiant en première année à Princeton.

Il ricana.

– Le fils d'un collègue. Mais qu'est-ce que ça a à voir avec... Vous êtes vraiment folle, ma pauvre fille, vous savez. Si vous aviez une once de bon sens, vous nous détacheriez et vous retourneriez à votre petite vie pépère en espérant, non, en *priant*, pour que mes avocats ne décident pas de vous étaler sur un biscuit apéritif ou de vous servir comme hors-d'œuvre.

J'essayai de lui tendre quelques pièges en racontant que Jim m'avait avoué ses fraudes financières, mais ces coups d'épée dans l'eau ne provoquèrent chez lui que des regards perplexes et des commentaires indignés. Ils dirent qu'ils m'avaient toujours vue comme une fille bien, qu'ils étaient donc d'autant plus déçus de me voir impliquée dans cette histoire.

– Inutile de me raconter des salades, dis-je. Vous ne m'avez jamais appréciée. Et au cas où vous auriez un doute, je ne m'appelle pas Barbara, Blair, Jessica ou Antonella. Mon nom est Beatrice Hartley.

Sur ce, je tirai un coup de feu vers le plafond. Le plâtre se lézarda et commença à tomber par plaques. Les fissures se propagèrent aussitôt aux murs.

– On vous donnera tout l'argent que vous voulez, gémit Mme Mason en regardant le plafond avec inquiétude.

Là, je sentis la fin de ma veillée arriver. Je posai mon arme et partis sans un mot, sous les yeux des Mason terrorisés. En longeant la piscine, je vis deux véhicules de police remonter la route. Puis j'entendis des cris en grec.

Je m'avançai au bord de la falaise.

La roche semblait se réduire en poudre sous mes pas, comme si je pesais des millions de tonnes. Tout à coup, le sol se déroba. Je plongeai dans le vide et sentis un souffle puissant dans mes cheveux. Le ciel bleu tournoyait au-dessus de ma tête. Je tentai d'apaiser mon esprit en pensant à Wincroft, à ce fameux jour où j'y étais revenue, mais là, une idée me traversa l'esprit.

Un vague souvenir.

J'essayai de l'ignorer. Je vis des pins me dépasser dans ma chute. En hurlant, j'aperçus la falaise et la maison qui s'écroulaient, puis une masse de verre et d'acier basculer dans la mer.

Trop tard.

Chapitre 21

– Tout va bien, ma petite chérie ?

Quelqu'un me secouait par l'épaule.

J'ouvris les yeux. Et là, je poussai un cri.

Une grosse femme très maquillée et rousse avait maintenant l'air effrayée. Elle portait une visière rose ornée d'un poulet de dessin animé avec un cœur sur la poitrine.

– Je suis désolée, ma chérie, mais tu ne peux pas dormir ici. Tu veux que j'appelle quelqu'un pour toi ?

J'examinai les environs. J'étais sur une banquette dans un minuscule fast-food. Autour de moi, des gens se goinfraient de *chicken wings* et de frites en buvant des milk-shakes. Les murs étaient couverts de papier peint avec des cœurs, ainsi que de photos de couples s'embrassant ou se tenant par la main. Je clignai des yeux en découvrant le napperon publicitaire sur le plateau devant moi : « *Chicken wings* au miel d'amour d'Alonso : une seule bouchée, et vous êtes conquis. »

– Où… où suis-je ? demandai-je.

– À Newport. Je peux appeler ta mère pour toi, ma chérie. Ou bien un foyer ?

Je secouai la tête et me levai. Là, je me rendis compte que je portais mon vieil uniforme de Darrow : chemisier blanc, jupe écossaise verte, collants noirs, ainsi que les vieilles bottines Steve Madden que j'avais traînées pendant mes quatre ans d'internat.

– Je peux appeler quelqu'un, tu sais.

Je posai ma main sur mon front, car j'avais l'impression qu'un marteau me défonçait le crâne, et je titubai loin de cette femme.

Que s'était-il passé ? Pourquoi n'étais-je pas à Wincroft ? Puis je me souvins de ma dernière pensée pendant la chute de la falaise.

Les paroles de Vida sur l'endroit où elle avait conduit Jim, ce fameux soir.

« C'était un endroit pourri. Avec un bazar qui vend des trucs à un dollar. Et une animalerie. Sur le parking, il y avait un type déguisé en poulet qui offrait des ballons en forme de cœur.

– Pourquoi Jim voulait aller là-bas ? avait demandé Martha.

– J'en sais rien, putain ! Peut-être qu'il avait envie de *chicken wings* et d'un iguane de compagnie ? »

Ensuite, les *chicken wings* au miel d'amour et les cœurs avaient réapparu dans la boîte vide du dossier de Jim, au commissariat.

« 5 $ sur un seau de *chicken wings* au miel d'amour. Offre exceptionnelle réservée aux vrais amoureux ! »

Et pour finir, dans la boîte mail d'Edgar Mason : un gérant de restaurant qui demandait un nouveau prêt. « Je comprends vos inquiétudes, mais c'est le moment de développer le marché des *chicken wings* au miel d'amour congelées pour des dîners romantiques à la maison. » Je passai devant la caisse en titubant et clignai des yeux en découvrant la publicité sur le comptoir.

« Nouveau ! *Chicken wings* bio au miel disponibles au

rayon surgelé de votre supermarché. Le goût de chez nous maintenant disponible chez vous ! Au miel d'amour, comme toujours. »

– Puis-je prendre votre commande, mademoiselle ?

L'adolescent derrière le comptoir me dévisageait. Je lui fis un pauvre sourire, sortis et m'examinai dans la vitre du distributeur automatique du *Newport Daily News*. Au bout d'un moment, je vis un type déguisé en poulet de dessin animé jaune offrir des ballons en forme de cœur aux passants. Le centre commercial ressemblait à celui que Vida avait décrit, y compris les petits dealers sur le parking.

Je regardai la date sur le journal.

Vendredi 14 mai de l'année dernière.

Et tout à coup, je compris : c'était le jour où j'avais vu Jim partir avec Vida.

Un vieux bonhomme apparut près de moi avec un chariot plein.

– Excusez-moi, demandai-je. Quelle heure est-il ?

– 12 h 49.

Vida avait dit avoir déposé Jim vers 8 ou 9 heures du soir, ce qui signifiait que j'avais huit bonnes heures à tuer. J'espérais que ma veillée serait assez longue, et que Jim apparaîtrait. C'était loin d'être gagné, mais je gardais espoir. La personne qui avait volé le dossier au commissariat n'avait pas prêté attention au bon de réduction, alors que c'était sans doute une preuve. Peut-être que ce bon figurait dans le dossier parce que la police, ayant suivi Jim pendant les derniers jours de sa vie, avait découvert qu'il venait souvent ici ?

J'avais toujours mal à la tête. Je passai devant un magasin d'alcools, un bazar qui vendait de tout à un dollar, une animalerie qui s'appelait Le Meilleur Ami de l'homme. Je devais trouver un déguisement, car le restaurant était petit : si Jim y venait, il me repérerait immédiatement. Mais je n'avais pas d'argent. J'observai les gens qui allaient et venaient, des types en T-shirt pressés d'entrer dans le magasin d'alcools, des mères avec leur bébé, une vieille dame pliée à quatre-vingt-dix degrés qui poussait un chariot. Une femme souriante sortit d'une papeterie avec un loulou de Poméranie. Je m'approchai d'elle.

– Excusez-moi, madame. J'ai besoin de vêtements et...

Elle attrapa son chien et monta aussitôt en voiture.

Alors je tentai une incursion dans chaque boutique en me faufilant d'un air bravache par la porte du personnel, qui donnait sur des réserves, des placards à balais, des zones de déchargement. Je volai un treillis au Meilleur Ami de l'homme, un pull à capuche dans le casier d'un manager au Stop & Shop. Je demandai à un vieux bonhomme en train de choisir une glace Ben & Jerry dans le congélateur s'il accepterait de me donner sa casquette. Je devais vraiment avoir l'air désespérée, inquiétante, voire extraterrestre, parce qu'il me la tendit sans un mot et s'éloigna avec son chariot.

Je me précipitai au Fu Mao Noodle, un restaurant chinois, et me changeai dans les toilettes, m'emparant d'une poignée de biscuits porte-bonheur au passage. Que je mangeai assise sur un banc devant l'animalerie face au parking. « Les petits ruisseaux font les grandes rivières. » « Vous êtes l'architecte de votre bonheur. » « Un long voyage commence par un seul pas. » Je dus changer trois fois de banc parce que, dès que je m'asseyais, le bois se fendait sous moi. L'un d'eux finit par s'effondrer.

Plus j'attendais, plus je craignais l'apparition de Jim. Avait-il rendez-vous avec une fille ? Qu'est-ce qui le préoccupait tant, qui lui faisait tellement honte qu'il refusait de m'en parler ? De quoi avait-il peur ?

À 20 h 05, une vieille Nissan rouge avec une affiche À VENDRE sur la vitre arrière surgit sur le parking. Elle roula jusqu'au fast-food, puis la portière côté passager s'ouvrit. Jim apparut. Vêtu d'un T-shirt et d'un jean noirs.

Vida était au volant. Je vis Jim entrer dans le restaurant. Vida patienta quelques instants, comme pour s'assurer qu'il n'avait plus besoin d'elle. Puis, exactement comme elle l'avait dit, elle repartit.

J'attendis une minute encore, puis je courus dans l'allée abritée par un toit, non sans remarquer que tous les poteaux étaient couverts de moisi.

Je jetai un coup d'œil par la porte vitrée du fast-food. Jim était au comptoir, de dos.

Je me glissai à l'intérieur et m'installai à une table près de la fenêtre.

– Rappelez-le, entendis-je dire Jim.

Il avait l'air en colère.

La femme à qui il s'adressait, celle qui m'avait réveillée, paraissait perplexe.

– Je viens de le faire. Il a dit qu'il arrivait tout de suite.

– *Rappelez-le.*

Effrayée, elle saisit le téléphone et composa un numéro.

– Il dit qu'il arrive.

Quelques secondes plus tard, un gars de type hispanique avec une moustache épaisse surgit de l'arrière-boutique. Il était petit, dans la quarantaine, et il avait l'air gentil.

– Jim, ça fait si longtemps. Comment vas-tu ?

– Il faut qu'on parle.

– J'ai une conférence par téléphone dans un instant. Et si tu revenais à la fermeture ?

– *Maintenant.*

Déconcerté, le type fit signe à Jim de le suivre. Je me levai discrètement et les regardai disparaître par la porte à l'arrière. Puis je les suivis, attendant d'entendre une deuxième porte se refermer avant de m'engouffrer à mon tour par la première. J'étais face à la cuisine. Sur la droite, il y avait ce qui était sans doute le bureau. La porte était close mais peu épaisse, si bien qu'en m'approchant j'entendis les voix :

– JE TE LE DEMANDE UNE DERNIÈRE FOIS. QUI EST ESTELLA ORNATO ?

– Mais de quoi tu parles ?

– ESTELLA ORNATO !

– C'est... C'était... ma fille.

– Et ?

– Et ?

– Elle avait quatre ans. Elle est morte l'an dernier.

– Tu veux encore de l'aide pour te souvenir de ta fille ?

– Jim, s'il te plaît, pas ici...

– SI TU DÉCROCHES CE TÉLÉPHONE, JE TE JURE QUE...

– Jim...

– POUR UNE FOIS, QUELQU'UN POURRAIT-IL ME DIRE CE QUI SE PASSE VRAIMENT ?

– Mais pourquoi tu m'interroges là-dessus ?

– C'est ton frère qui m'a écrit. ESTELLA N'EST PAS MORTE DANS UN ACCIDENT DE VOITURE...

– Jim. *Jim.* Écoute-moi...

Il y eut quelques instants de silence. Tout à coup, un gros objet s'écrasa contre la porte.

– DIS-MOI LA VÉRITÉ, SINON JE TE JURE QUE...

– Excusez-moi, entendis-je dire une voix de femme. Vous n'avez pas le droit d'être ici.

Je me retournai. C'était la serveuse rousse, l'air furieuse, les mains sur les hanches.

– J'ai rendez-vous avec votre manager, balbutiai-je.

Elle cligna des yeux. Un deuxième bruit sourd dans le bureau se fit entendre et, les yeux écarquillés, elle repartit à toute vitesse vers la cuisine pour aller rejoindre l'adolescent qui tenait la caisse.

– C'EST MON PÈRE QUI A PAYÉ ÇA ? ET ÇA ? ET ÇA ?

Il y eut un cri suivi d'un gémissement. Inquiète, j'entrai au moment où Jim balançait un sac de golf sur M. Ornato, allongé par terre en position fœtale. Jim se mit à le bourrer de coups de pied dans le ventre.

– Jim ! lançai-je.

Il se retourna, surpris. La serveuse rousse entra dans le bureau.

– Oh, mon Dieu, monsieur Ornato. Tout va bien ? J'appelle la police.

– Non, non, ne vous inquiétez pas, dit-il en haletant, le visage en sueur, les cheveux dressés sur la tête. Ce n'est pas nécessaire. C'est juste un malentendu. Retournez à votre poste.

Jim s'essuya le visage avec le bras et inspecta la pièce sens dessus dessous.

Soudain, il éclata en sanglots. Je passai un bras autour de son cou.

– Allons-nous-en, lui murmurai-je.

—

Assis au bord du trottoir devant le Fu Mao Noodle, on regarda les voitures filer sur l'autoroute dans la lumière du soleil couchant, le ciel noircir, les feux tricolores changer de couleur, les oiseaux se poser sur les câbles téléphoniques. On écouta le bruit des chariots, des distributeurs de soda qui crachaient des canettes, des magasiniers qui faisaient une pause cigarette, des voitures qui manœuvraient sur le parking.

Je m'imprégnai de cette vie ordinaire tandis que Jim me racontait son histoire.

Tout prenait sens : l'obsession d'Edgar Mason pour la sécurité, les sautes d'humeur de son fils, sa décision de ne rien dire à personne, même pas à moi. S'il m'en avait parlé, est-ce que ça aurait tout changé ? Est-ce qu'il serait encore en vie ?

C'était lié à l'accident de bateau : Jim et un ami fonçaient en hors-bord à Mecox Bay quand ils avaient percuté la barque d'un pêcheur. Lorsque Jim était sorti du coma, sa famille et la police lui avaient tout raconté. Il avait également lu le récit dans l'*East Hampton Star*. Jim était le seul blessé de l'accident.

Le pêcheur n'était autre qu'Alonso Ornato, le gérant du fast-food. Mais il y avait autre chose : Alonso avait avec lui dans le bateau sa petite fille de quatre ans, Estella. Morte sur le coup.

Jim aurait dû être mis en examen pour homicide involontaire. Mais il était mineur et son père avait des relations : il aurait écopé tout au plus de quelques mois dans un centre de détention – et encore uniquement parce qu'il avait bu –, peut-être même juste de quelques semaines avant d'être mis en liberté conditionnelle.

Pourtant, même ça, c'était inconcevable pour ses parents.

Alors, ils avaient décidé que cette mort n'avait pas eu lieu. Ils avaient effacé et réécrit l'histoire. Ils avaient conclu un marché avec Alonso Ornato : ils prenaient sa famille et lui en charge pour le reste de leur vie. Rente mensuelle, maison et voitures neuves, études dans les meilleures universités pour les enfants, prêts illimités pour son affaire. En échange, Estella ne s'était jamais trouvée sur le bateau ce jour-là. À la place, elle était morte dans un accident de voiture.

M. et Mme Mason organisèrent la falsification de la vérité avec l'aide de TorchLight : la voiture d'Alonso percuta un arbre juste comme il fallait pour que la police n'aille pas plus loin dans son enquête.

– Ils ont effacé la plus petite trace, dit Jim. Tout effacé. Ils ont mis du désodorisant pour chasser les mauvaises odeurs. Tout ça pour éviter que je me sente coupable. Pour éviter que je souffre. Que je continue à vivre tranquillement ma vie édulcorée comme un soda sans sucre. Que je poursuive ma route vers un destin doré. (Il regardait fixement la chaussée.) Mais ils n'ont pas compris qu'en faisant ça, ils m'avaient détruit.

Je lui effleurai le bras.

– Mais non. On peut encore faire quelque chose.

Arrête de dire n'importe quoi, souffla une voix dans ma tête. *Qu'est-ce qu'il peut faire ? Il va mourir.*

– Et quoi, Bee ? Je ne pense plus qu'à ça. C'est pour ça que je vais si mal, que je ne suis plus capable d'écrire une seule note de musique. Je ne toucherai plus jamais le moindre instrument. Ils m'ont anéanti. (Il se frappa la tempe. J'attrapai sa main pour qu'il arrête.) Tu comprends, en faisant ça, ils m'ont tué.

– Tu pourrais contacter un journal. Les dénoncer à la police.

Il eut un rire amer.

– Bien sûr. Si je les dénonce, ça va tout régler. Ma famille sera détruite. Mes frères et sœurs grandiront avec leurs parents en prison. Tout le monde nous haïra. On deviendra les icônes du mal absolu. Tout ça pour apaiser ma conscience… À quoi bon ? Cette petite fille sera toujours morte. C'est ça, le pire : je ne peux rien faire. Mais je suis incapable de penser à autre chose.

La tête dans les mains, il fondit de nouveau en larmes.

Je regardai le parking avec un étrange calme. Jim avait raison. Même s'il avait été encore vivant et que ce moment était bien réel, que pouvait-il faire ? Créer une fondation Estella Ornato ? Lui dédier une comédie musicale ? Les Mason avaient empoisonné sa vie.

On regarda droit devant nous en silence, main dans la main. Comme si on venait de chausser des lunettes et que, pour la première fois, on découvrait un monde pas aussi beau qu'on l'avait cru. On venait de perdre toutes nos illusions.

– Au moins, je t'ai, toi, Beatrice, dit Jim en me serrant la main. Tu viens de me sauver la vie.

Mais non. Déjà, je ne suis pas vraiment en vie. Et toi non plus. On est des fantômes. Des erreurs.

Une boule douloureuse obstrua ma gorge. J'avais envie de pleurer sur son sort et sur le mien. Mais mes jambes se faisaient de plus en plus lourdes : la fin de la veillée arrivait. J'ignorais combien de temps il me restait. J'avais l'impression que ma tête allait fondre. Mes veillées étaient de plus en plus courtes.

Jim fronça les sourcils en m'observant. Peut-être qu'il se demandait tout à coup comment je l'avais retrouvé là. Puis je compris qu'il observait la pourriture tout autour de l'endroit où j'étais assise, ainsi que la chaussée qui se fissurait sous nos pieds.

Je me levai. Il y avait une dernière chose que je devais savoir.

– Pour autant, tu ne commettrais pas l'irréparable, n'est-ce pas ? Tu ne foutrais pas ta vie en l'air ?

– Me suicider, tu veux dire ? (Il paraissait blessé que je puisse penser ça.) Non.

– Je dois filer.

Je tournai les talons et partis en courant. Quand il cria mon nom en me demandant où j'allais, je rejetai la tête en arrière et, avec un rire de démente, je hurlai :

– Je t'aime, Jim Mason ! Je t'ai toujours aimé.

Je quittai le parking et me précipitai sur la six voies. Les Klaxons retentirent. Une femme baissa sa vitre et me cria :

– Sors de là ! Ma chérie, qu'est-ce que tu fabriques ?

J'entendis Jim m'appeler, mais je m'arrêtai face à un camion-toupie de béton et je fermai les yeux.

—

30 août. Wincroft, 18h12.

– Beatrice ? Bee ? Bumblebee, tu es là !

Chapitre 22

Martha, Kip et Whitley m'attendaient dans la bibliothèque.

Il n'y avait toujours pas trace de Cannon.

– Bee, tu as réussi ! me dit Whitley en me prenant dans ses bras.

– Qu'est-ce qui s'est passé après notre départ ? demanda Kipling.

Sans répondre, je me dirigeai droit vers une chambre à l'étage. Quelques minutes plus tard – une fois mes soupçons confirmés, car j'avais retrouvé ce que je cherchais –, je leur expliquai tout. Je leur racontai le lien que j'avais fait entre l'homme déguisé en poulet qui offrait des ballons en forme de cœur mentionné par Vida, le bon de réduction resté dans le dossier de Jim au commissariat, et l'e-mail dans la boîte d'Edgar Mason.

Je leur dis aussi pour Estella Ornato.

Ils gardèrent le silence un long moment. Whitley alluma son ordinateur et tapa quelques mots sur Google, puis lut à voix haute la seule information disponible au sujet d'Estella, quatre lignes dans le *South Sentinel Shore* :

– « Les autorités ont livré le nom de la petite fille de quatre ans tuée mercredi soir dans un accident de la route à Water Mill. »

– S.O., dis-je à Martha, selon moi, c'est le fils d'Alonso Ornato.

Une recherche par mots-clefs aboutit en effet à la page Facebook de Sebastian Ornato, élève de deuxième année à Princeton. On le voyait assis devant la bibliothèque Firestone avec un sweat-shirt à l'effigie de l'université, faisant un stupide signe de paix.

– Le pauvre, il s'imagine qu'il est entré à Princeton grâce à son dossier, fit remarquer Kipling.

– Je n'arrive pas à y croire, ajouta Whitley d'un ton solennel. Je savais que la famille de Jim était capable de beaucoup de choses. Mais effacer l'existence de quelqu'un ? Maquiller une mort ? Le tout sans se faire choper ?

– Ça prouve le suicide de Jim, non ? lança Kipling en prenant une profonde inspiration. Il n'arrivait pas à se remettre de cette histoire. Alors il est allé à vélo à la carrière du Volcan et il a sauté.

– Je ne crois pas, décrétai-je.

Ils se tournèrent vers moi, étonnés. Je leur relatai ce que Jim m'avait dit sur le parking.

– Si ce n'est pas un suicide, qu'est-ce qui s'est passé, alors ? demanda Whitley.

Je plongeai la main dans ma poche et en sortis la broche abeille, que je posai sur la petite table.

Kip écarquilla les yeux.

– Qu'est-ce que c'est ?

– Le cadeau que Jim m'avait fait en troisième.

– Ah oui, c'est vrai, fit Whitley.

– Mais on ne te l'avait pas volée ? demanda Martha.

J'acquiesçai.

– Et là, je viens juste de la retrouver dans la boîte à bijoux de Whitley. (Wit était livide.) C'est toi qui me l'avais volée. Je le savais. Encore un de tes coups, n'est-ce pas ?

– Bee, je suis désolée...

– Tu es incapable d'envisager les conséquences de tes actes. Tu n'as aucune idée de la souffrance que tu causes chez les autres. C'est douloureux d'être ton amie. Ça l'a toujours été. Pourtant, je t'aime encore.

Ignorant l'expression ahurie de Wit, j'expliquai que j'avais été piquée dans le cou avec la broche juste à la fin de la veillée, ce qui m'avait entraînée dans un autre moment du passé avec Jim.

– Ce n'est pas moi, Bee, dit Whitley. Je te le jure.

– Je te crois. C'était Cannon.

Tout le monde me regarda, bouche bée. Je repris :

– Il savait que tu avais cette broche, et il te l'a volée la première fois qu'on a changé de veillée. Il voulait m'expédier dans le néant, et vous autres dans un oubli éternel. Car il ne veut pas qu'on sache ce qui est arrivé à Jim. Il ne veut plus quitter le Neverworld.

– Tu crois qu'il est impliqué dans la mort de Jim ? demanda Martha.

– Je ne sais pas encore.

– Bee a raison, dit Kipling d'un air perplexe. Cannon sait que si quelque chose se passe mal, il doit nous retrouver ici. Alors où il est, bordel ?

– Il se cache quelque part dans le passé ou le futur, suggérai-je. Il n'y a plus qu'un moyen de savoir vraiment ce qui est arrivé à Jim.

Personne ne dit rien pendant une minute.

– Non, dit Martha en secouant la tête. Non, Bee, c'est hors de question.

– Ce n'est pas aussi dangereux que tu le crois, dis-je.

– Si.

– Je l'ai déjà fait. Je suis même allée plus loin que ça, j'ai remonté le temps de cinq ans. Le truc dingue avec le passé, c'est qu'on ne se voit jamais soi-même. Il n'y a pas de double de soi. Quand on arrive, le moi passé s'éclipse pour te laisser la place.

Martha avait l'air furieuse.

– Combien de temps durent tes veillées, maintenant ? (Je haussai les épaules en signe d'ignorance.) Les nôtres sont de quatre heures, cracha-t-elle en agitant la tête. De plus en plus courtes. Chaque fois qu'on va dans le passé ou l'avenir, ça rend plus improbable le fait qu'on puisse un jour rentrer pour voter. *Tu comprends ce que ça signifie ?*

Elle lâcha ça avec une telle brutalité, les yeux exorbités, les lunettes de travers sur son nez, que je la regardai avec ahurissement. Les autres aussi.

Puis, apparemment gênée, elle se tut.

Kipling se tourna vers moi.

– Combien de temps durent tes veillées, maintenant ?

– Environ huit heures.

– Ça suffit pour tenter le coup, non ?

Martha ne dit rien. Elle se contentait de regarder par terre d'un air boudeur.

– On débarque à Vulcanica à 1 heure du matin, proposai-je. Même si votre veillée ne dure que quatre heures, voire trois, je suis presque sûre que ça nous laisse assez de temps pour voir ce qui est arrivé à Jim.

Avec une brusque nausée, je repensai à son dernier sms. Envoyé à 23 h 29.

Je vais à la carrière. Rejoins-moi.

Ils ne savaient toujours pas, pour les sms de Jim. Et je n'avais pas l'intention de le leur dire.

– On tente le coup, déclara Whitley.

Comme on réfléchissait à la logistique de ce nouveau changement de veillée, Martha garda le silence. Elle était vautrée sur le canapé, l'air désespérée et pleine de ressentiment. Ma proposition d'aller enfin à la carrière du Volcan battait son grand projet en brèche. Elle s'en voulait d'avoir perdu le contrôle sur le groupe. La raison pour laquelle elle était si inquiète, et ce que ça impliquait pour le vote, je ne pouvais que le deviner.

Chapitre 23

À mon réveil, je découvris un ciel nocturne tapissé d'étoiles. Le chant des grillons résonnait à mes oreilles. J'étais allongée dans une herbe aux longs brins effilés coupant comme des rasoirs, et je portais mon uniforme de Darrow. En relevant la tête, je me rendis compte avec soulagement que j'étais juste devant la carrière. Mais ce soulagement laissa presque aussitôt place à une terreur suffocante.

Le grillage tout rouillé n'était qu'à quelques mètres de moi. Je jetai un coup d'œil à ma montre. Il était 1 h 02.

Malgré les vertiges, je me relevai et inspectai les environs.

J'étais seule.

Je longeai le grillage en m'égratignant sur des ronces acérées comme du fil barbelé. Devant moi, il y avait le panneau INTERDICTION D'ENTRER : je n'étais pas loin du passage par lequel on se glissait toujours. Le regard au ras du sol, je trouvai le trou et m'y faufilai.

La cabane du contremaître était comme suspendue dans le ciel. Je tremblai en chassant une vague de nausée. Cette vieille tour ressemblait à une station spatiale désertée.

– Bee ! souffla une voix derrière moi.

Whitley me faisait signe de l'autre côté du grillage. Kipling était avec elle, à peine visible dans cette mer d'herbe. Je leur montrai le trou et, en quelques secondes, ils m'avaient rejointe.

– Où est Martha ? demandai-je.

– Disparue, dit Kipling en se redressant.

– Quoi !

– Elle a filé.

– Un instant, elle était là, renchérit Whitley. Le suivant, elle s'était volatilisée.

– Elle ne voulait pas venir, dit Kipling. Alors elle s'est arrangée pour ne pas nous suivre.

Cette idée était très dérangeante. Où était-elle passée ? Est-ce que, comme Cannon, terrifiée à l'idée de ce qu'on allait découvrir, elle se cachait dans le passé ou le futur ?

Tout ça posait de nombreuses questions, mais on n'avait pas le temps de chercher les réponses. Pour l'instant du moins.

– Il faut trouver une cachette, murmurai-je. Je propose le tuyau en ciment près des puits.

Whitley fronça les sourcils.

– Pourquoi pas la cabane du contremaître ?

Je secouai la tête.

– Trop visible. Jim pourrait nous repérer. Ce qui interférerait avec le passé et nous empêcherait de savoir ce qui est arrivé.

– Va pour le tuyau en ciment, fit Kipling avec un sourire énigmatique.

On traversa l'herbe jusqu'à la route. Dont il ne restait que quelques petites plaques de goudron et un peu de gravier. Je remarquai que Kipling faisait exprès de traîner. Il avait l'air très sombre. Quand il vit que je l'attendais, il se redressa et grimaça un sourire.

– Ça va ? demandai-je.

– Bien sûr, ma chérie. Merveilleusement bien. Ce n'est

pas tous les jours que j'ai l'occasion d'assister au meurtre d'un ami.

Je passai mon bras autour de son cou pour lui donner du courage, et l'entraînai. Les grillons chantaient si fort que j'avais l'impression qu'on aiguisait des couteaux près de mes oreilles. Et pourtant, une question me taraudait : pourquoi Kipling disait-il que Jim avait été assassiné ?

Il fallait croire qu'il savait quelque chose.

À mesure qu'on avançait, Kipling sembla s'apaiser, si bien que je me demandai si l'allusion à un meurtre était véritablement une révélation. Savait-il vraiment quelque chose ou ne faisait-il qu'exprimer cette probabilité tout haut ?

En quelques minutes, on avait atteint Vulcanica, là où la route de la carrière faisait un U devant le bureau et les remises. La cabane du contremaître se dressait sur ses quatre jambes de métal soutenues par des poutres croisées, son échelle en bois comme une colonne vertébrale arthritique. Il y avait quelques autres ombres non loin : d'anciens logements de mineurs, à peine plus qu'un tas de bois pourri, et une grue effondrée qui ressemblait à une carcasse de baleine bleue.

On regarda tout autour de nous d'un air inquiet. L'endroit était recouvert de végétation, encore plus que dans mon souvenir. Le chant des grillons s'accéléra, comme s'il marquait le pouls de la nuit et que les insectes, eux aussi, avaient peur.

Il n'y avait apparemment personne.

Ni Jim, ni personne d'autre.

Tout à coup, la nausée m'envahit, et je vomis.

– Ma pauvre Bee, fit Whitley en repoussant les cheveux collés sur ma joue. Peut-être qu'on devrait partir.

Je secouai la tête.

– Ça va aller.

Ignorant son air préoccupé, je m'enfonçai à nouveau dans l'herbe haute. Il me fallut quelques minutes pour trouver le tuyau en ciment placé à quelques mètres du bord de la carrière. En m'approchant du précipice, j'eus peur que le sol s'émiette sous mes pas, mais il tint bon. Je regardais vers le bas et je sentis ma poitrine se serrer à l'idée d'être si près du vide.

Il y avait une chute de cent mètres vers le cratère, qui ressemblait à un stade de pierre sous le ciel couvert d'étoiles avec, en son centre, le lac dont l'eau sombre brillait à la lueur de la lune.

– Sœur Bee, souffla Kip en approchant, j'ai le drôle de sentiment que la mort, ça sera ça. (Sa voix sinistre me fit frissonner. Je me demandai s'il était sur le point de me pousser dans le vide.) Une chute sans fin. Tu vois ?

Il avait juste un petit sourire. Incapable de parler, je me contentai de déglutir.

– Regardez ! fit Whitley.

Appuyée contre le tuyau, elle désignait quelque chose. Il y avait une minuscule lumière verte dans la cabane du contremaître. Elle provenait d'une lampe à huile qu'un élève avait laissée là des années plus tôt.

Personne ne dit rien, mais la conclusion s'imposait d'elle-même : il y avait quelqu'un là-haut. Voire plusieurs personnes.

– Je monte, dit Whitley.

– Non, fis-je.

– Pourquoi ? Je veux voir si c'est Jim qui...

– Il risquerait de te remarquer. Et si tu interfères, on ne saura pas ce qui s'est vraiment passé.

– Alors laisse-moi juste regarder s'il y a son vélo.

– Non, fis-je en l'attrapant par le bras.

– Bee, mais qu'est-ce qui... Arrête !

Elle était sur le point de m'échapper quand un mouvement dans les hautes herbes l'arrêta net.

Aucun de nous ne bougea comme une tête sombre approchait.

Jim ? J'étais saisie d'horreur.

Martha apparut.

On n'en revenait pas. Elle n'avait plus ses cheveux bleu néon. Elle était à nouveau comme à Darrow, avec sa queue-de-cheval informe et sa chemise trop grande.

– D'où tu sors ? lui demanda Kipling.

– On croyait que tu nous avais laissés tomber, fit Wit.

– Désolée, dit-elle en ajustant ses lunettes. Allez savoir pourquoi, à la fin de la veillée, j'ai pensé à la carrière en entier ; du coup, je ne me suis pas réveillée près du grillage avec vous autres, mais bien plus à l'est. J'ai dû marcher sur plus d'un kilomètre pour vous rejoindre. (Elle prit une profonde inspiration.) Alors, rien pour l'instant ?

– Juste cette lumière, dit Whitley en indiquant la cabane du contremaître.

Martha cligna des yeux, l'air pas du tout étonnée.

– Tu as croisé quelqu'un ? demandai-je.

Elle fit signe que non.

Et là, je remarquai qu'elle était en sueur : sa chemise lui collait à la peau, et ses cheveux étaient plaqués sur son front. Cette petite marche n'aurait pas dû la mettre dans cet état. Elle mentait.

Remarquant mon regard, elle sourit en se glissant près de moi et s'essuya le front.

– Et maintenant ? murmura-t-elle.

– On attend.

—

La voiture surgit à 1 h 30.

On l'entendit avant de la voir. L'un de ses enjoliveurs était presque détaché, et sa radio à fond. On resta immobiles, épaule contre épaule, plaqués au tuyau. La lumière jaune des phares balaya l'herbe, puis une Nissan rouge apparut en cahotant sur le sol irrégulier avant de s'arrêter au pied de la cabane du contremaître. Je ne voyais pas le conducteur, juste l'affiche À VENDRE sur la vitre arrière.

– Vida Joshua ? souffla Martha, incrédule.

Le moteur ronronnait toujours, et des insectes voletaient dans le faisceau des phares. La radio s'éteignit. Il y eut un moment de silence. Puis la portière s'ouvrit, et quelqu'un descendit.

Quand je vis qui c'était, j'eus l'impression de recevoir une décharge électrique.

Cannon.

Il portait un jean et son vieux pull à capuche de geek. Il entra dans le bureau des cartes, un simple abri avec un toit en tôle. Il réapparut, l'air anxieux, au bout d'une minute et se remit au volant, d'où il envoya un sms puis attendit une réponse en croisant et décroisant les bras. Je me demandai comment il avait réussi à piquer la voiture de M. Joshua, qui était toujours garée derrière la salle de musique quand Vida ne l'utilisait pas. Puis je me rappelai que Whitley et lui volaient toujours plein de trucs. Il avait pris cette voiture car il avait rendez-vous ici.

– Ohé ! cria Cannon. Il y a quelqu'un ?

Il n'y eut pas de réponse.

Il s'assit sur le capot, le regard perdu dans le faisceau des phares. Au bout de dix minutes, il céda à la colère. Puis il eut l'air de capituler, se remit au volant et claqua la portière. La radio se mit à cracher du heavy metal. Il voulut avancer, mais les roues étaient bloquées par l'herbe, et les pneus tournèrent dans le vide. Il passa la marche arrière et parcourut un mètre ou deux. Puis il appuya plus fort sur l'accélérateur. Le moteur rugit, et la voiture heurta quelque chose à terre. Cannon repartit en avant puis recula de nouveau. La voiture bondit, écrasa la chose, repartit vers l'avant et cala.

Cannon descendit du véhicule et s'accroupit pour regarder sous les roues.

Puis se redressa aussitôt. Se pencha. Se redressa.

– Non. Non. Non. Non. Non !

Il rejeta la tête en arrière et poussa un long hurlement.

– Non. Non. Non !

Affolée, je jetai un coup d'œil à Martha, Kipling et Whitley, qui assistaient à la scène en silence. Ils avaient l'air aussi éberlués que moi.

En marmonnant, Cannon se pencha à nouveau pour essayer d'extraire ce qui était coincé sous ses roues. Pendant quelques minutes, on ne vit que l'herbe qui s'agitait.

Quand il se redressa, ce fut avec un bruit étrange, comme s'il pleurait. C'est là que je vis ce qu'il avait à la main.

Une casquette en tweed. Celle de Jim.

Non. Ce n'est pas possible.

Cannon s'était remis au volant. Au bout de quelques tentatives, il réussit à reculer et à faire demi-tour. Il était sur le point de partir quand il se ravisa : la voiture s'immobilisa, et il en descendit de nouveau. Il resta un moment immobile, presque en transe.

Puis il s'approcha de la chose sur laquelle la voiture avait buté. Et là, grimpée sur le tuyau pour mieux voir, je découvris la scène avec horreur. Ce n'était pas un tronc d'arbre, c'était Jim, mon Jim, couché sur le flanc. Le jean taché de sang. Cannon tenait sa tête sur ses genoux. Il lui murmura quelque chose, puis il se releva et attrapa son téléphone.

– Rappelle-moi tout de suite. J'ai besoin de toi. J'ai besoin que tu m'aides. Maintenant. Je t'en supplie, rappelle-moi.

Il dit ça encore et encore, sa voix comme un gémissement aigu. C'était terrible. L'attitude déterminée de Cannon, sa capacité à résoudre les problèmes, sa ténacité, tout ce qui, pour moi, le définissait, autant que les vagues caractérisent la mer et les nuages, le ciel ; tout ça avait disparu. Il était un autre.

– J'ai besoin de ton aide. Maintenant. Je t'en prie, viens. Je t'en prie.

Son interlocuteur ne décrochait toujours pas. Cannon se remit au volant dans le noir, le moteur et la radio allumés.

Un quart d'heure plus tard, il avait visiblement un plan. Il était redevenu lui-même, le type qui trouvait toujours une solution. Il attrapa Jim par les chevilles et le tira sans précaution dans l'herbe. Il jura quand Jim perdit un mocassin, poussant un cri de désespoir avant de s'essuyer le visage au creux de son bras et de repartir.

Il atteignit le bord de la carrière. Il était à quelques mètres à peine de nous.

Et là, il fit basculer le corps de Jim dans le vide, sans une hésitation, et sans même une prière.

Il y eut le souffle d'un corps qui tombe, qui heurte les rochers, puis le bruit assourdi de Jim qui percutait l'eau au milieu du chant des grillons.

Cannon regardait, le visage creusé par les ombres.

Je me demandai s'il avait songé à sauter après Jim, à en finir, ici et maintenant.

Mais les yeux vitreux, il se retourna, monta en voiture et partit.

—

Il nous fallut un moment pour nous remettre en mouvement.

J'étais debout sur le tuyau, le cœur battant, l'esprit court-circuité. Tout à coup, je me rendis compte que le ciment se craquelait sous mes pieds. Avec un bruit furieux, le tuyau céda. Martha et les autres plongèrent dans l'herbe comme je m'écrasais sur le tas de gravats.

Haletante, Wit vint à mon secours.

– Mais qu'est-ce qui s'est passé ? Tu vas bien ?

L'espace d'un instant, on échangea un regard.

– Mais qui Cannon appelait-il ? souffla Wit d'un air indigné. Ce n'était pas moi. J'ignorais tout ça.

– Il appelait Kipling, déclara Martha.

On se tourna toutes les trois vers lui. Très raide, il nous observait d'un air coupable, les bras placés selon un angle étrange.

– Elle a raison, dit-il. Le diable a appelé, et j'ai répondu à son appel.

Il prononça ces mots simplement, presque avec une pointe de soulagement. Je me souvins avec terreur des regards lourds de sous-entendus que je l'avais vu échanger avec Cannon dans la bibliothèque de Wincroft, le jour où ils nous avaient tous deux avoué comment Kipling avait fait pour réussir son année de terminale à Darrow. En fait, ce regard ne concernait pas les magouilles informatiques de Cannon, ni la triche aux examens. Il concernait cette fameuse nuit, ce secret qu'ils partageaient.

– Je l'ai aidé à jeter le corps de Jim dans la carrière, dit Kipling.

– Mais comment c'est possible ? demanda Whitley. On ne t'a pas vu sur place.

– Chapitre trente-neuf. *La Maison des ténèbres*, souffla Martha. Que ce soit dans le passé ou le futur, on ne croise jamais son double.

Kipling hocha la tête.

– Il fallait que je vienne ici. Il fallait que je voie. Je devais savoir, une bonne fois pour toutes, si ç'avait été mon idée ou celle de Cannon de jeter Jim dans le lac. Est-ce que tout se passerait exactement de la même façon si je n'étais pas présent ? Je devais savoir qui était le méchant, et qui était encore pire que le méchant.

– Cannon t'a dit ce qu'il fabriquait là ? demanda Martha.

– Oui.

– Quoi !

Kipling eut un petit sourire. Et désigna Whitley d'un signe de tête.

Livide, elle lui jeta un regard sombre. Je crus qu'elle allait entrer dans l'une de ses fameuses colères. Mais elle se contenta de soupirer.

– Cannon était mon meilleur client.

– Mais de quoi tu parles ? soufflai-je.

– D'Adderall. Le Lapin Blanc le fournissait en quantités illimitées. Il avalait ça comme des Tic Tac. Et ça n'a jamais cessé.

– Mais il n'a jamais su que le Lapin Blanc, c'était toi ?

Elle secoua la tête.

– Pas jusqu'aux révélations de Vida. J'avais bien trop peur de le lui dire.

Je réfléchis à la réaction de Cannon quand il avait appris que Whitley était le Lapin Blanc : il était blême. Maintenant, je comprenais pourquoi. Whitley connaissait son secret depuis tout ce temps, mais il ignorait le sien.

– Permettez-moi d'aller droit au but, s'interposa Martha. La nuit de la mort de Jim, Cannon a appelé le Lapin Blanc pour une livraison d'Adderall, et Whitley, tu l'as envoyé ici.

Whitley l'admit d'un air maussade.

– Pourquoi ici ?

Elle secoua la tête.

– Jim m'avait découverte quelques semaines plus tôt. Il me surveillait, il disait que je devais arrêter. Alors j'ai eu trop peur de faire un dépôt sur le campus. J'ai pensé qu'ici, c'était l'endroit idéal. Discret. J'ai contacté Cannon en tant que Lapin Blanc pour lui dire qu'il trouverait sa livraison dans le bureau des cartes. Mais je n'ai pas réussi à arriver à temps. J'ai été attrapée par Mme Lapinetti à cause du sujet de mon examen d'italien et ça m'a bloquée toute la soirée.

– Du coup, quand on a découvert le corps de Jim dans la carrière, j'imagine que tu as soupçonné Cannon. Toi, tu savais qu'il était venu là.

Wit acquiesça.

– Mais je savais qu'il n'aurait jamais fait de mal exprès à Jim.

Martha se tourna vers la cabane du contremaître et réfléchit en se mordillant un ongle.

– Quoi ? lâcha Kipling.

– Comment Jim a tout à coup surgi sous cette voiture ?

Elle tourna les talons d'un air résolu. Après nous avoir fait signe de la suivre, elle disparut dans les hautes herbes.

Chapitre 24

On retrouva Martha accroupie au pied de la cabane. Je m'aperçus avec stupéfaction que l'échelle avait disparu. Puis je me rendis compte qu'elle gisait à terre. Martha se redressa en secouant la tête.

– C'est incroyable. C'est vraiment un concours de circonstances incroyable.

– Quoi ? fit Kipling.

– Maman Greer avait raison.

– Sur quoi ?

– Sur l'impossible possible.

Elle fit rouler un barreau de l'échelle sous sa basket, puis leva la tête vers la cabane au-dessus de nous.

– Pauvre Jim.

Elle me regardait, et je sentis aussitôt la chair de poule sur mes bras. Qu'est-ce qu'elle voulait ? Qu'est-ce qu'elle essayait de me dire ? Il faisait sombre mais, derrière ses lunettes, ses yeux étaient vifs et animés.

– C'est ici que tout s'est passé, déclara-t-elle. Jim était bouleversé que Beatrice l'ait confronté à ses mensonges au sujet du soir où il était parti avec Vida. Et puis, il était dans tous ses états à cause d'Estella Ornato. Sa vie partait dans tous les sens, alors il s'est réfugié à la carrière, comme souvent, pour être seul et écrire ses chansons. Il a voulu monter dans la cabane du contremaître, mais l'échelle a cédé. Il a réussi à se rattraper à une poutre pour sauver sa peau, et elle n'a pas tenu. (Martha se pencha pour examiner un morceau de bois complètement pourri.) Il est tombé. De haut. Une chute qui aurait tué à peu près n'importe qui. Pourtant, il n'est pas mort sur le coup.

– Mais comment ça se fait ? murmurai-je.

– Il avait bu. C'est pour ça que les gens ivres survivent à un accident de la route : ils ne se raidissent pas au moment de l'impact, ils restent souples, ce qui leur sauve la vie. Il a dû rester inconscient une heure, peut-être deux, puis il a repris connaissance. Il a dû entendre la voiture ou voir ses phares. Ou alors, il a juste essayé de rejoindre son vélo.

Martha se précipita de l'autre côté de la route pour sortir le vélo de Jim de l'herbe et le jeta à nos pieds comme un magicien qui sort un lapin de son chapeau.

– Il a rampé entre là et là, dit-elle en désignant la route. Ça fait quoi, deux, trois mètres ? Il cherchait de l'aide. À ce moment-là, Cannon s'est remis au volant. Si Jim a appelé, son cri a été noyé par le chant des grillons, le bruit du moteur, la radio. Impossible pour Cannon d'entendre ou de voir quelque chose dans le noir. Considérant que le Lapin Blanc lui avait fait faux bond, il s'est résolu à retourner au lycée pour passer la barrière avant que Moses rentre des Alcooliques Anonymes. Il enclenche la marche arrière et il heurte Jim. Quand il comprend ce qu'il vient de faire, il pète un câble. Il appelle Kipling, qui lui doit une fière chandelle. Ensemble, ils décident que le seul moyen de se sortir de ce très mauvais pas, c'est de balancer le corps de Jim dans le lac en priant pour que la police conclue à un suicide.

Kipling confirma d'un signe de tête.

– On espérait que les flics ne feraient pas la différence entre les blessures causées par la voiture et celles provoquées par une chute de cent mètres.

– Sans les Mason, la police aurait sans doute davantage enquêté, reprit Martha. Mais les parents de Jim craignaient que l'affaire Estella Ornato sorte. Ils ignoraient ce que Jim avait pu dire, et à qui. Ils craignaient peut-être que – ayant appris la vérité sur ce qu'ils avaient fait, ce qu'*il* avait fait – il se soit suicidé. Alors ils ont gardé le silence. Et sans doute mis la pression sur ce petit commissariat. Les preuves que les flics avaient pu récolter, la présence de Jim à la cabane du contremaître, la révélation par Vida que Mme Terreur était le Lapin Blanc, les enregistrements téléphoniques... ils ne sont pas allés plus loin dans l'enquête.

– N'oubliez pas que les Mason ont aussi confisqué le contenu du dossier de Jim, nous rappela Kipling.

– Exactement.

– Mais il y a du sang ici, souffla Whitley, qui promena la lampe de son téléphone sur l'endroit où était garée la Nissan. La police n'avait pas besoin de faire beaucoup d'efforts pour voir qu'il s'était passé quelque chose.

– On a tout nettoyé, dit Kipling. J'avais vu le sang, alors on a passé une heure à arracher l'herbe tachée. J'ai tout mis dans mon sac à dos, et j'ai passé un long moment à la faire disparaître dans les toilettes du lycée.

– Et voilà, conclut Martha, comment l'impossible devient possible.

Il n'y avait rien à ajouter, et rien à faire à part méditer sur l'incroyable histoire que Martha venait de mettre au jour, tel un professeur qui explique une nouvelle loi de la gravité à ses étudiants. Pendant un moment, je ne pus prêter attention qu'à ma respiration saccadée, à l'orchestre des grillons, à la nuit qui respirait tout autour de nous.

Je n'avais jamais imaginé que la vérité se résumerait à ça.

– Je n'en reviens pas, souffla Whitley en croisant les bras. (Elle tremblait de tout son corps.) En fait, on a tous tué Jim. C'est moi qui ai envoyé Cannon ici. C'est Cannon qui l'a écrasé avec sa voiture. C'est Kipling qui l'a aidé à effacer ses traces. On est tous coupables, en fait, non ? Sauf Martha et Beatrice. Elles, ce sont des gens bien.

– C'est pas vrai, balbutiai-je comme les larmes me brûlaient les yeux et qu'une grosse boule obstruait ma gorge.

– Il faut qu'on y aille, murmura Martha en fronçant les sourcils.

Toujours sous le choc, aucun de nous ne réagit. Alors elle nous poussa vivement et je me rendis compte, ahurie, que la cabane du contremaître était en train de s'effondrer : le bois grinçait et se fendillait.

Dans un gémissement monstrueux, la tour bascula. Ses clous, ses boulons et ses poutres se mirent à nous tomber dessus alors qu'on courait vers la route. Je m'élançai dans les herbes hautes en essayant d'éviter qu'elles me coupent le visage. Et je plongeai quand la structure s'écrasa. Kipling et Whitley hurlaient quelque part derrière. Je me sentis projetée en avant.

Quand j'ouvris les yeux, j'étais sur le ventre. L'immense pression de la fin de la veillée envahissait mes jambes. Je réussis à me tourner sur le dos et je clignai des yeux en regardant le ciel.

J'entendis des voix, puis je vis Martha et les autres penchés sur moi.

– Elle a atteint la fin de sa veillée, déclarait Martha. On n'a pas beaucoup de temps. On doit retrouver Cannon.

– Je crois savoir où il est, dit Whitley d'un air grave.

Quand elle nous expliqua tout, personne ne répondit. De tous les endroits possibles de l'espace-temps, c'était le plus terrifiant, le plus impossible.

– Non, protesta Martha. Pas question. C'est trop risqué pour Bee. (Elle était en train de m'aider à me relever. Elle me tira vers le bord de la carrière.) Il faut regagner Wincroft.

– Non, on a besoin de Cannon pour le vote, dis-je. Je suis partante.

Martha paraissait anxieuse, mais il n'y avait pas de temps à perdre. Je sentais la veillée jusque dans mon cou. Je savais ce que j'avais à faire. Je regardai la carrière et le lac.

La chute que Jim avait faite avant moi. Mon Jim.

– Je vous y retrouve.

Ils avaient l'air terrorisés, mais je n'avais pas le temps de les rassurer. Je les serrai chacun dans mes bras un instant.

Puis je sautai.

Chapitre 25

Quand j'ouvris les yeux, j'étais dans l'eau glacée.

À la fois bleue et laiteuse. Je sentais à peine mes jambes et je ne savais pas où se trouvait la surface. J'avais beau avoir les poumons en feu, je soufflai quelques bulles et les regardai disparaître dans la direction opposée à celle sur laquelle j'aurais parié. Je nageai dans l'eau de plus en plus glacée. Un poisson me frôla, sa peau gélatineuse me chatouillant les orteils.

J'avais envie de hurler.

Je battis des pieds dans tous les sens. Tout à coup, je franchis la surface du lac et aspirai une bouffée d'air très froid. Une fine couche de glace s'était brisée autour de mes épaules.

Je regardai de tous les côtés. Un brouillard blanc enveloppait le paysage crayeux et cristallin. Je nageai comme un petit chien à la recherche de quelque chose pour m'appuyer, mais il n'y avait rien. Je ne voyais pas à plus de cinquante centimètres. Des troncs d'arbres morts s'élevaient de l'eau autour de moi, leur cime disparaissant dans la blancheur.

C'était l'endroit où Whitley nous avait donné rendez-vous : le papier peint *Blue Pond*, la *Cannon's Birdcage*, à 15 h 15, le jour de son anniversaire, l'année dernière. C'était la photo du bug que Cannon avait découvert dans OS X quand il était en seconde : un étrange décor composé d'une brume crayeuse avec des mélèzes du Japon et des bouleaux blancs qui surgissaient directement d'un lac.

Et rien d'autre.

– Cannon ?

Ma voix rauque n'alla pas plus loin que quelques mètres. Mes jambes étaient si glacées que j'avais l'impression qu'elles allaient se détacher de moi. Le froid me donnait comme des coups de poignard dans le dos.

– Cannon !

J'entendis le bruit d'un moteur de bateau derrière moi. En me tournant, je découvris une proue à la peinture écaillée qui surgissait du brouillard et fonçait sur moi. J'aperçus vaguement des mots bleus effacés sur sa coque : *Petit Oiseau*. Penché sur le moteur, Cannon avait le visage rouge et barbu, des cheveux longs en bataille. Le bateau me heurta à la tête, et une douleur blanche explosa dans mon crâne. L'eau réduisit mon cri de douleur à néant, et je me sentis sombrer.

Tout devint noir.

—

Quand je rouvris les yeux, j'étais dans l'eau glacée.

Il n'y avait pas un bruit.

Je voyais des débris autour de moi, des algues, des bouts de coquillage et de la vase. De longs poissons noirs avec de grosses dents et des yeux globuleux flottaient entre deux eaux. Ils avaient l'air morts, mais quand j'en touchai un, il fila.

Je n'avais mal nulle part, à part aux poumons. Je soufflai quelques bulles et les suivis. En quelques secondes, j'avais regagné la surface.

C'était exactement la même scène : j'étais dans le *Blue Pond*, la *Cannon's Birdcage*.

Un moteur gronda. Je me retournai pour voir la barque foncer sur moi.

Cette fois, je plongeai sous l'eau et battis des pieds dans une explosion de bulles. Le bateau manqua ma tête de quelques centimètres. Une douleur irradia dans ma jambe gauche quand l'hélice la coupa. Lorsque je refis surface, Cannon avait fait demi-tour et me visait à nouveau.

Je plongeai encore et nageai sur quelques mètres avant de réapparaître.

– Cannon, je t'en supplie, attends une minute.

– Bee, tu n'aurais pas dû venir ici.

– Il faut qu'on parle.

– Il n'y a rien à dire.

– Même sur Jim ?

Il grogna et coupa le moteur.

– Cannon. Je t'en prie. Je veux juste te parler.

Je lui tendis la main.

Il se pencha par-dessus bord avec un sourire et me tendit la main. Mais comme je l'attrapais, il saisit une rame et me frappa à la tempe. Tout devint blanc.

Je hurlai. Je sentis mon corps exploser, l'eau froide emplir ma bouche, la rame me maintenir sous l'eau.

J'avais beau me débattre, je ne parvenais pas à me dégager.

Cannon cherchait à me noyer.

Il n'y avait plus moyen de le raisonner : le Neverworld l'avait rendu fou.

—

Quand je rouvris les yeux, j'étais dans l'eau glacée.

Le calme était assourdissant.

Je compris avec horreur ce qui se passait : je revivais encore et encore la même veillée. Cannon réussissait à me tuer, et je restais morte jusqu'à la veillée suivante. Combien de temps durait-elle ? Une heure ? Quelques minutes ?

J'avais du mal à réfléchir. J'étais prise de nausée. Pourtant, je devais garder mon calme, ignorer la douleur dans mes poumons, continuer à nager. En clignant des yeux, je vis le dessous de la barque de Cannon parmi les blocs de glace. Il attendait, caché au milieu des arbres. Je plongeai sous l'eau, ignorant les poissons noirs qui filaient entre mes jambes. Quand je n'avais plus d'autre choix que de respirer, je remontais tout doucement à la surface en essayant de ne pas faire de bruit.

La barque de Cannon n'était qu'à quelques mètres, mais il ne me voyait pas. Il était debout et regardait au loin.

– Beatrice ! appelait-il d'une voix calme, gentille, même. Tu es là ?

Je plongeai à nouveau. L'eau se faisait rapidement plus sombre et plus trouble à cause des racines des arbres qui poussaient dans le lac, jaunes et entremêlées, et rejetaient ce qui ressemblait à de la suie. Je ne sentais plus ni mes mains, ni mes pieds. J'avais l'esprit embrumé et des pensées étranges. En nageant parmi les débris d'une barque coulée dont le nom, *Petit Oiseau* – comme celle que Jim et moi utilisions à Amorgos –, était à peine lisible, je me sentis aspirée. J'essayai de lutter, mais le courant était trop puissant. Quand j'entendis le tonnerre de la chute d'eau, c'était déjà trop tard : je fus entraînée. L'eau me terrassait comme une lance d'incendie. Je me cognai la tête contre les rochers et me griffai les mains. Les branches me déchiraient la peau du visage. Des arbres blancs.

Un ciel bleu au-dessus de moi. J'attendais de toucher le fond, que tout devienne noir, mais la fin ne venait jamais.

Je tombai pendant ce qui me parut une heure, chaque centimètre de mon corps frigorifié.

Puis je heurtai une grosse pierre, et la vie s'éteignit en moi comme le filament d'une ampoule.

—

Quand je rouvris les yeux, j'étais dans l'eau glacée.

Combien de fois avais-je déjà fait ça ? Quatre fois ? Quatre millions ?

Les poissons m'encerclaient, telles des pensées meurtrières. Je fonçai sur eux, et ils s'écartèrent.

Je nageai jusqu'à repérer l'embarcation de Cannon. L'eau était toujours plus froide. Une fine couche de glace se formait à la surface et s'épaississait à chaque minute. Je voyais Cannon me chercher. Armée d'un morceau de bois flotté, je me dirigeai droit vers la coque et m'y accrochai en respirant par un trou dans la glace. Je retirai mon T-shirt rose, que je laissai dériver. Croyant que c'était moi, Cannon se pencha pour l'attraper. Et là, je le frappai de toutes mes forces dans le dos. Il hurla de surprise, perdit l'équilibre, tomba et passa à travers la glace. En grimpant dans le bateau, je manquai de chavirer. Je tirai sur le lanceur de moteur pour le faire démarrer, détachai les mains de Cannon qui s'accrochait à la coque et fis tourner le bateau.

– Beatrice ! hurla-t-il en agitant la main. Reviens !

Je l'ignorai. Son vieux sweat à capuche gris et une couverture en flanelle rouge étaient enroulés autour d'une Thermos. J'enfilai le sweat et je mis la couverture sur mes épaules. Puis je dévissai la Thermos et je bus un peu de thé si chaud que je me brûlai la bouche.

Je ne savais pas où j'allais. Le brouillard ne s'évaporait qu'à quelques centimètres devant moi. L'eau bleue, les bois flottés, des troncs d'arbres noircis apparaissaient au dernier instant, faisant parfois caler le moteur quand l'hélice les heurtait. Au bout d'un moment, j'entendis le rugissement de la chute d'eau, et Cannon loin derrière moi.

– J'ai froid ! Je vais mourir ! Beatrice, aide-moi !

Je ne savais pas quoi faire jusqu'à ce que je repère des cheveux blonds sous la glace, qui faisait à cet endroit une dizaine de centimètres d'épaisseur. En la brisant à coups de rame, je me rendis compte que c'était Whitley, presque morte. À quelques mètres, eux aussi prisonniers sous la glace, gisaient Martha et Kipling.

Je les hissai un par un dans le bateau. Leur tête ballottait. Je les installai à la poupe, je leur retirai leurs chaussures et leurs T-shirts, je dépliai la couverture sur leurs jambes pour les réchauffer et je versai du thé dans leur bouche.

Ils montrèrent bientôt quelques signes de vie.

– Qu'est-ce qui se passe ? demanda Martha.

Je lui racontai tout. Elle demanda à voir Cannon, alors je fis faire demi-tour au bateau en cherchant entre les arbres jusqu'à ce qu'on tombe sur lui. Il était coincé contre un tronc. Il y avait tellement de glace dans sa barbe qu'elle était devenue totalement blanche.

Ses lèvres étaient bleues. Il avait retiré tous ses vêtements. Il était mort.

– Sa veillée doit durer plusieurs années pour qu'il ait des cheveux aussi longs, murmura Martha en touchant une mèche gelée. Il faut continuer mais, la prochaine fois, arrange-toi pour qu'il reste en vie. Tout repose sur toi, Bee. Nous, on arrive trop tard. Alors ligote-le, mais garde-le en vie. Comme ça, on pourra voter.

Cannon n'a plus toute sa tête. Comment peut-il voter ?

J'avais envie de poser cette question, mais je me rendis compte que la barque tanguait, car on était entraînés vers la chute d'eau.

Je m'emparai d'une rame, Martha de l'autre. Whitley essayait de s'accrocher à des troncs d'arbres pour nous ralentir. Kip se contentait de regarder dans le brouillard, pétrifié. Mais nos efforts ne servirent à rien. En moins d'une minute, l'embarcation fut emportée dans le courant. On fila le long des rochers et des arbres, puis on chavira dans l'écume. La dernière chose que je vis, ce fut Whitley qui essayait de me prendre la main alors que le bateau se dérobait sous nos pieds et qu'on tombait dans le vide.

—

Le vote. Le vote. Le vote.

Combien de fois cette scène se reproduisit-elle ? La bagarre pour récupérer la barque. Puis sauver Cannon, lui attacher les poignets et les chevilles. Retrouver mes amis dans la glace.

Je le fis encore et encore dans le froid mordant tout en essayant de ne pas me noyer.

J'essayai différentes tactiques. Cannon était peut-être à moitié fou, mais il était malin. C'était un ennemi étrange, parfois blasé, parfois puéril. Le capturer vivant était terrible, parce que ce n'était pas un inconnu. Par moments, il redevenait lui-même : drôle, gentil et sensible, me disant qu'il voulait m'aider et faire tout ce qui était en son pouvoir pour arranger la situation. Puis il changeait, comme s'il se débarrassait d'un costume de Halloween pour révéler une personnalité rongée par la rage et le remords. Cannon avait toujours cru qu'un avenir glorieux l'attendait. Chaque journée qu'il passait, chaque acte de gentillesse qu'il faisait, c'était dans l'espoir de devenir un jour quelqu'un d'important. Maintenant qu'il n'avait plus d'avenir, il était désemparé, alors il hurlait ses griefs dans le brouillard :

– J'ai été dupé ! Escroqué ! D'abord, le cauchemar de la mort de Jim. Et maintenant, ça ? Vous vous moquez de moi ! Ça ne devait pas se passer de cette façon. Je suis censé grandir ! Je suis censé vivre pendant soixante-dix ans encore ! J'aurais pu laisser une trace de mon passage sur terre ! Là, c'est comme si j'avais jamais existé ! Est-ce que j'ai même existé ? Beatrice ? Beatrice ! Où es-tu ?

Parfois, quand Cannon me donnait trop de fil à retordre ou que je mettais trop de temps à sortir les autres de la glace, ils étaient déjà morts, sauf Martha. Elle était à demi consciente, et murmurait dans un délire toujours les mêmes mots :

– C'est toi.

Au bout d'un moment, je finis par avoir en tête la topographie du *Blue Pond* aussi bien qu'un aveugle qui a mémorisé chaque centimètre carré de son quartier. Je connaissais l'emplacement de chaque arbre, de chaque rocher, à quel endroit le courant allait me projeter dans le néant.

Le vote se rapprochait. Je maîtrisais de plus en plus vite Cannon. Il faut dire que la lassitude et la résignation avaient peu à peu eu raison de lui tandis que ma détermination et ma force, au contraire, n'avaient cessé de croître. Je lui ligotais les mains et les chevilles avec des algues arrachées au fond du lac, je le hissais sur le bateau et le laissais bouder à la proue. Puis j'allais sauver les autres.

Là, il me restait onze minutes de veillée. Onze minutes entre le moment où ils se réchauffaient sous la couverture et celui où je coinçais le bateau entre les arbres pour éviter de plonger dans la chute d'eau. Onze minutes pour voter.

– Je ne vote pas, disait toujours Cannon.

– Si, disait Whitley.

– Non.

– Dans ce cas, tu vas finir noyé ici.

Il riait. J'étais habituée à ses ricanements, mais ceux-ci effrayaient encore les autres.

– Noyé ? Tu crois que j'ai peur de me noyer ? Me noyer, c'est comme serrer une main, pour moi. C'est comme dire : « Bonne journée ! » Ou alors : « Vous voulez des œufs brouillés avec vos toasts ? » C'est comme : « Bienvenue chez Office Dépôt, quelle imprimante recherchez-vous ? »

– Arrête, je t'en supplie, disait Whitley en essayant de ne pas pleurer.

Le vote. Le vote. Le vote.

Comme on n'avait ni stylo ni papier, j'arrachais une écharde au fond du bateau et on gravait les initiales de notre choix dans la paume de notre main.

Au fil du temps, des événements étranges commencèrent à se produire au cours de ces onze minutes. Des arbres morts chutaient, provoquant des remous. Le brouillard se levait, révélant un ciel gris avec des nuages qui tourbillonnaient comme une potion magique dans le chaudron d'une sorcière. Des nuées de guêpes rouges – celles dont Martha nous avait montré un dessin – s'abattaient sur nous comme des bourrasques de vent et de pluie mêlés en émettant un vrombissement aigu, nous percutaient les oreilles et le front, se prenaient dans nos cheveux, ce qui nous faisait hurler. Une grosse mouche voletait autour de nos têtes : Pete, l'ami imaginaire qui vivait dans le disque dur de Cannon quand il était plus jeune. De la glace s'amassait dans nos cheveux et sur nos cils. Il y avait de l'orage, des averses de neige, de la grêle. À la onzième minute, la barque se désintégrait et l'eau bleue s'immisçait entre les planches jusqu'à ce que le bois noircisse et soit réduit en poussière.

Je savais ce qui se passait, mais je ne disais rien. Personne ne disait rien. C'était la décision qui approchait, la lente convergence vers un seul nom. La mort de nos rêves, de notre jeunesse, des opportunités qui s'offraient à nous. Car le Neverworld avait beau être terrifiant, il contenait malgré tout toujours de l'espoir.

Cette fois, même l'espoir était en train de disparaître.

Cannon ignorait nos injonctions à voter et restait affalé dans le bateau, le regard dans le vide, à chanter *Just Like Heaven* de The Cure en insistant sur « *You, soft and lonely* ».

Puis, lors d'une veillée, il finit par arracher l'écharde des mains de Kipling et, en grinçant des dents de douleur, il grava ce qui ressemblait à des initiales dans sa main. Le sang coulait entre ses doigts lorsqu'il s'effondra, épuisé.

C'est là que Whitley se redressa et pointa un doigt vers le brouillard.

Le Gardien ramait vers nous, vêtu de son costume sombre et de sa cravate. Il manœuvra de façon à placer son bateau contre le nôtre. Malgré la grêle et l'eau, il était au sec.

– Félicitations, déclara-t-il d'une voix à peine audible à cause du tonnerre. Il y a un consensus.

– Quoi ! s'étrangla Whitley.

Le Gardien se contenta de sourire en se tenant aux bords de son bateau pour ne pas tomber dans l'eau.

Il s'éclaircit la gorge en remettant sa cravate en place mais, presque aussitôt, le vent l'envoya de nouveau par-dessus son épaule.

– Votre vie ne vous appartient pas. C'est juste un appartement que vous occupez. Aimez sans crainte, car l'amour est un avion qui vous conduit vers de nouvelles terres. Il y a un univers de silence. Un tunnel vers une paix hurlante. Offrez-vous une bonne nuit de sommeil. Riez dès que vous le pouvez. Vous êtes plus magiques que vous le croyez. Écoutez les conseils des vieux et des enfants. Aucun n'est aussi essentiel que vous le pensez, mais ça ne les rend pas moins vitaux. La vie trace sa route. Et encore. Cherchez les miettes.

On n'écoutait qu'à moitié : on était sous le choc.

Il s'inclina en déclarant :

– Cela a été un plaisir.

Puis il reprit ses rames et partit.

Le changement fut instantané. Les vagues se calmèrent. L'orage s'éloigna. Le rugissement de la chute d'eau se réduisit à un murmure. Le soleil émergea dans un ciel bleu, blanc et brûlant. Le lac devint calme et serein, l'eau scintillante, si bien que le souvenir de ce qu'on avait vécu pendant ces douze veillées successives – ou douze millions – parut aussi brumeux qu'un rêve dont on peine à se souvenir.

Il faisait très chaud. Whitley et Kip se déshabillèrent en hurlant et se jetèrent à l'eau comme au dernier jour d'un camp d'été. Avec un regard éteint, Cannon plongea à son tour, et j'eus beau l'appeler, il s'éloigna en battant des pieds, les yeux fermés. Il avait l'air si las. Il voulait qu'on le laisse en paix.

Je restai avec Martha. J'avais quelque chose d'important à

lui dire, et je risquais de ne plus jamais en avoir l'occasion. Elle regardait Whitley et Kipling.

– Martha. On n'a jamais été amies. Je voulais juste te dire que je comprends pourquoi. Et que ce n'est pas grave.

Elle me dévisagea.

– J'étais la petite amie de Jim. Tout le monde l'aimait. Toi comme les autres. Je regrette juste qu'on n'ait pas eu l'occasion de se connaître vraiment, toi et moi.

Elle inclina la tête en fronçant les sourcils.

– Jim ? Tu crois que j'étais amoureuse de Jim ? (Je hochai la tête. Elle sourit.) Je n'ai jamais été amoureuse de lui. Mais toi, oui, je t'aimais. Car tu m'as sauvé la vie. (Elle dit ça si bas que je n'étais pas certaine d'avoir bien entendu.) Tu te souviens de la soirée du bal de fin d'année en troisième, pendant la tempête de neige ? Quand il y a eu la coupure d'électricité ? Tu avais filé à ta chambre pour changer de robe, et tu m'as trouvée en train de lire dans la salle commune. Tu t'es moquée de moi car tu croyais que je n'avais pas remarqué que la fenêtre était ouverte et qu'il y avait de la neige à l'intérieur. Tu es restée avec moi alors que Jim t'attendait.

Je m'en souvenais très bien. C'était la seule fois où on avait vraiment pu parler.

– Ce n'était pas un hasard si la fenêtre était ouverte.

Je lui lançai un regard interrogateur.

– Ça faisait des semaines que j'avais tout planifié et calculé. L'accélération pendant la chute. Même en atterrissant dans la neige, mes chances de survie étaient inférieures à un pour cent.

Je n'en revenais pas.

– C'était stupide, je sais. L'un de ces moments de solitude que j'éprouvais souvent. Je ne connaissais encore rien à la vie. Ces moments de notre enfance qu'on juge fondamentaux, mais qui ne sont qu'un tournant dans la rivière, un virage serré qui nous empêche de voir au-delà. Car la rivière coule bien plus loin qu'on ne l'imagine. J'allais sauter quand j'ai entendu du bruit. Alors j'ai hésité, puis je me suis jetée sur le canapé, j'ai attrapé un livre et j'ai fait semblant de lire. Ton arrivée m'a sauvé la vie. Alors ici, au Neverworld, je me devais de sauver la tienne.

J'ouvris la bouche pour dire quelque chose, mais aucun son n'en sortit. Elle reprit :

– Je savais que tu te doutais de quelque chose. Par exemple, au commissariat de Warwick, quand je suis apparue au sous-sol. C'est moi qui avais pris le dossier de Jim. Tu le savais, non ?

– Quoi ! soufflai-je.

– Ce n'étaient pas les Mason. C'était moi. Je l'ai caché dans une autre boîte pour que personne ne puisse le retrouver. Parce qu'il contenait tout, notamment les sms que Jim t'avait envoyés, et que je ne voulais pas qu'on te soupçonne. C'est pour ça que j'étais contre le fait de retourner à Vulcanica. Je craignais qu'on découvre la vérité. Alors, dès que je me suis réveillée, je suis allée démanteler l'échelle de la cabane du contremaître. J'ai grimpé sur quinze mètres, je me suis planté un million d'échardes dans les mains, mais je savais que je devais présenter un scénario convaincant pour que personne n'apprenne la vérité.

– Quoi !

Elle m'examina avec un petit sourire.

– Tu sais bien, Beatrice. Tu étais sur place. (Un frisson me parcourut l'échine.) Je t'ai vue revenir de la carrière. Tu n'as rien à te reprocher. Quoi qu'il se soit passé, je sais que tu n'as jamais voulu lui faire du mal. Je n'ai jamais douté de toi. Et je ne le ferai jamais.

Mon sang avait quitté mon cerveau. J'avais envie de vomir.

– Jim t'aimait, mais il ne te considérait pas. Il en était incapable. Pourtant, c'est grâce à toi qu'il tenait bon. Tu étais son soutien. Il était un être fascinant et addictif. Tu l'aimais, or l'amour rend aveugle. C'est ça qui me faisait le plus mal. C'est pour ça que je ne pouvais pas être ton amie. Que je ne pouvais pas te parler. Ça me faisait trop de peine, Bee.

Elle secoua la tête en m'observant, le visage ravagé par l'émotion. Elle eut néanmoins le courage de continuer :

– J'ai déjà vu ça. Ma sœur a vécu la même chose. Elle aimait un garçon à tel point qu'elle s'est oubliée et, au final, ça l'a tuée. Ton amour était sans conditions. Il te mettait en péril. Et ça me déchirait.

– Mais de quoi tu parles, Martha ?

– *L'Homme de nulle part*. La comédie musicale de Jim. Tout le monde s'extasiait dessus. À raison. Mais quelle surprise, après des semaines à se lamenter de ne plus pouvoir écrire une ligne, tout était prêt la veille des Vêpres ? Comme par magie ?

Elle avait un visage grave. Et asséna :

– La magie, c'était toi.

J'étais incapable de parler. J'avais l'impression qu'on me braquait une lumière aveuglante dans les yeux.

– Le soir de la tempête, tu m'avais montré ton travail. Tes bandes-son pour des films imaginaires. Je ne les ai jamais oubliées. J'en ai retenu chaque parole. Quand Jim m'a montré ce qu'il avait écrit, j'ai tout reconnu. *Tu es mon baba à la chantilly, un véhicule tout neuf, tu es un Château Margaux, pas un simple Châteauneuf*. Ça n'a pas gêné Jim de te piquer tes chansons. Il t'a dit que ce n'était qu'un emprunt, c'est ça ? Qu'il t'en donnerait ensuite le crédit ? Il prenait tout pour lui, et il ne laissait que des miettes aux autres. C'est drôle, pour une personne si pleine d'énergie, l'espace autour de lui était toujours si froid. Il avait plus de grands projets que de talent.

Elle haussa les épaules d'un air résigné. Je sentais une émotion brûlante dans ma poitrine.

– Jim ne m'a pas volé mes chansons, protestai-je. Je les lui ai données. Elles dormaient dans un tiroir. Et il avait besoin d'aide.

Martha me regarda avec une telle intensité que je fus prise de vertiges.

– Tout ce que j'ai fait au Neverworld – les choses bien, bizarres, absurdes, toute cette énergie dépensée –, c'était pour toi. Orienter la discussion vers un but précis. Te poser les bonnes questions pour te disculper. Distraire les autres afin qu'ils ne voient pas la pourriture qui surgissait partout autour de toi, tout le temps. La moisissure, le verre qui se brisait, l'huile noire, les arbres qui chutaient, la cabane du contremaître qui s'est effondrée. Bee, c'était comme essayer de cacher que tu évoluais au milieu d'un ouragan. Tout ça à cause de ce secret que tu cachais : ta présence à la carrière cette nuit-là. J'ai passé des milliers d'heures en compagnie de ce professeur cinglé de Brown, avec ses poils dans les oreilles et sa mauvaise haleine pour qu'il m'enseigne l'art de la persuasion afin que je réussisse à implanter dans toutes les têtes que c'était toi qui devais survivre, parce que c'est à toi de raconter notre histoire.

Mon esprit courait stupidement après ses mots comme un crabe en folie. Mais de quoi parlait-elle ? J'avais voté pour Martha. C'est Martha qui allait survivre. Elle continua :

– Je ne pouvais pas t'en parler, parce que tu aurais essayé de m'en empêcher. Tu aurais tout gâché. On devait découvrir la vérité sur la mort de Jim pour voter sans que personne ne sache rien de ton implication. Car tu devais rester sœur Bee. Je te dis ça juste pour que tu saches. Parce qu'on a tous notre histoire écrite dans des carnets conservés bien à l'abri de tiroirs secrets. Tu ne peux pas les jeter, Bee. Ils sont à toi, maintenant. Ce sont nos empreintes. Comme tes enfants. Les lumières qui éclairent ton chemin. Sans eux, tu te perdrais.

Elle tendit la main et, d'un geste affectueux, coinça des mèches de cheveux derrière mes oreilles.

– Ne cède plus jamais tes mots.

Martha. Je m'étais trompée du tout au tout.

– Bref, conclut-elle en retirant ses lunettes et en les repliant, puis en les posant avec soin sur le banc près d'elle avec un petit sourire. Chapitre soixante-douze. « Ce n'est que le début. »

Elle se leva et, en murmurant des mots qui ressemblaient à « miettes de pain », elle plongea et battit des pieds en direction des profondeurs turquoise.

Je restai là, incapable de bouger.

Je m'étais trompée du tout au tout.

Je me relevai en mettant mes mains en visière.

– Martha !

Il n'y avait plus aucune trace d'elle.

Whitley et Kipling, qui nageaient à quelques mètres, se retournèrent d'un coup.

Martha. Je… Il fallait que je lui dise. Je voulais qu'elle sache… Je détachai la barque, attrapai les rames et manœuvrai entre les arbres en pleurant.

– Martha !

Je sautai par-dessus bord et nageai dans l'eau en direction du froid, du vide.

Quand Whitley et Kip me hissèrent sur le bateau, je pleurais encore.

– Elle était là il y a encore un instant. Et maintenant, c'est trop tard. Trop tard. Vous ne comprenez pas ? Martha. Elle ne reviendra jamais. Je devais lui dire. Mais maintenant, elle est partie, et c'est trop tard pour…

– Chut, me fit Whitley en me serrant contre elle et en essuyant mes larmes. Tout est fini, maintenant, Bee. Regarde autour de toi. Tout a presque disparu.

—

« Regarde autour de toi. Tout a presque disparu. »

Si seulement quelqu'un m'avait dit ça avant. Sur la vie. Si seulement j'avais compris.

Ensuite, le silence s'imposa de lui-même. C'était inutile de parler, désormais. On se blottit sous la couverture en contemplant le lac.

Cannon était quelque part par là.

Le soleil se couchait. Il prit la teinte orange vif des dessins d'enfant et projeta une lumière chaude sur nos visages, qui s'immisça en nous et en illumina chaque recoin. J'avais déjà éprouvé ça à Darrow, lors d'un mardi ordinaire avec mes amis, quand l'un d'eux réussissait à exprimer exactement ce que je ressentais, et que la vie en paraissait plus réelle. Il y avait alors un sentiment d'éternité dans nos rires et le contact entre nos épaules.

Et là, quelque chose commença à se produire en moi. Était-ce la mort ou un autre état mystérieux de la vie, je l'ignorais. Je me sentis attirée vers le fond du bateau, et je regardai le ciel rouge. La veillée de Kip et de Wit était plus longue, mais eux aussi finiraient par ressentir ça. Je les sentais près de moi, qui murmuraient des mots que je ne comprenais pas, un peu inquiets mais pas effrayés, leurs mains chaudes qui serraient les miennes, qui attendaient la suite.

Je ne les oublierai jamais. Jamais.

Puis leurs visages se dissipèrent dans le jour qui s'assombrissait, et je perdis connaissance.

Chapitre 26

Je flottais dans un endroit laiteux.

J'avais un objet dur dans la gorge. J'entendis des pas.

– Bonjour, dit une voix d'homme. Comment va-t-elle, ce matin ?

Il y eut un cliquetis. Je sentis quelqu'un près de moi.

– Je comprends que ce soit difficile. Comme je vous l'ai expliqué hier, on avance pas à pas. Le sevrage de la ventilation artificielle se passe bien. J'espère pouvoir lui retirer sa sonde aujourd'hui, car il faut savoir si elle réagit aux stimulations.

Il y eut du mouvement autour de moi, des chuchotements. Une main se posa sur mon bras.

– Beatrice ? Peux-tu ouvrir les yeux, s'il te plaît ?

Je clignai des paupières. Je ne vis que des taches de couleur.

– Oh, mon Dieu.

– Beatrice ?

– Là, là, elle…

– Bumblebee ?

– Peux-tu me montrer deux doigts ?

Prise de vertige, je flottais dans un marais. J'essayai de lever une main. J'avais la gorge en feu.

– Et l'autre main ? C'est formidable. Maintenant, agite tes orteils.

Tout à coup, je sentis une lumière vive dans mes yeux, qui envoya une boule de flipper cogner dans mon crâne. Je clignai de nouveau des paupières.

Et là, je vis une télévision sur le mur. Une émission du matin, le son coupé. Je réussis à faire le point sur la date au bas de l'écran.

7 h 21. 10 septembre.

J'étais en vie.

—

Comme je retombais dans la pénombre aqueuse, mon ultime conversation avec Martha me revint. J'avais l'impression qu'elle m'avait quittée un instant plus tôt. Sa confession m'avait bouleversée. J'avais enfoui ce secret si profondément dans mon cœur qu'il était resté là, invisible, comme un avion qui a disparu des radars et dont certains finissent par se demander si ses passagers ont même un jour existé.

« En fait, on a tous tué Jim. »

Whitley ne savait pas à quel point elle avait raison.

Personne ne m'avait jamais interrogée. Ni mes amis, ni la police, ni mes parents. Personne. Parce que j'étais quelqu'un de bien : sœur Bee.

« Je vais à la carrière. Rejoins-moi. »

Dans ma chambre du pensionnat, j'avais écouté en boucle les messages de Jim en regardant la pelouse plongée dans le noir. Je me sentais si seule. Je l'aimais. Et pourtant, je le détestais. Je détestais la façon dont il réussissait à me faire exister, puis à me plonger dans l'oubli, comme s'il était le magicien, et moi le lapin du chapeau. J'avais tout autant envie de le voir et de lui pardonner que de le chasser de mes pensées et de ma vie. J'aurais aimé qu'il ne se soit jamais intéressé à moi. Et pourtant, la perspective de vivre sans lui était trop pénible pour être même concevable.

Alors ce soir-là, je sautai de mon lit, retirai mon pyjama et enfilai la lingerie sexy achetée pour cette occasion, puis le short en jean blanc que Jim aimait, et le petit top Gucci aux épaules dénudées emprunté à Whitley. J'allais m'offrir à lui. C'était stupide mais, tout à coup, je voulais enfin le faire. Je mis de l'eye-liner et du mascara, puis le rouge à lèvres M.A.C de Whitley. Je défis mon habituelle queue-de-cheval pour libérer mes cheveux. Je chaussai mes Converse, glissai deux bougies dans mon sac à dos et attrapai mon édredon.

Et je courus jusqu'à la carrière du Volcan.

Par chance, j'étais tellement absorbée par ma décision que j'avais oublié mon téléphone sur le rebord du lavabo. Sans doute qu'ensuite la police, ayant les relevés de nos portables de cette nuit-là, avait vu que le mien n'avait pas bougé, ce qui me fournissait un alibi. Mais même si j'avais été interrogée, je doute qu'on m'aurait soupçonnée. Tout le monde me croyait toujours.

Pourtant, ils auraient dû me soupçonner.

J'atteignis la carrière à minuit et quart. Là-bas, aucune trace de Jim. Il n'était pas encore arrivé. La nuit était fraîche, le ciel clair, les étoiles brillaient. On se rejoignait toujours au pied de la cabane du contremaître, puis on montait à l'échelle ensemble. Cette fois, je m'y aventurai seule. Je voulais tout préparer. J'étais tellement impatiente et désireuse de le retrouver, de tout oublier, de recommencer à zéro. J'avais peur, aussi. D'être à nouveau avec lui, de mes doutes. En grimpant, je remarquai que certains clous de l'échelle étaient plus lâches que d'habitude. D'autres manquaient, surtout sur les derniers barreaux.

Là, je m'arrêtai, car non seulement j'avais les mains tremblantes, mais je m'étais fait mal au tibia. Je saignais. On aurait dit un opossum écorché. Alors je redescendis car je voulais éviter que Jim voie ça. J'étais contrariée.

Moi, contrairement à Vida Joshua, j'étais moche. Vida Joshua était une sirène. J'étais juste bonne à retourner dans ma chambre. C'était la seule chose qu'il me restait à faire.

J'avais presque atteint le bas de l'échelle quand je me ravisai de nouveau. J'étais toujours la trouillarde, la fille mesurée, je vivais ma vie *pianissimo*, comme disait Jim. Pourquoi avais-je toujours si peur de tout? Je repris mon ascension. «*Carpe noctem!*» hurlait toujours Whitley, la tête rejetée en arrière : «Jouir de la nuit». Pour une fois, pourquoi pas? Quand j'atteignis la plateforme, je constatai que certains clous de l'échelle se détachaient.

J'allumai les bougies dans la cabane, puis la vieille lampe à huile sur la table en bois où des centaines d'élèves de Darrow avaient gravé leurs initiales. J'étalai l'édredon, je me mis en sous-vêtements et j'attendis.

J'entendis Jim arriver. Il parlait tout seul et il avait une élocution pâteuse.

Je me levai et m'enveloppai dans l'édredon, puis je me glissai jusqu'à la plateforme en scrutant l'obscurité.

Il avait à moitié gravi l'échelle. Il était ivre, il agitait un bras en chantant les paroles d'une nouvelle chanson de sa comédie musicale, des paroles que j'avais écrites.

– *Un arbre pousse dans les bois. La tour du château n'abrite que toi. Tout cela s'arrêtera-t-il avant que je ne sois aux abois? Il n'y a de poison que pour moi.*

Il reprit son ascension. Je revins dans la cabane sans un bruit et m'allongeai sur l'édredon. Il serait là dans quelques instants. C'était *le* grand moment. Cette idée causa une étrange sensation de vide en moi. J'étais en train de commettre une grosse erreur. Je ne devais plus approcher de Jim. J'aurais mieux fait de rester dans ma chambre.

C'est là que j'entendis un grand bruit. Jim poussa un cri.

Je bondis. Il manquait trois barreaux à l'échelle près de la plateforme. Jim se retenait tant bien que mal en essayant de rattraper un barreau, en vain. Il réussit à balancer sa jambe de façon à poser un pied sur l'une des poutres en bois.

– Bee ? fit-il en clignant des yeux, le front ruisselant de sueur. Bee, Dieu merci, tu es là. Aide-moi.

Il me tendit une main. Mais j'étais paralysée. Alors il se mit à crier :

– Beatrice ! Mais qu'est-ce qui te prend ? Aide-moi ! Beatrice !

—

Que s'était-il passé pendant ces quatre secondes ?

Je ne le saurai jamais.

Tout était allé si vite. Jim était en danger de mort, et moi incapable de bouger. Y compris de respirer.

J'aimerais tant pouvoir dire que c'était de la panique, mais non. Il y avait autre chose : une petite tache noire dans mon cœur. Je savais que si je le sauvais, je ne pourrais plus jamais me libérer de lui. Peut-être que Martha avait raison : peut-être était-ce à cause des paroles de mes chansons, de ces albums que j'avais déposés devant lui alors qu'il sanglotait en disant qu'il n'était bon à rien, qu'il ne réussirait jamais comme son père, que ses rêves étaient morts. J'étais allée dans mon placard chercher ma collection de bandes-son imaginaires, onze carnets remplis de chansons et de dessins que je faisais depuis toujours, uniquement parce que là, je pouvais être moi-même. Il les avait prises en reniflant comme si je m'étais contentée de lui tendre un stylo, alors qu'il savait ce qu'elles représentaient pour moi, ce qu'elles signifiaient. Puis il avait tout recopié dans son cahier. Peut-être que la véritable question, c'était : puisqu'il pouvait si facilement me prendre mes mots, quand prendrait-il tout le reste ?

Mon hésitation ne dura qu'un instant. Je me précipitai vers lui, coinçant mes pieds dans la porte pour m'assurer une prise, me couchant sur le ventre, tendant les bras.

Trop tard.

Il chuta. Sa tête heurta une poutre en bois, sa casquette vola. Il heurta le sol avec un bruit sourd.

Il resta immobile par terre, un filet de sang sur la joue.

La minute suivante s'écoula à la manière d'un cauchemar. La scène qui venait de se produire était comme un bulldozer dans mon esprit déjà en ruine.

Jim est mort. Jim est mort. Non, ce n'est pas possible.

Je courus partout comme une folle dans la cabane du contremaître. Je pleurais, je tremblais, j'éteignis les bougies, j'enfouis l'édredon dans mon sac, puis je me rhabillai en vitesse. Je descendis l'échelle quatre à quatre sans même prêter attention au trou, et je sautai sur l'herbe.

Je m'approchai de Jim.

Il y avait du sang sur sa tempe. Il avait les yeux fermés. Il était mort, je n'en doutai pas. Je devais prévenir la police. Mais en cherchant mon téléphone dans mon sac, je ne le trouvai pas. L'aurais-je laissé dans la cabane du contremaître ? En levant les yeux, je me rendis compte que j'avais également laissé la lampe à huile allumée. À cet instant, je vis des phares éclairer l'herbe comme un feu de forêt. Une voiture apparut en cahotant sur le chemin plein de trous, son enjoliveur prêt à se détacher, la radio à fond.

C'était la vieille Nissan rouge de M. Joshua, avec son affiche À VENDRE scotchée à la vitre arrière.

Vida Joshua. J'étais persuadée que c'était elle. Qu'est-ce qu'elle faisait là ? Jim se serait-il trompé en me demandant de venir ? Peut-être qu'il avait voulu lui envoyer ce sms, et qu'il me l'avait adressé par erreur ?

Je me jetai dans l'herbe et partis en courant. Il fallait que je rentre chez moi. J'avais envie de me blottir contre ma mère. Je localisai le trou dans le grillage et m'y faufilai.

Vida allait trouver Jim et appeler une ambulance.

Il irait bien. Tout allait s'arranger.

Je n'avais aucun souvenir de ma course jusqu'au campus. Je me voyais juste grimper à toute vitesse les marches jusqu'à ma chambre et foncer dans le couloir. C'est sans doute là que Martha m'avait vue. Elle habitait au même étage que moi et travaillait souvent dans un coin de la salle commune. Je me précipitai dans ma chambre, je fermai la porte, puis je me déshabillai entièrement.

Tout le monde dit que je suis quelqu'un de bien, quelqu'un de gentil, donc ça doit être vrai, non ? Ça signifie que je fais toujours ce qu'il faut.

Je remis mes sous-vêtements La Perla dans le papier de soie et les rangeai au fond de mon tiroir, puis le top de Whitley dans mon placard. Je retrouvai mon téléphone sur le bord du lavabo, là où je l'avais laissé. Il était 1 h 02. Pas de nouveaux messages. Mes mains tremblaient. Je réussis à me démaquiller, je m'aspergeai le visage d'eau et retirai les feuilles et les herbes de mes cheveux.

À l'idée de ce que je venais de faire, je me sentais terrassée. Mais pourquoi n'appelais-je pas la police ? Je devais aller rejoindre Jim, mon amour. Je commençai à composer le numéro des secours, mais à l'idée de ce que je devrais expliquer au standard, je raccrochai.

– *Mon petit ami est tombé à la carrière du Volcan. Je vous en supplie, envoyez une ambulance.*

– *Où vous trouvez-vous ? Sur place ?*

– *Non, je me suis enfuie. J'étais jalouse d'une autre fille. Je l'aime, mais on s'était disputés.*

Cannon. Il fallait que je trouve Cannon ; il résolvait toujours tous les problèmes. Alors je traversai la cour en courant et j'escaladai le chêne face à la fenêtre de sa chambre au deuxième étage de Marlborough pour frapper à la vitre. Pas de réponse.

Kipling. Kipling m'aiderait. Il dormait tout en haut d'Eldred. Je descendis de l'arbre, traversai de nouveau le campus en courant et me glissai par une issue de secours, je montai l'escalier. Mais Kipling n'était pas dans sa chambre. Quand je courus jusque chez Whitley et que je frappai, elle aussi était absente.

Mais où étaient-ils donc tous ?

Martha. Je revins en courant à Creston Hall. Il y avait de la lumière à sa fenêtre, mais à imaginer sa réaction quand je lui avouerais tout ça en pleurant, je préférai retourner à ma chambre. Mon cœur trottinait comme une petite souris affolée dans ma poitrine.

Je me glissai dans mon lit en regardant le plafond. Je savais que j'aurais dû appeler ma mère, mais je ne pouvais m'y résoudre. Les questions explosaient comme des grenades dans ma tête : si je n'avais pas décidé de faire une surprise à Jim, serait-il encore en vie ? Avait-il donné rendez-vous à Vida, et non à moi ? Avais-je provoqué la chute des barreaux à cause de mes allées et venues ? Où étaient tous mes amis ? Jim les aurait-il appelés à l'aide ? Peut-être qu'ils étaient avec lui à cette heure, qu'il leur racontait ce que j'avais fait, à savoir le laisser tomber, puis l'abandonner ? Avais-je tué Jim ?

Je devais retourner à la carrière. De là, j'appellerais la police. Je sortis de mon lit, enfilai un jean, un T-shirt et de grosses chaussures. Je courus tout du long, terrifiée, certaine de me faire attraper par Moses. J'atteignis l'endroit à 4 heures du matin en tremblant de tout mon corps. Je m'approchai du pied de la tour où se trouvait l'échelle.

Jim avait disparu.

Il n'y avait aucun signe de sa présence.

Pas de sang. Quelques herbes couchées, tout au plus. Et c'était tout.

Vida l'avait conduit à l'hôpital. Ou alors, par miracle, Jim s'était relevé indemne, ce qui signifiait qu'à présent il me détestait. Comme les autres.

Je retournai à ma chambre en titubant. J'avais envie de mourir.

Je vécus la journée du lendemain comme un zombie. Dès que je songeais à la nuit précédente, mes souvenirs étaient embrumés, comme si j'avais tout inventé. Cette scène avait-elle vraiment eu lieu ? Jim avait disparu. Personne ne savait où il se trouvait. Whitley, Kip et Cannon étaient gentils, mais distants. Ils me dirent chacun avoir passé la soirée dans leur chambre. Martha prétendit avoir dormi dans la bibliothèque.

Le surlendemain, ce fut officiel : le corps de Jim avait été retrouvé dans le lac de la carrière.

C'était impossible. Que s'était-il passé après mon départ ?

Qu'est-ce que Vida avait fait à Jim ? Pourquoi mes amis mentaient-ils ? De quoi avaient-ils peur ?

Alors j'étais allée à Wincroft pour avoir des réponses.

Martha connaissait mon secret depuis tout ce temps. Et elle m'avait couverte, protégée.

Comment avais-je fait pour ne pas m'en rendre compte ? Comment pouvais-je avoir été aussi aveugle ?

—

Quand j'ouvris les yeux, j'étais couchée sur un lit d'hôpital. Je voyais nettement la chambre : des murs jaune pâle, une petite table, un climatiseur, un vase de fleurs, un ours en peluche avec un ballon en hélium où était écrit : « Bon rétablissement. » Devant moi, une assiette et une tasse rose munie d'une paille.

Ma gorge était libre, quoique encore douloureuse.

– Elle se réveille ! s'exclama ma mère debout à la fenêtre.

– Ma petite fille chérie, dit mon père en s'avançant vers moi.

Ils me scrutèrent d'un air anxieux. Ma mère avait des Kleenex en boule dans la main et les cheveux aplatis, sans doute avait-elle dormi dans un fauteuil. Mon père avait plus de cheveux gris que dans mon souvenir.

– N'essaie pas de parler, dit-il. Tout va bien. Tu es à l'hôpital Miriam de Providence. Tu as fait une commotion cérébrale à cause d'un accident de voiture, ce qui a déclenché une hémorragie. Mais les médecins ont tout aspiré et tu vas guérir, d'accord, ma fille ?

Mon père avait dû ordonner à ma mère de ne pas trop en dire, parce qu'elle hochait la tête à chacun de ses mots en retenant ses larmes.

Dites-moi juste que mes amis sont encore en vie. Qu'ils sont hospitalisés dans le même couloir que moi.

– Tu dois te reposer, dit ma mère en me serrant la main.

En observant la chambre, je vis une photo de plage encadrée sur le mur et un panneau avec cette inscription : « Aujourd'hui, votre infirmière est LAURIE. »

Il y avait aussi un adolescent osseux avec une touffe de cheveux blonds assis sur une chaise près de la porte. Il me fallut un moment pour reconnaître Samy l'Endormi, le jeune Anglais en compagnie de qui j'avais servi des glaces tout l'été au Crow.

Ma mère vit mon regard.

– Tu te souviens de Samy ?

– Il est venu te faire la lecture chaque jour, dit mon père.

Samy s'approcha.

– Je suis vraiment heureux de te voir les yeux ouverts, Bee. Bienvenue parmi nous.

Mon père posa une main sur son épaule.

– Samy est un lecteur hors pair. Qui l'eût cru ? Il est capable de prendre des voix totalement différentes. Cinquante personnages à incarner ? Pas de problème. Il pourrait avoir un bel avenir dans les théâtres de New York.

Et là, je remarquai le livre sous le bras de Samy. Une couverture argentée, des cages à oiseaux et des trains à vapeur, des personnages aux joues roses qui portaient des hauts-de-forme. Le titre m'envoya une décharge d'adrénaline.

La Maison des ténèbres, au virage d'ailleurs.

« La saga culte du passé et du futur. Mystère garanti. L'amour éternel jusqu'à la fin des temps. »

– Bonjour, Beatrice.

Un médecin grisonnant vêtu d'une blouse blanche et d'un pantalon de chirurgien entra avec une écritoire et une tasse de café en carton. Il était accompagné d'une femme asiatique qui, elle aussi, portait une blouse blanche.

– Bienvenue parmi nous, dit-il. Permets-moi de me présenter. Je suis le docteur Miller. C'est un plaisir de faire enfin ta connaissance.

Quand je pus distinguer ses traits, j'en eus le souffle coupé.

Je l'aurais reconnu en n'importe quelle circonstance. À jamais gravés dans mon esprit, ses traits flotteraient devant mes yeux fermés pour le reste de ma vie : ce regard vert qui vous transperçait, cette voix de baryton, ces manières élégantes et lasses qui faisaient penser à une danseuse étoile vieillissante dont chaque pas était douloureux après tant d'heures passées sur les pointes.

Ce n'est pas possible. Pas possible.

– Quand pourra-t-elle partir en maison de convalescence? demanda ma mère.

– Dans quelques jours. La faiblesse dans la partie gauche de son corps et les problèmes de mémoire à court terme devraient se résoudre, mais ça peut prendre plusieurs mois.

Le Gardien.

Il me demanda de lever les bras, de montrer trois doigts, de plier les genoux. Si je savais en quelle année on était, qui était le président des États-Unis et mon âge. J'étais tout étourdie. J'avais du mal à me concentrer sur ses questions. Je le regardais d'un air incrédule. Il avait posé sa tasse en carton devant moi. L'étiquette du thé dépassait.

Il reprit sa tasse, but une gorgée et tourna les talons. Il murmura quelque chose à mes parents à la porte. Puis il disparut dans le couloir avec la dame asiatique.

Chapitre 27

Mes parents n'eurent pas d'autre choix que de me le dire, mais je le savais déjà.

Kipling St. John

Whitley Lansing

Cannon Beecham

Martha Ziegler

étaient tous morts.

Je passai six semaines en maison de convalescence à arpenter les couloirs en linoléum avec ma canne à poignée ergonomique, à m'exercer à monter et descendre un escalier et à dompter mon bras gauche qui s'agitait comme s'il possédait un cerveau rien qu'à lui. Le premier soir après le dîner, je me glissai dans la salle informatique et lus tout ce que je pus trouver sur l'accident.

Il y avait eu des articles dans le *Providence Journal*, le *Warwick Beacon* et même *USA Today*. Tous avaient le même angle : la perte dramatique de quatre jeunes vies. Il était également question de l'accident dans le *Republican Nation*, qui abordait le sujet sous l'angle de la conduite en état d'ivresse dans les communautés de la Nouvelle-Angleterre au taux de chômage exponentiel. Tous les articles étaient accompagnés de photos de Whitley, la fille parfaite, ils citaient Cannon, Kipling et Martha, pour laquelle on mentionnait toujours sa bourse au MIT. Mon nom figurait tout à la fin – la seule survivante, la chanceuse.

Leurs Facebook s'étaient transformés en mémoriaux, ce qui ne me surprit pas ; il s'était passé la même chose avec Jim. Des élèves de Darrow qui les connaissaient à peine ou des amis d'enfance postaient des messages du genre : « J'ai le cœur brisé », « Le monde est dépeuplé », avec des emojis en prière, des commentaires sur le fait que « la vie n'est que souffrance » et des gifs de Heath Ledger.

Leurs funérailles avaient eu lieu pendant que j'étais dans le coma à l'hôpital. Tous les journaux de leurs villes respectives évoquaient la tragédie (les articles sur l'accident avaient été likés et partagés des centaines de fois), publiaient des photos de membres de leurs familles aux yeux rougis lisant un poème au pupitre d'une église. Les portraits encadrés de Kipling/Cannon/Martha/Whitley – dont les sourires ne convenaient guère à la situation – reflétaient leur incrédulité face à cette réalité : entre autres choses, la vie n'est qu'une succession de virages en épingles à cheveux.

« Linda Tolledo s'exprime lors des funérailles de sa fille Whitley Lansing, décédée dans un accident de voiture. »

Il y avait aussi des fleurs, des photos, des bougies et des peluches sur les lieux de l'accident au bord de la route côtière. Des gens prenaient des photos puis les postaient avec des #RIP et #onnevousoublierajamais.

Ils n'avaient pas souffert, avait assuré la police à mes parents. Ils étaient tous morts sur le coup.

Si j'avais survécu, c'était parce que je n'avais pas mis ma ceinture : j'avais été projetée en l'air et j'avais atterri dans les buissons, tandis que les autres étaient restés prisonniers du véhicule qui dévalait le ravin.

Mais tout le monde ignorait pourquoi j'avais survécu, en réalité : pour vivre un siècle en l'espace d'une seconde. J'étais morte des milliers de fois, j'avais appris tant de choses et aimé profondément quatre personnes, ce qui est offert à si peu de gens. J'avais parcouru en long et en large un endroit où des détails tels que la vie et la mort ne comptent pas, où la seule chose importante, ce sont les quelques instants qui les séparent.

Après ça, on s'émerveille de chaque seconde.

—

Ainsi reprit mon existence en dehors du Neverworld.

Elle était très différente de mes souvenirs. Tout simplement parce que moi, j'étais différente.

Et pas seulement à cause de la cicatrice en point d'interrogation à l'envers juste au-dessus de mon oreille droite. Mes cheveux la cachaient ; pourtant, c'était mon tatouage, mon pense-bête. Les gens qui ne me connaissaient pas bien me trouvaient sûre de moi, quoique toujours un peu distante. Je me mordillais moins les lèvres, je triturais moins souvent mes cheveux. Je ne me demandais plus si on m'appréciait ou non, si j'étais jolie ou non. Ça ne me faisait plus peur d'être assise seule à une table dans une cafétéria bondée ou bien d'aborder un beau garçon, de participer à un karaoké, de passer un entretien, de prononcer un discours. Tous les petits tracas de ce bas monde, le Neverworld m'en avait libérée. Je ne cherchais plus à combler les blancs. J'y accordais aussi peu d'importance qu'à un vase de fleurs séchées.

Les amis de mes parents murmuraient : « Beatrice est sortie de sa coquille » ou : « Vous devez être tellement soulagés. » Ils s'émerveillaient d'apprendre que j'avais décidé de changer de fac pour poursuivre mes études au Boston College, où j'étudiais la musicologie et l'histoire de l'art, que je travaillais à mi-temps pour une boîte de jeux vidéo, et que j'étais bénévole pour aller raconter des histoires au coucher dans un orphelinat.

C'est à ces enfants que je parlais du Neverworld.

Je n'évoquai cette histoire devant personne d'autre, pas même mes parents. En revanche, je savais que ces enfants, avec leurs yeux écarquillés et leur expérience du noir, leurs royaumes faits de petits matins, de parties de cache-cache, de siestes et de goûters, eux, comprendraient. Je leur racontais comment j'avais visité les replis et les recoins les plus secrets de ce monde. Qu'un jour, eux aussi connaîtraient peut-être ce pays des rêves entre la vie et la mort, où le passé, le présent et l'avenir s'entremêlaient, et où l'enfer peut se transformer en paradis en un clin d'œil.

– Comment on y va ? me demanda tout bas une petite fille.

– Si tel est ton destin, tu le sauras. Mais l'essentiel, c'est de ne pas avoir peur. Parce que, finalement, ça n'est pas très différent de ce monde-ci.

Le Neverworld avait-il vraiment existé, ou était-ce une conséquence de ma blessure, « l'hématome sous-dural nécessitant une craniotomie pour évacuation du sang », et de ces onze jours dans le coma sous respiration artificielle et sédatifs ? Pendant ce temps, Samy me faisait la lecture, et l'un des médecins ressemblait au Gardien. Toute cette histoire n'aurait-elle existé que dans mon esprit ? Mes sens auraient-ils ajouté des détails à ce monde furieux, créant une réalité qui n'existait qu'en moi ?

Bien sûr que le Neverworld avait existé, même si je ne pourrais jamais en avoir la preuve.

Pourtant, j'essayai de vérifier chaque détail. Je découvris quelques faits exacts : une certaine Mme Khan, collectionneuse de boules à neige, habitait vraiment près de Wincroft. Il y avait bien une marina privée appelée L'Antre de Davy Jones non loin, un Ted Daisy à Cincinnati, une certaine Channing chargée de la circulation au commissariat de Warwick, mais c'était tout. Pas la moindre trace d'Estella Ornato sur le Net. Le fast-food d'Alonso avait bel et bien existé, mais ça faisait un an qu'un Foot Locker avait pris sa place. Quant au Lapin Blanc et au tapis sioux aux pieds noirs, comment vérifier ça ?

Tant de pointillés formaient une ligne continue là-bas mais pas ici.

La seule véritable preuve de l'existence du Neverworld, c'était le temps : il n'allait plus en ligne droite. Par moments, il s'entortillait. Une heure passait en un instant. Je m'asseyais en cours d'histoire, mon esprit se mettait à vagabonder, et l'heure s'écoulait sans que je m'en rende compte. Je découvrais les étudiants en train de ranger leurs affaires, le tableau couvert de notes, alors que, une seconde plus tôt, il était vierge.

Je m'étais demandé si le Gardien continuait à me surveiller d'un parterre de tulipes ou du sommet d'une échelle posée contre un mur couvert de lierre. Je connaissais ses apparitions soudaines pour ce qu'elles étaient : des répliques du Neverworld, son instabilité, comme nous l'avait expliqué Martha. Ma locomotive progressait le plus lentement possible sur ses rails.

Je pensais toujours à Jim, mais il n'était plus un fantôme qui me hantait. Je le voyais à présent comme un jeune homme aussi beau et immature que nous, et notre couple pour ce qu'il avait sans doute vraiment été : un intermède entre l'amour fou et la vraie vie. Parfois, dans cet entre-deux, on se rejoignait, et c'était réel. Parfois, notre histoire disparaissait dans le ciel comme un cerf-volant mal attaché à sa corde. Si Jim n'était pas mort, notre amour aurait fini par s'éteindre comme les manèges d'une fête foraine pour être rallumé ailleurs, mais sans la magie de la première fois. On se serait perdus de vue. Vingt ans plus tard, on se serait retrouvés sur Facebook ou l'application qui lui aurait succédé, s'étonnant de se rendre compte combien nous étions devenus ordinaires. Les étincelles que l'un voyait en l'autre auraient disparu.

Je pensais chaque jour à mes amis. Parfois, en fermant les yeux, je sentais leur présence à mes côtés. Je me demandais où ils étaient maintenant. Parce qu'ils étaient quelque part. Ensemble. Ça, j'en étais sûre. J'espérais qu'ils étaient heureux ou du moins qu'ils éprouvaient ce qui existe au-delà du bonheur humain.

Je crois que c'est le cas.

Je songeais tout particulièrement à Martha, à la personne qu'elle avait été, à ce qu'elle avait fait pour moi. Je sentais le poids de ma dette envers elle à chaque instant de mon existence. Parfois, j'étais triste et sans énergie, je déclinais une invitation à une fête, à une pizza le samedi soir, au bal de printemps, et je me réfugiais seule dans ma chambre pour dessiner ou écrire des chansons. Je demeurais avec cette douloureuse vérité : on ne connaîtra jamais assez les gens qui nous transforment.

Je me souvenais de Jim qui disait qu'un jour je penserais avec émerveillement : « J'ai été l'amie de Martha Ziegler. Elle deviendra aussi célèbre que ça. »

Il avait raison.

Ce n'était pas moi qui aurais dû survivre, mais Martha. Ce n'était pas moi la fille bien, la savante. En revanche, ce que je savais, c'était Martha qui me l'avait appris. Même si on a l'impression de tout connaître, en réalité, notre champ de vision se limite à une tête d'épingle pour appréhender l'océan. On croit se rappeler le passé, pourtant nos souvenirs sont aussi fantasques que des rêves. C'est tellement facile de haïr la jolie fille, de vénérer le petit génie, d'adorer la rock star, de faire confiance à la gentille.

Mais la vie n'est jamais aussi simple que ça.

Chacun de nous est une anthologie composée de milliers de pages remplies de contes de fées et de poésie, de mystères et de tragédies, de vieilles histoires que personne ne lira jamais.

La seule chose qu'on puisse faire, c'est se prendre par la main pour avancer vers l'inconnu. Parce qu'ainsi, c'est plus facile de se frayer un chemin dans le noir, les jungles et les villes, les ponts qui enjambent les grottes les plus obscures de ce monde. Vos amis sont toujours là, et ils vous soutiennent, même quand ils ne sont plus là.

—

Deux ans après l'accident paraissait l'une de mes bandes-son imaginaires.

Une petite maison d'édition de Minneapolis, Les Éditions Arc-boutées, avaient accepté de publier l'un de mes albums. C'était un objet inclassable dont eux-mêmes ne savaient pas trop quoi faire : le marché pour les bandes originales d'un film qui n'existe pas est assez restreint.

Quand je reçus les quatre exemplaires de la part de mon éditeur, je montai dans un train pour Saint Louis. Là-bas, je pris un bus pour les chutes de Winwood, et je marchai sur plus d'un kilomètre en passant devant des manoirs en brique rose ornés de fontaines en forme de coquillage jusqu'à un cimetière du nom d'Ardenwood. Je pris le plan qui recensait les tombeaux d'écrivains et de capitaines d'industrie célèbres et m'éloignai en direction de la partie la plus récente.

Whitley était enterrée au bout d'un chemin pavé tout en haut d'une colline. Devant sa pierre tombale en marbre, je fondis en larmes : l'inscription que Linda avait choisie provenait de l'une des meilleures chansons de Jim, *L'Immortelle.* Qu'elle l'ait retrouvée dans l'Instagram de Whitley prouvait qu'au sujet de Linda aussi, je m'étais trompée. Peut-être qu'en fait, elle aimait sa fille, à sa manière.

Elle est une luciole dans ma tête
Même après ma mort je lui ferai toujours fête
Elle est un souvenir, ma chanson
La route sur laquelle nous passons
L'oreiller sur mon lit
Elle est mes mots, ceux que l'on n'a pas dits.
Quand le soleil se couche et que la terre disparaît
Dans l'écho du silence, elle vit à tout jamais.

Je déposai un album près des fleurs et je partis.

Je repris un train, cette fois en direction de La Nouvelle-Orléans, puis un bus à la climatisation cassée jusqu'à Moss Bluff, cette ville où la mousse espagnole assombrissait chaque coin de rue, évoquant de longues barbes blanches. Je parcourus à pied les dix kilomètres jusque chez Kipling.

À ma grande surprise, la maison était telle qu'il l'avait décrite : un manoir extravagant à la peinture blanche écaillée avec un coq blanc qui errait dans le jardin. J'avais toujours cru qu'il en rajoutait, alors que, en réalité, il avait passé de nombreux détails sous silence, telle la Cadillac verte au milieu de l'allée envahie par les herbes folles qui ressortaient par ses vitres comme les poils des oreilles d'un vieillard.

Je déposai l'album sur la balancelle du porche. En me retournant, je vis une femme voûtée aux cheveux gris en robe de chambre verte l'examiner puis me regarder d'un air perplexe.

Ensuite, ce fut Los Angeles : deux jours de train pour traverser des déserts, longer des centres commerciaux tentaculaires et des rangées de palmiers. Je pris un bus pour Montecito, et j'allai à pied jusque chez Cannon, une demeure victorienne couleur crème. Je glissai l'album dans la boîte aux lettres puis redescendis les marches en courant quand une alarme de voiture retentit. Un voisin coupa son jet d'eau pour me regarder.

Trois jours plus tard, j'étais revenue à Providence, Rhode Island. J'avais lu sept romans policiers, douze magazines, je n'avais plus de sous-vêtements propres, juste un torticolis. Je parcourus à pied les cinq derniers kilomètres avec un calme étrange et j'atteignis le garage Ziegler au crépuscule.

Il n'y avait personne à l'accueil. Presque toutes les lumières étaient éteintes. Je glissai l'album dans une fenêtre où un panneau proposait du café à 99 cents. Comme je m'éloignais, la porte du garage s'ouvrit.

– Je peux vous aider ?

C'était le père de Martha. Je ne l'avais jamais rencontré, mais ils avaient le même menton et les mêmes verres de lunettes épais. Il portait un bleu de travail taché de graisse et s'essuyait les mains avec un chiffon.

Je lui dis que j'étais une amie de Martha.

– Beatrice, c'est ça ? Bien sûr. C'est gentil de venir. Je n'ai pas souvent eu l'occasion de rencontrer des amis de Martha.

– Je suis là parce que j'ai publié cet album, et j'aurais aimé qu'elle l'ait. C'est la bande-son d'un film imaginaire avec quatre super-héros improbables. Bref. Je voulais vous en donner un exemplaire.

Je lui tendis l'album. Il le prit, puis enleva sa monture aux verres épais pour mettre des lunettes de lecture, qu'il plaça au bout de son nez.

Il releva la tête, surpris.

– Vous l'avez dédié à Martha ?

J'acquiesçai.

– « À Martha. Qui avait vu clair en moi, et qui m'a pourtant offert sa confiance. » (Il me sourit en me montrant le bureau du garage.) J'ai affiché ses dessins dans la salle d'attente. Elle voyait toujours ce que les autres ne voient pas. Quand elle était petite, déjà. Il n'y avait pas grand-chose qui lui faisait peur, à Martha.

Je le laissai m'entraîner vers les dessins, une série de hiboux aux plumes pourpres, ainsi que des plans pour une machine volante. Il me montra aussi les toiles de sa sœur aînée, qui s'appelait Jenny et qui avait peint l'océan d'une façon incroyable avec un univers de mots dissimulés dans les vagues.

– On ne nous donne rien, on nous prête tout. Même nos enfants, dit-il en s'essuyant les yeux.

Il me proposa un soda, que je refusai, prétextant que je devais partir.

– Mais je reviendrai peut-être de temps en temps, dis-je.

– Bien sûr. Vous serez toujours la bienvenue.

En m'éloignant, je sentis son regard sur moi alors qu'il

serrait l'album entre ses mains. Il devinait sans doute qu'il contenait bien davantage que je ne lui avais avoué.

Je repris le bus en regardant le ciel qui s'assombrissait par la vitre. Un instant, je crus voir une traînée orange à l'horizon, mais ce n'était que la rampe de lumières au plafond. Les feuilles qui brillaient sur les branches me semblaient électrisées, plus vivantes que d'habitude, et même si j'avais envie de croire qu'un nouveau monde secret s'offrait à moi, je me laissai aller dans mon siège et je me dis la vérité :

Cette fois, c'est juste le vent.

REMERCIEMENTS

Je tiens à remercier mon éditeur Beverly Horowitz, qui m'a tant guidée lors de cette incursion dans le monde de la littérature pour les jeunes adultes. Depuis notre première conversation il y a trois ans – suivie de nombreux brouillons –, sa sagesse, son humour, son attention ont été pour moi une véritable éducation et une source d'inspiration. Je me sens également profondément redevable envers Binky Urban, mon agent et ami, qui m'a accompagnée dans ce territoire vierge en me livrant des conseils et des points de vue toujours pertinents.

Je suis particulièrement reconnaissante aux gens si créatifs de Delacorte Press qui ont travaillé sans relâche à ce livre, notamment Noreen Herits, John Adamok, Colleen Fellingham, Alison Kolani, Tamar Schwartz et Rebecca Gudelis. Merci également à Kate Medina et à toute l'équipe de Penguin Random House, dont l'engagement auprès des auteurs et des lecteurs, quelle que soit la tendance, ne cesse jamais de m'émerveiller.

J'aimerais également saluer Felicity Blunt, Roxane Eduard et Mairi Friesen-Escandell qui ont présenté ce livre à différents lecteurs à l'étranger; Ron Bernstein pour sa culture cinématographique, Brenda Cronin, Seth Rabinowitz et Nicole Caruso, mes confidents, qui m'ont aussi servi de *crash test*. Ainsi qu'Anne Pessl, la championne du premier jet, qui sait détecter la moindre impasse, et qui est aussi une mère formidable.

Par-dessus tout, j'aimerais remercier mes trois grâces, David, Winter et Avalon, dont la vision du monde et le goût pour les petites comme les grandes histoires sont pour moi une source de joie quotidienne.

Et enfin, je voudrais mentionner tous les jeunes lecteurs qui sont un jour venus me saluer dans une librairie. C'est votre passion pour les personnages puissants et valeureux qui m'a donné l'idée d'imaginer cette histoire.

L'AUTEURE

© David Schulze

Après des études littéraires, **Marisha Pessl** a travaillé dans la finance avant de se consacrer à l'écriture. Avec *La physique des catastrophes*, roman noir, drôle et poignant, élu comme l'un des dix meilleurs livres de l'année 2006 par le *New York Times*, elle fait une entrée remarquée sur la scène littéraire, confirmée par le succès de *Intérieur nuit* en 2014. *Le matin de Neverworld* est son premier roman pour jeunes adultes. Elle vit aujourd'hui à New York avec son mari et ses deux enfants.

Découvrez

TROUBLE VÉRITÉ

E. Lockhart

Que fait Jule dans un hôtel de luxe au Mexique, avec une valise pleine de perruques, de maquillages et de déguisements ? Et où a disparu la mystérieuse et charismatique Imogen à qui rien ni personne ne résiste ?

Désir, jalousie, meurtre(s), romance et une amitié intense, de Las Vegas à New York, en passant par Londres et San Francisco.

LE THÉORÈME DES LABYRINTHES

Tom Pollock

Peter est un adolescent rongé par l'angoisse. Virtuose en mathématiques, il ne trouve la paix que lorsqu'il est plongé dans les chiffres ou auprès de sa sœur jumelle, Anabel. Son monde bascule le jour où sa mère est poignardée presque sous ses yeux. Subitement projeté dans un monde d'espionnage et de violence où secrets d'État et de famille se mêlent, Peter n'a plus que son instinct et son génie pour s'en sortir.

ON LIT
PLUS
FORT.
COM

L'ACTUALITÉ DES ROMANS
GALLIMARD JEUNESSE

Le papier de cet ouvrage est composé de fibres naturelles, renouvelables, recyclables et fabriquées à partir de bois provenant de forêts gérées durablement.

Mise en pages : Dominique Guillaumin

Loi n° 49-956 du 16 juillet 1949
sur les publications destinées à la jeunesse
ISBN : 978-2-07-512265-8
Numéro d'édition : 344985
Dépôt légal : août 2019
Imprimé en Italie par Grafica Veneta